KB072120

마법서생

魔法書生

장담 퓨전 新무협 판타지 소설

마법서생 7

장담 퓨전 신무협 소설

초판 1쇄 찍은 날 § 2007년 5월 10일
초판 1쇄 펴낸 날 § 2007년 5월 20일

지은이 § 장담
펴낸이 § 서경석

편집장 § 문혜영
편집책임 § 서지현
편집 § 심재영

펴낸곳 § 도서출판 청어람
등록번호 § 제1081-1-89호
등록일자 § 1999. 5. 31
어람번호 § 제2-1194호

주소 § 경기도 부천시 원미구 심곡1동 350-1 남성B/D 3F (우) 420-011
전화 § 032-656-4452 팩스 § 032-656-4453
http://www.chungeoram.com
E-mail § eoram99@chollian.net

© 장담, 2006

ISBN 978-89-251-0688-5 04810
ISBN 89-251-0437-7 (세트)

魔法書生

Fusion Fantastic Story

7

마법서생

장담 퓨전 新무협 판타지 소설 혈운[血雲] 동백[桐柏]

청어람

목차

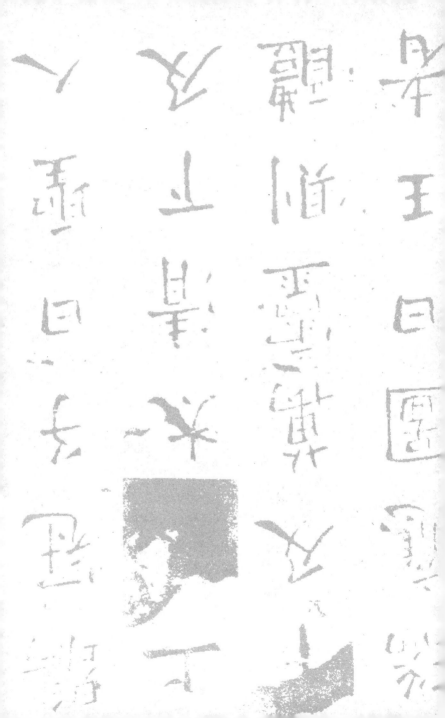

일곱 번째 서(序)

"후욱! 후으읍! 후욱!"

거칠고도 무거운 숨소리가 동굴의 광장 안에 울려 퍼졌다.

대기를 짓누르는 숨소리는 광장의 한가운데에 있는 다섯 자 높이의 옥대 위에서 나는 숨소리였다.

옥대 위에는 붉은 기운이 덩어리져 휘돌고 있었다. 붉은 기운은 사람의 형체를 한 채 숨소리가 한 번씩 들릴 때마다 머리 부분이 갈라지고 있었다.

한데 갈라진 그 사이로 보이는 것은 결코 사람의 얼굴이 아니었다.

흐트러진 머리카락 사이로 보이는 모습! 그것은 두 눈이 붉게 타오르고 있는 황금빛 수라탈이었다!

그가 한 번씩 숨을 내뱉을 때마다 사람의 심장을 터뜨릴 것만 같은 거대한 기운이 스며 나왔다.

마기였다. 만마가 머리를 조아릴 정도의 패도적인 핏빛 마기!

핏빛 마기는 마치 살아 있기라도 한 것마냥 휘도는 붉은 덩어리를 더욱 크게 부풀리고 있었다.

일 장, 이 장…….

한없이 커질 것 같던 붉은 덩어리가 삼 장 크기로 커졌을 때다.

단순히 기운이 뭉친 것으로만 보였던 붉은 덩어리, 마기가 서서히 하나의 형상을 갖추어가기 시작했다.

오오오! 그것은 아수라!

인간 세상을 짓밟으며 하늘을 향해 포효하는 아수라!

양팔을 벌린 아수라의 활활 타오르는 붉은 두 눈이 미칠 듯한 광기를 흘려냈다.

그 순간! 아수라의 중심에 앉아 있던 금면수라탈인이 깊고 길게 숨을 들이켰다.

"후우우욱!"

그와 동시, 핏빛 마기가 금면수라탈인의 입과 전신 모공을 통해 급속도로 빨려 들어간다.

점점 줄어드는 아수라의 형체!

삼 장 크기의 아수라가 순식간에 이 장 안쪽으로 줄어들었다.

한데 아수라의 몸이 일 장 크기로 줄어들었을 때였다.

핏빛 마기가 요동치더니 더 이상 줄어들지를 않는다.

어느 순간, 갑자기 금면수라탈인의 붉은 두 눈이 격렬하게 떨림을 보이기 시작했다.

자신의 마기와 아수라의 마기가 선명하게 갈라지는 것이 느껴진 것이다. 합쳐져야 하거늘.

번개처럼 한 가지 생각이 스쳐 지나간다.

―합치지 못하면 모든 것이 소멸된다. 절대의 능력, 아니면 전무!

예상치 못했던 일인 듯, 금면수라탈인이 경악에 찬 일성을 토해냈다.

"이, 이, 이런! 완벽한 것이 아니었던가?"

빨아들이는 자와 들어가지 않으려 저항하는 핏빛의 아수라!

하늘 아래 누구도 관여할 수 없는 둘만의 싸움이 시작되었다.

동굴 안에 느닷없이 광풍이 휘몰아쳤다.

광란이었다!

핏빛의 광란!

천장 지하 미로를 지나야만 하는 그곳에 혈포를 입은 한 사람이 들어선 것은 동굴의 광장이 핏빛 광풍지옥으로 변해 있을 때였다.

들어선 자는 전신을 저미는 듯한 광풍에도 아랑곳하지 않고 눈을 가늘게 뜬 채 광풍의 회오리 한가운데를 노려보았다.

그의 입이 열렸다.

"우흐흐흐……. 어디 갈 데까지 가보자. 마로(魔路)의 끝까지!"

그는 천천히 광풍의 중심을 향해 걸어갔다.

핏빛 아수라의 눈이 그를 향했다.

고통에 일그러진 금면수라탈인의 시뻘건 눈도 천천히 그를 향했다. 당황한 눈빛이다.

"그대는……?"

광풍은 여전했다. 오히려 점점 거세지고 있었다.

그는 금면수라탈인이 앉아 있는 옥대 앞에서 걸음을 멈추고 고개를 쳐들었다. 그리고 천천히 입을 열어 알아들을 수 없는 괴이한 주문을 외웠다.

그때부터 모든 것이 변하기 시작했다.

핏빛 아수라도, 금면수라탈인의 두 눈에 어린 붉은 마기도. 마치 종속된 원념들이 부름을 받고 모이듯이 모조리 그의 숨구멍을 통해 전신으로 스며들었다.

일각, 한 시진, 두 시진…….

그렇게 만 하루가 지났을 때다.

아수라가 사라지고, 금면수라탈인의 몸이 빈 부댓자루처럼 무너져 내렸다.

떼구루루. 툭!

옥대 위에서 금면수라탈이 떨어지며 동굴을 울렸다.

광풍이 멈췄다. 동굴의 광장이 거짓말처럼 고요해졌다. 태초의 그때처럼.

천천히 눈을 감은 그는 자신의 몸속에 들어선 기운을 다스리기 시작했다.

아직 해야 할 일이 많았다. 자신이 가진 힘의 진정한 주인이 되기 위해선.

하루, 이틀, 사흘······.

얼마나 지났을까, 동굴 안으로 한 마리 박쥐가 길을 잃고 날아들었다.

푸드득!

동굴 안을 한 바퀴 돌아본 박쥐는 조심스럽게 그의 어깨에 내려앉았다. 절대 복종의 자세로.

순간, 그의 눈이 번쩍 뜨였다.

핏빛보다 더 선명한 붉은빛이 그의 두 눈에서 폭사되었다.

"이제 새로운 세상을 만들 때가 된 것인가?"

그가 천천히 손을 뻗었다. 황금빛의 수라탈이 그의 손으로 빨려 들어왔다.

그는 금면수라탈을 얼굴에 뒤집어쓰고 하얀 웃음을 지었다.

이제 그가 수라탈의 주인이 되었다.

"우후후후. 어떤가, 이 거대한 힘이 즐겁지 않은가?"

그가 말했다. 그러자 또 다른 누군가가 대답했다.

"이런 기분……. 싫다. 나는 이런 기분이 싫어……."

"곧 좋아질 거야. 피란 아주 황홀한 것이거든."

第一章
조우(遭遇)

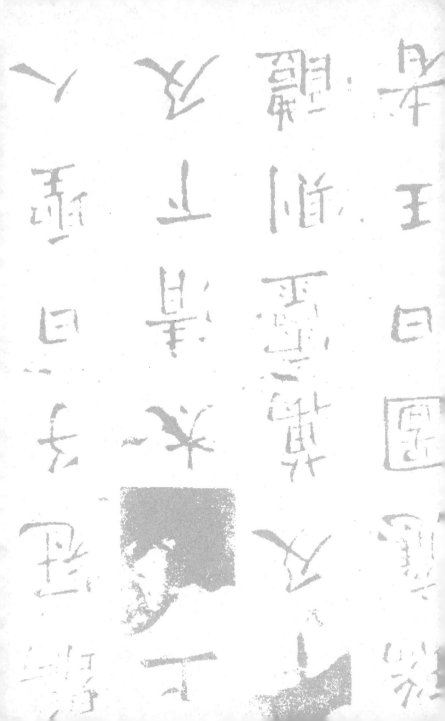

1

"뭐라고?"

포은상이 다급히 들어와 뜻밖의 소식을 전했다.

단순한 정보에 불과했지만, 모든 사람을 긴장시키기에 부족하지 않았다.

—천제성과 천혈교가 일전을 벌였다!

신양에서 올라온 장사치들이 자기들끼리 하던 말이라 했다. 헛소문은 아닌 것 같다는 말도 덧붙였다.

유태청은 그 말을 듣고 즉시 운아영을 정양서원에 보내 소문의 진상을 알아보라 했다.

운아영이 돌아온 것은 한 시진 만이었다.

"사실인 것 같아요, 할아버지. 그러잖아도 그에 대한 정보를 수집하고 있다고 해요."

곧바로 율천기에게 연락을 취해 불러들였다.

천제성과 천혈교가 맞부딪쳤다면 언제든 움직일 수 있게 준비를 하고 있어야 했다.

그런데 의외의 일이 벌어졌다.

"우리도 가겠소."

소서노인과 돈화파파가 자신들도 따라가겠다고 나섰다.

한 사람이라도 아쉬운 판이었지만, 막상 받아들인다는 것도 쉽지 않았다.

두 사람이 마도의 인물이었다고 해서가 아니었다.

이십 년이 넘게 강호를 떠난 사람들에게 다시 피를 묻히게 한다는 것이 마음에 걸려서였다.

하지만 두 사람은 단호했다.

유태청은 하는 수 없이 진용의 결정에 따른다는 조건을 걸고 두 사람을 받아들였다.

그렇게 하루가 지났을 때다. 정양서원에서 소식이 전해졌다.

"탕마단마저 신양에 접근하고 있는데, 아무래도 천제성과 손을 잡고 천혈교를 칠 생각인 것 같다고 합니다."

그렇다면 전면전을 하겠다는 말인가?

함부로 무모하게 움직이지는 않을 거라는 생각이 들기는

하지만 앞으로 상황이 어떻게 흐를지는 아무도 장담할 수 없었다.

천제성과 탕마단이 천혈교를 얕보고 있다면 무슨 일이 벌어진다 해도 이상할 것이 없는 것이다.

유태청이 결론을 내렸다.

"일단 신양으로 들어가세. 이삼 일이면 고 공자가 올 것이니 그에게 전할 소식을 남겨놓고 먼저 떠나도록 하지. 아무래도 정천맹주를 만나 상의해 봐야 할 것 같아."

그때 두충이 나섰다.

"고 공자가 흑도의 종주라 할 수 있는 백마성과 교분이 좀 있거든요. 그래서 말인데 말이죠, 이곳의 흑도 무리들에게 말해놓으면 고 공자가 돌아오자마자 소식을 전할 수 있을 것 같은데요."

정양서원의 사람들에게 계속 정양을 돌아 보라 할 수도 없어 바로 소식이 전해질지 걱정이었던 터였다.

그러던 차에 나온 두충의 말은 신선한 충격이었다.

진용이 흑도의 건달들과도 친하다는 말처럼 들린 것이다.

무인이라 할 수도 없는 흑도의 건달들과 진용. 왠지 어울리지 않는 조합이었다.

율천기가 재밌다는 투로 말했다.

"허, 그 사람 참. 좌우간 희한한 사람이라니까."

포은상이 피식 웃었다.

"희한하기는, 멋진 사람이지. 사람을 가리지 않고 사귀잖아. 솔직히 말해서 젊은이가 그 정도 지위에 그토록 강한 무공을 지녔다면 뻐기기에도 정신없을 텐데 말이야."

"그런 정신이라면 그만큼 강해지지도 않았겠지."

"하긴 그렇지……."

어쨌든 지금은 무엇이든 도움이 될 수 있다면 이용해야 할 판이었다. 운아영이 두충에게 슬며시 말했다.

"그럼 두 공자가 그들에게 가서 말해봐."

"내가?"

"고 공자가 혹도 문파를 잘 안다면, 그럼 두 공자도 조금은 알 것 아냐?"

"알기야 알지. 하지만 혼자 가서 말하는 것보다는 고수들과 함께 가서 말하는 것이 나은데. 건달은 일단 기를 죽여야 하거든."

두충은 마치 자신이 건달들의 성격을 잘 아는 것처럼 말했다.

운아영이 그까짓것는 걱정거리도 아니라는 표정으로 옆을 바라보았다.

"여기 비 공자와 서문 공자가 함께 가면 되지 뭐."

두충의 얼굴에 만족감이 피어올랐다.

그럼! 그래야지. 나만 가면 저놈이 무슨 짓을 할지 모르는데.

"뭐, 그렇다면야……. 갑시다!"

두충이 물귀신처럼 물고 들어가자 비류명은 두충을 한 번 노려보고는 운아영을 향해 고개를 끄덕였다.

"알았소. 운 낭자께서 그리 말씀하시니 어찌 따르지 않겠소."

그는 최대한 멋진 말투로 대답하고는 벌떡 일어나 객잔을 나섰다. 서문조양은 친구 따라 강남 가는 심경으로 그 뒤를 따랐다.

비류명과 서문조양이 칼과 창을 앞세우고 정양에서 제일 크다는 흑도 문파를 찾아갔을 때는 해가 뉘엿뉘엿 서산을 넘어가고 있을 무렵이었다.

비류명과 서문조양의 무공은 이미 일류의 경지를 넘어 절정의 초입에 다다랐다고 봐야 했다.

일개 흑도 문파가 그런 두 사람을 막을 수 있을 리 없었다.

세 사람이 들어간 지 일각. 삼십수 명의 건달이 저항 한 번 제대로 하지 못하고 쓰러졌다.

무적회의 회주 웅도삼도 오 초를 넘기지 못했다. 그는 비류명의 도가 목에 얹혀지자 이를 갈며 무릎을 꿇었다.

그로선 피눈물이 날 지경이었다.

어렵게 얻은 무공을 죽어라 연마해서 이제는 나름대로 고수 소리를 들을 수 있을 거라 생각했다. 그런데 겨우 오 초 만에 무릎을 꿇어야 하다니!

'쪽팔리게 수하들 앞에서 이게 무슨 꼴이야!'

그때 비류명이 말했다.

"우리가 모시는 분이 며칠 사이에 정양에 들어올 것이오. 최대한 빨리 그분께 소식을 전해주었으면 좋겠소."

웅도삼의 숙여진 고개가 움찔했다.

이런 고수들이 모시는 분이라고?

하지만 그렇다고 해서 기까지 죽지는 않았다. 그저 패자는 유구무언이라는 말대로 딱 한마디만 뱉고 아무런 말도 하지 않았다.

"알았소."

그런 웅도삼을 향해 두충이 말했다.

"하북 백마성의 혁청우 성주님과 친구인 분이오. 그리고 성질 더러운 말코도 함께 있으니까 알아서 하시구려."

문득 번개처럼 한 가지 생각이 머리를 스치고 지나간다.

'백마성 성주님과 친구? 혹시!'

웅도삼이 번쩍 고개를 들었다. 그가 왕방울만 하게 커진 눈으로 물었다.

"그럼, 혹시… 고씨 성을 쓰시는…… 분?"

"어? 고 공자를 아시오?"

웅도삼의 안색이 하얗게 변했다.

얼마 전, 백마성 주재로 개봉에서 흑도의 비밀 회의가 열렸다. 그 자리에 백마성의 혁청우가 직접 나와서 백 명의 흑도 수뇌에게 명령 아닌 명령을 내렸다.

어떤 일에 대한 정보를 모으면서 강호가 조용해질 때까지 함부로 움직이지 말고 힘을 키우라는 것이 그 명령의 주된 골자였다.

그 이야기의 중심에는 한 사람이 있었다. 혁청우는 그가 도움을 청하면 무조건 도와주라고 했다.

사람들이 그가 누구기에 자기들이 도와야 하느냐며 웅성거리자, 북경의 흑호가 주위를 살피고는 자랑스럽게 말했다.

"그가 바로 백마성의 위당조 어른을 개 패듯 패고 난 뒤, 자루 부러진 망치를 쥐어주며 자기 장원의 정문을 고치게 만든 고가장의 장주요. 자루가 부러져 망치질이 잘 안 되자, 결국 위당조 어른은 주먹으로 못을 때려 박았다 하오. 정말 대단한 분이 아니오? 음하하! 바로 그분이 우리 집에서 식사를 하고 가셨다오!"

그때의 충격을 어찌 잊으랴.

알게 모르게 퍼진 고가장의 전설을 모르는 흑도인이 누가 있을까.

웅도삼은 하얗게 굳은 얼굴을 땅바닥에 처박으며 말했다.

"그분이시라면 걱정 마십시오! 반드시 제가 직접 전하겠습니다!"

두충은 흐뭇한 마음으로 슬며시 말 몇 마디를 덧붙였다.

"그리고 그분께 이 말도 전해주시오. '엉덩이에 뿔난 망아지는 아직도 성질을 고치지 않았냐!' 고 말이오."

"예?"

"아, 그냥 그분과 나 사이의 암구호요. 그냥 큰 소리로 그리 말만 하면 되오."

"알겠습니다, 공자!"

2

남궁환은 모든 것이 신기한 듯했다.

오면서 들은 말이지만, 근 이십 년 동안 합비에서 백 리 밖으로 벗어난 적이 거의 없다고 했다.

왜냐고 물으니 짧고 확실하게 답했다.

"길 잊어 먹을까 봐."

어쩐지 합비가 멀어지자 바짝 붙어서 다니는가 싶더니, 남궁환은 길치였다.

"전에 길 잊어 먹어서 찾느라 혼났거든. 사흘을 굶었어. 어떤 칼잡이하고 대판 싸우기도 했고. 겁나게 세더라고."

"다른 사람에게 물어보면 되잖습니까?"

"에이, 나도 모르는 우리 집을 다른 사람이 어떻게 알아. 괜히 물어봐야 미친놈 취급만 받지."

"……."

그 이후로는 그저 그러려니 하고 달리기만 했다.

육안(六安)을 지나 서북쪽으로 방향을 꺾자 거대한 산봉우리들이 보였다. 그곳만 넘어가면 하남이었다. 하루면 될 것 같았다.

쉬었다 가고 싶은 마음도 없잖아 있었다. 하지만 오는 도중에 들려온 소문들이 심상치 않았다.

─무사들이 신양으로 몰려간다.

─곧 큰 싸움이 난다더라.

마음이 다급해졌다.

천제성이 생각보다 빠르게 움직이는 것 같았다. 탕마단도 곧 신양에 당도할 터였다.

순수하게 천혈교의 초대에 응하고자 오는 것이 아닐 게 분명했다.

이미 피는 흘렀다. 또다시 피가 흐른다 해도 이상할 것이 없었다.

칙칙한 어둠이 내려앉은 숲을 둘러보며 정광이 물었다.

"지금 우리가 가는 길이 맞을까?"

"글쎄요……."

진용이 자신없는 말투로 답했다. 남궁환이 더욱 바짝 붙어 걸었다.

진용은 그를 볼 낯이 없었다. 그를 길치라 생각했는데, 자신도 길을 잃은 것 같다.

물론 처음 가는 길, 당연히 그럴 수도 있었다.

문제는 급한 마음에 관도를 벗어나 산길을 탔다는 데 있었다. 그것도 자신이 앞장서서.

'달만 떠 있다면, 별만 보인다면 찾아갈 수 있을 텐데.'

천궁도에서 매일 밤하늘을 바라보며 달이 흐르는 길, 별이 흐르는 길을 자연스레 깨달았다. 더구나 구양 할아버지가 가끔씩 달과 별의 변화를 설명해 줘서 달과 별만 보면 어디가 어딘지 알 수 있을 정도였다.

그러니 남경으로 가는 방향을 정확히 머릿속에 새겨 넣었다 생각한 진용으로선 돌아가는 길을 찾는 데 자신이 있었다. 설령 밤길을 걷는다 해도 말이다.

그런데 대낮에 그렇게 쨍쨍하던 하늘이 구름으로 가릴 줄 누가 알았으랴.

그렇다고 그것이 이유가 되지는 못했다. 어쨌든 길을 잃은 건 잃은 거니까.

되돌아갈까 생각도 해봤다. 하지만 돌아가는 길이 맞을지 자신할 수도 없었다. 잘못하면 거꾸로 멀어질 뿐이다.

진용은 일단 밀어붙이기로 했다. 비록 정확한 길을 찾을 수는 없지만 그리 크게 벗어난 것 같지는 않았다.

일단 실피나를 불러내 주위에 인가가 있나 알아보라고 했다.

실피나가 활동할 수 있는 반경은 삼십 리 정도다. 인가를 찾으면 그다음에는 문제될 것이 없었다.

한참 만에 돌아온 실피나는 딱 한마디로 답했다.

―없어.

젠장. 실피나가 찾을 수 없을 정도면 산맥의 한가운데 들어왔다는 말이었다.

그렇다면 하는 수 없었다, 직접 찾는 수밖에.

진용은 자신이 알고 있는 지식을 총동원했다.

나무가 휘어진 방향을 먼저 보고, 가끔씩 나무를 잘라 나이테가 그려진 모양 등을 보고 길을 잡았다.

나아가던 방향에서 좌측으로 홱 꺾어졌다. 자신의 생각대로라면, 근 반 시진 가까이를 북동쪽으로 가고 있었다.

'끙, 한참 돌아가야겠군.'

워낙 우거진 숲이어서 나아가는 것이 쉽지 않았다.

실피나에게 숲에 길을 내보라고 할까 하는 생각도 해봤다. 하지만 아직 그렇게까지 할 필요는 없을 것 같았다. 셋 다 어둠에 크게 구애받지 않는 사람들인데다, 그 광경을 두 사람이 그냥 넘어갈 리는 없을 테니까.

더디긴 해도 그럭저럭 제 방향을 찾아가는 것 같았다.

정광과 남궁환은 그것만으로도 신기한 듯 어깨 너머로 쳐다보며 앞을 다투어 물어왔다.

들볶였을 걸 생각하면 실피나를 시켜 길을 뚫지 않은 게 천만다행이라는 생각이 들 정도였다.

"그걸 보고 방향을 어떻게 알아?"

"정확하지는 않아도 어느 정도는 알 수 있어요."

"다 조건이 다르니까 나이테도 제각각일 것 아냐?"

"그래서 일단 조건이 비슷한 나무를 잘라보는 거죠. 아무래도 조건이 다르거나 나무의 종류가 다르면 틀릴 수도 있거든요. 제가 살았던 곳에서 봤던 소나무들은 조건이 비슷하면 남쪽의 나이테가 넓었어요."

정광이 눈을 동그랗게 떴다.

"호, 신기하네."

"신기할 것도 없어요. 자연의 이치가 그러할 뿐이니까요."

"그럼 집에 갈 수 있는 거야?"

남궁환이 신이 나서 물었다.

"예, 너무 걱정 마세요."

진용이 자신있게 말했다. 얼버무리면 끝없이 질문하는 사람이 남궁환인 것이다.

그렇게 얼마를 걸었을까, 멀리서 불빛이 반짝였다.

"불빛이다!"

남궁환이 좋아서 소리쳤다.

진용은 재빨리 실피나를 불렀다.

"실피나, 저 불빛이 있는 곳에 뭐가 있나 살펴봐."

―알았어!

실피나에게 정찰을 시키고 진용은 두 사람과 함께 불빛을
향해 다가갔다.

잠시 후 실피나가 돌아왔다.

—주인아, 사람들이 있어. 근데 무기를 가진 사람들이야.

무기? 그럼 무인들이란 말이다.

산적일까? 차라리 산적이면 좋을 텐데.

그때 실피나가 말을 덧붙였다.

—제법 대단한 기운을 지닌 것 같아.

실피나가 제법 대단하다면 대단한 거다. 자기 기준에 맞춰
말하는 게 실피나니까.

"몇 명이나 돼?"

—열 명 정도.

열 명 정도라면 열 명이 조금 넘는다는 말. 대단한 고수가
열 명도 넘게 있다면 보통 무리들이 아니다.

이런 산중에 왜 그런 고수들이 있는 걸까?

"뭐 하나? 일단 가보자고."

정광이 재촉한다. 하긴 어차피 그들이 누구든 아쉬운 것은
자신들이었다.

처음 볼 때는 가까운 것 같았는데 십 리를 가서야 불빛이
있는 곳에 도착할 수 있었다.

불빛의 정체는 모닥불이었다. 허름한 사당 앞에 피워진 모

닥불은 추위 때문에 피워진 것이 아니었다.

일곱 명이 모닥불 주위에 대충 앉아 있었는데, 모닥불 위에는 가로로 굵은 나무 두 개가 불이 붙은 채 걸쳐져 있고, 그위에서 멧돼지가 노릇하게 익어가고 있었다.

가까이 다가가자 구수한 냄새가 코를 찔렀다.

정광이 꿀꺽 침을 삼키고 멧돼지를 노려보았다. 모닥불 주위에 앉아 있는 사람들은 보이지도 않는 모양이다.

'위험한 기운을 풍기는 자들이다.'

실피나가 제대로 보았다. 나이는 삼십대 중반에서 사십대까지, 무공에 상당한 세월을 바친 자들이다.

사당 안에 있어 보이지 않는 자까지 모두 열두 명. 하나같이 고수 아닌 자가 없다. 둘이라면 정광도 자신할 수 없을 것같다.

진용이 나름 그들에 대해 평가를 내리고 있을 때였다.

둘러서 있던 자들 중 한 사람이 고개를 돌리더니 진용 일행을 바라보았다. 입술 옆에 손톱만 한 점이 있는 자였다.

"야밤에 산행이라니, 겁이 없는 것인지 그만큼 자신이 있는 것인지……. 좌우간 이런 산중에서 사람을 보니 반갑군."

"길을 잃었소. 꿀꺽!"

답하는 정광의 침 넘어가는 소리가 천둥처럼 울렸다.

"훗, 어쨌든 이렇게 만났으니 이것도 인연이 아니겠소, 도장. 이리 오시구려. 고기는 충분하니까."

또 다른 자가 짧은 웃음을 터뜨리며 말했다. 그는 사십 전후의 인상이 날카로운 자였는데, 머리를 단정히 뒤로 넘긴 한쪽 얼굴에는 세로로 길쭉한 상처가 있었다. 그 상처가 한층 그의 인상에 날카로움을 더해주었다.

정광이 모닥불 위에 시선을 집중하고 그들을 향해 걸어갔다.

어차피 이곳까지 온 마당, 물러설 수도 없는 상황이다.

진용도 남궁환과 함께 정광의 뒤를 따라갔다.

한쪽에 자리를 잡자 대충 앉아 있던 자들 중 하나가 불쏘시개를 하던 막대기로 멧돼지를 푹 찔렀다.

"잘 익었군."

그 옆에 있던 자가 품속에서 단검을 하나 꺼내더니 가볍게 휘둘렀다.

스윽!

시커멓게 탄 부분이 떨어져 나갔다. 알맞게 익은 살에서 김이 피어오른다.

그가 다시 한 번 단검을 그었다. 손바닥만 한 살점이 얇게 잘라졌다. 잘라진 살점을 입에 넣고 우물거리던 그가 고개를 끄덕였다.

"익었군. 먹자고."

머리를 단정히 넘긴 자가 사당을 향해 말했다.

"도형, 어르신들을 모시고 오시구려. 고기가 다 익었소."

말이 떨어지고 열을 세기도 전에 사당 안에서 다섯 명이 밖으로 나왔다.

세 명의 중년인이 흑백이 확연한 두 명의 노인을 호위하는 자세였다.

그들을 바라보던 진용의 눈빛이 더욱 깊게 잠겨들었다.

'저 두 노인은 도장님의 아래가 아니다.'

위일 수도 있다는 말.

진용은 묵묵히 기운의 흐름을 탐지했다.

아직 적의는 느낄 수 없었다. 적인지도 확실치 않았다. 그러나 언제 어떤 일이 일어날지는 아무도 몰랐다.

언뜻 사당에서 나온 노인에게서 움찔거리는 기운이 느껴졌다.

"손님이 오신 것 같더니, 이분들인가?"

흑의를 입은 노인이 정광을 바라보고 물었다.

"길을 잃었다 합니다."

머리를 단정히 넘긴 자가 별다른 감정 없이 말했다.

"그래? 대단한 분이 손님으로 오셨군."

그 말에 정광이 고기에서 눈을 떼고 노인을 바라보았다.

어느새 정광의 눈에도 긴장감이 서려 있었다.

"그러는 노도우가 더 대단한 분 같소."

흑의노인이 피식 웃었다.

"그리 대단할 것도 없네. 집에서 쫓겨난 늙은이가 무어 대단할까."

그 말에 주위에 둘러앉아 있던 사람들이 슬그머니 고개를 돌렸다. 비감이 어린 표정이었다.

흑의노인이 한쪽에 마련된 자리로 가며 말을 이었다.

"배가 고픈 도사를 쫓아낼 생각은 없으니 걱정 말고 드시게나."

이미 멧돼지의 살점은 조각조각 잘라져 가로놓인 굵은 통나무 위에 널려 있었다.

단검을 든 자의 솜씨였다. 이미 많은 경험이 있는 듯 그는 뼈 사이에 붙은 고기까지 익은 것은 철저히 발라냈다.

정광은 흑의노인의 말이 떨어지기 무섭게 손을 뻗어 고기 한 점을 집어 들었다.

"이거 드시구려."

그리고는 남궁환에게 건네는 여유까지 보였다.

남궁환은 날름 고기를 받아 들고는 어린아이처럼 흥얼거리며 입에 집어넣었다.

눈앞에 누가 있는지 전혀 상관없다는 태도였다.

진용은 쓴웃음을 지으며 그 모습을 바라만 봤다.

저들이 적의를 드러내지도 않았는데 먼저 긴장한 자신이 우습기만 했다. 그러면서도 흑의노인의 말이 귓가에 맴돌았다.

'집에서 쫓겨난 늙은이라……..'

그때 자리에 앉은 백의노인이 조용히 물었다.

"어디서 오신 분들이신가?"

미처 진용이 나설 틈도 없이 남궁환이 재빨리 말했다.

"나? 합비. 그런데 너는 어디서 왔지?"

동작이 일제히 멈췄다.

입에 고기를 물고 있던 사람도, 고기를 잡아가던 사람도, 하얀 수염을 쓰다듬던 백의노인도.

진용은 머리가 지끈거렸다.

'에라, 나도 모르겠다.'

이미 터진 일이었다. 수습하기도 만만치 않았다. '이 사람 미친 사람이오' 할 수도 없잖은가 말이다.

그런데 어이없는 일은 그게 끝이 아니었다.

"험, 나? 서천목산에서 왔다. 늙은이, 말이 짧구먼."

백의노인이 눈을 부라리며 대답했다.

"콜록! 컥!"

사방에서 사람들이 목을 움켜쥐었다. 누가 보면 고기에 독이라도 든 줄 알 정도다.

"너 몇 살이야?"

남궁환이 대뜸 물었다. 백의노인이 되물었다.

"그런 너는 몇 살인데?"

"나? 칠십둘. 너는?"

"⋯⋯."

백의노인은 반쯤 입을 벌린 채 말을 하지 못했다.

주름 하나 없는 얼굴에, 머리와 수염만 하얘서 잘해야 육십이 될까 생각했는데, 칠십이 넘었다니.

답답한 마음에 그냥 농담조로 시작한 것이 이상하게 되어버렸다. 그렇다고 이제 와서 자신보다 열 살이나 많은 사람에게 계속 '너' 할 수도 없는 일.

그는 슬쩍 정광을 쳐다봤다. 맞아? 하는 눈빛으로.

정광이 고개를 끄덕였다. 아마 맞을 거요, 하는 표정으로.

백의노인은 일단 한발 물러섰다.

"험, 생각보다 나이를 많이 드셨구만. 이봐, 저 양반께 고기 좀 드리게나."

그제야 사람들이 움직이기 시작했다.

씹던 고기를 마저 씹고, 뻗었던 손으로 고기를 집었다. 그러면서도 웃음을 참느라 온갖 인상을 다 썼다.

하지만 그것도 잠깐이었다.

남궁환이 고개를 갸웃거리더니, 갑자기 백의노인에게 질문을 던진 것이다.

"근데, 서천목산에서 왔다면, 혹시 염천마곡이라는 데 알아?"

순간, 사람들의 동작이 또 일제히 멈췄다. 정광도, 진용도.

진용은 자신의 머리를 쥐어박고 싶었다.

서천목산, 절정의 고수들이 끼어 있는 열두 명의 무인.

맞다! 이들은 염천마곡의 고수들이다. 그것도 전에 만났던 자들보다 훨씬 강한 고수.

'이런, 멍청하긴!'

진용은 남이 느끼지.못하게 조용히 내력을 모았다.

언제, 어느 때, 어떤 상황이 닥칠지 아무도 몰랐다. 준비해 둬서 나쁠 것은 없었다.

'아예 먼저 공격을 해버릴까?'

그때 남궁환의 옆에 앉아 있던, 입술 옆에 손톱만 한 점이 박힌 자가 물었다.

"왜 묻는 거요?"

"옛날에 내 친구가 거기 산다고 했거든."

친구? 진용은 의아한 눈으로 남궁환을 쳐다보았다.

점 달린 자가 다시 물었다.

"친구의 이름이 뭐였소?"

"광."

"…광?"

"성은 영호야."

"영호… 광?!"

"맞아! 영호광. 잘 있나 모르겠네. 하도 오래돼서……."

"……"

"왜 그런 눈으로 봐? 눈 아프게."

점 달린 자의 눈이 튀어나올 것처럼 크게 뜨여 있었다.

그자뿐이 아니었다. 둘러서 앉아 있던 염천마곡의 고수들이 모두 눈을 크게 뜨고 남궁환을 바라보고 있었다.

"몰라? 하긴, 그 친구 만난 게 삼십 년이 훨씬 넘었지 아마? 구양 뭐시기라는 엉큼한 놈하고 노느라 한 번도 안 오더만……."

남궁환이 풀 죽은 목소리로 웅얼거리자 흑의노인이 일어서서 남궁환에게 다가왔다.

진용은 슬며시 손끝에 내력을 모았다.

'시르, 먼저 공격해서 다 죽여 버려!'

세르탄이 난리를 쳤다.

'가만있어 봐. 태도가 좀 이상해……..'

'이상하긴 개뿔이나……..'

그때 흑의노인이 잔뜩 긴장한 목소리로 조심스럽게 물었다.

"정말, 노인장께서 영호… 곡주님의 친구 분이시란 말이오?"

남궁환이 대답했다.

"어."

"노인장의 이름이 어떻게 되시오?"

"나? 남궁환."

흑의노인은 딱딱하게 굳은 눈으로 남궁환을 뚫어지게 직시했다.

진용은 그가 격동하고 있다고 느꼈다. 그 이유가 궁금했다.

"노인장이…… 치검 남궁환?"

"맞아, 내가 치검이야. 그 친구가 붙여준 별명이지."

남궁환이 해맑은 웃음을 지었다.

그리고 모두가 상상조차 하지 못했던 광경이 이어졌다.

흑의노인이 부르르 몸을 떨고는 천천히 남궁환의 앞에 무릎을 꿇는 것이 아닌가!

그뿐이 아니다. 백의노인조차 흑의노인 옆에 서더니 같이 무릎을 꿇는다.

"삼가 흑백쌍노가 주군의 친우 분을 뵙습니다."

아연한 광경에 바라만 보고 있던 염천마곡의 고수들이 어정쩡한 자세로 무릎을 꿇었다.

그들을 향해 흑의노인이 말했다.

"굳이 너희들까지 무릎을 꿇을 필요는 없다. 이분께 예를 올리는 것은 주군과 우리 두 사람의 약속일 뿐이니까."

머리를 뒤로 넘긴 자가 비장한 목소리로 말했다.

"저희는 두 분을 따르기로 했습니다. 하니 두 분이 꿇으면 저희도 꿇습니다."

"어리석은……."

두 노인과 사당에서 함께 나온 자 중에 하나가 조용히 말했다.

"어리석어서가 아닙니다. 주군의 친우 분이시라면, 저희가 무릎을 꿇는 게 당연한 일이지 않겠습니까?"

"도지경, 하지만 이것은 경우가 다르네."

"결코 다르지 않습니다. 죽기 전까지는 함께하자고 이미 맹서도 하지 않았습니까?"

"허……."

사람이 황당한 경우를 당하면 말문이 막힌다더니, 진용이 그 짝이었다.

'맙소사! 남궁 노인이 염마존 영호광의 친구였다니.'

한편으로는 저들이 하는 행동에 좀 지나치지 않나 생각되었지만, 말을 들어보니 이해가 가기도 했다.

옛 주인의 친구에게 인사 정도 올리는 것이 뭐 어떠랴.

진용과 정광이 멍하니 구경하는 사이, 두 노인은 남궁환을 제일 편한 곳으로 앉혔다. 물론 남궁환은 좋아서 환하게 웃었다.

남궁세가에서 언제 저런 대접을 받아봤을까. 진용은 씁쓸한 웃음을 머금었다.

"그런데 어딜 가시는 길입니까?"

흑의노인이 물었다.

진용은 손에 든 고기를 묵묵히 바라보다 천천히 내려놓았다.

'후, 먹어도 소화가 안 되겠군.'

한마디 한마디가 송곳처럼 가슴을 찔렀다. 차라리 툭 까놓고 한판 싸우는 게 낫지 않을까 싶을 정도다.

하지만 걱정할 것은 없었다.

"어, 저 젊은 친구랑 십절검존 만나러 가."

남궁환이 확실하게 찔러 버렸다.

흑의노인이 남궁환을 뚫어지게 쳐다보았다.

"지금 십절검존이라고 하셨습니까?"

"응."

오물오물.

"저 서생이 십절검존을……. 가만, 서생?"

흑의노인이 홱 고개를 돌려 진용을 노려보았다.

진용의 표정이 무심하게 가라앉았다.

'차라리 잘됐군. 어차피 벌어질 일이라면 빨리 벌어지는 게 낫겠지.'

"도장님, 조심하십시오."

정광에게 전음으로 주의를 주었다.

정신없이 고기를 먹던 정광이 뚱한 표정으로 진용을 쳐다보았다.

"왜 그래?"

대책없기는 남궁환이나 정광이나 그다지 다르지 않았다.

"염천마곡의 사람들이 우리의 정체를 알아챈 것 같습니다. 그러니……."

미처 전음을 끝낼 시간도 없이 흑의노인이 말했다.

"혹시 자네가 고진용이라는 서생인가?"

흑의노인이 고진용이라는 이름을 꺼내자 고기를 먹던 염천마곡의 고수들이 벌떡 일어섰다.

이제 시작할 때가 되었나?

진용은 전신으로 내력을 휘돌리며 나직이 답했다.

"그렇습니다. 제가 고진용입니다."

"이런 곳에서 만날 줄은 생각도 못했군."

그렇겠지.

"……?"

그런데 조금 이상하다. 별다른 적의가 없다.

어떻게 된 거지?

"경인에게서 급전을 받았네."

경인? 아! 이경인!

"그가 말하더군. 주군의 죽음에 뭔가 수상쩍은 것이 있다고. 자네가 말했다고 하던데, 사실인가?"

이경인이 뒤따라오는 염천마곡의 일행들에게 소식을 전한 것 같다. 이번에 나온 자들이 대부분 현 곡주에 대해 뭔가 불만을 가진 자들이 아니던가.

아마 이경인이 전한 소식은 이들의 마음을 크게 흔들었을 게 분명했다.

문득 든 생각에 진용의 입가로 가느다란 웃음이 번졌다.

'구양무경, 염천마곡의 반대파와 나를 양패구상시키려다 혹만 달게 될지도 모르겠구나!'

진용은 차분히 마음을 가라앉히고 자신의 생각을 말했다.

"사제지간의 정이란 것이 그렇게 뚝 잘라지는 것이 아니지요. 그러니 중간에 누군가가 수작을 부렸다는 것쯤은 누구라도 의심해 볼 일이 아니겠습니까? 더구나 십천존 중 한 사람인 곡주를 죽이려 한 소곡주가 그렇게 허술하게 일 처리를 했다는 것도 우습고, 성공하고도 현 곡주의 칼에 그렇게 쉽게 목을 던진 것도 어이없고 말입니다. 해서 조사를 해보라고 했지요."

"하지만 증거가 없잖은가?"

"보이는 증거는 없지요. 하지만 심증이라는 것도 있잖습니까? 그러니 조사를 해보는 것이고 말입니다."

"조금 전에 한 말로는 부족하네."

흑의노인의 눈이 흔들리고 있었다. 그도 어느 정도는 심증을 가지고 있는 듯했다. 다만 물증이 없어 망설이고 있을 뿐.

진용이 말했다.

"구양무경이 뒤에서 조종했다면 그 목적이 무엇이겠습니까? 삼존맹의 통합이 아니겠습니까?"

"아직 일양회가 있네. 천 회주는 그리 만만한 사람이 아니야."

"끝났습니다."

"그게 무슨 말인가?"

백의노인이 불쑥 한 걸음 나서며 물었다.

"이미 일양회도 반란이 일어났단 말입니다. 어쩌면 천 회주도 죽었을지 모릅니다."

"뭐라고!"

"누군가가 장로원주 마태영을 움직였다고 하더군요. 그 일에 대해서도 물증을 대야 합니까?"

두 노인이 부릅뜬 눈을 떨며 이를 악물었다.

"그게… 사실……."

진용이 쾅 두 노인의 머리에 마지막 일침을 가했다.

"얼마 전에 일양회의 마해방 사람들에게 쫓기는 소후천이라는 분을 만났습니다. 그분이 누군지 모르시지는 않겠지요? 그분은 장로원주 마태영을 움직인 사람이 구양무경일 거라 단정하고 있더군요. 물증이 없어도 말이죠. 그리고 염천마곡의 일에 대해서도 저와 같은 생각을 가지고 있고 말입니다."

쾅!

흑의노인이 발을 굴렀다. 스스로의 어리석음에 대한 분노였다.

"이노옴! 사.중.광!"

백의노인이 하늘을 향해 소리쳤다.

"설마했거늘! 네놈이 진정 구양무경과 손잡고 주군을 살해했단 말이냐!"

남궁환이 어느새 진용의 앞에 다가와 고개를 내밀었다.

"그게 무슨 소리지? 내 친구 영호광이 죽었단 말이야? 그 말이야?"

"안타깝게도, 그렇습니다."

"구양 뭐시기가 죽였나?"

"직접 죽이지는 않고 사주를 한 것 같습니다, 어르신."

진용의 말에 남궁환이 한숨을 푹 쉬었다.

"에휴, 그러게 내 구양 뭐시기하고 같이 놀지 말라니까."

그것뿐이었다. 더 이상 놀라지도, 날뛰지도 않았다. 진용의 염려가 쓸데없는 괜한 걱정이 되어버렸다.

"화 안 나세요?"

잔잔한 호수에 정광이 돌을 던졌다.

그래도 꿈쩍 않는 남궁환이었다.

"죽을 때 되면 죽는 거지 뭐. 조금 아쉽긴 하지만, 그런다고 살아오는 것도 아니고."

답답한지 흑의노인이 버럭 소리쳤다.

"복수는 해야 하지 않겠습니까!"

남궁환이 눈을 동그랗게 떴다.

"내가?"

"아니오! 저희들이 할 겁니다!"

"그럼 해. 하고 싶으면 해야지 뭐."

맥 풀리는 대답에 흑백쌍노의 얼굴이 붉으락푸르락 변했다.

진용이 그들을 향해 말했다.

"일양회도 소후천 대협을 중심으로 움직이고 있을 겁니다. 제가 염천마곡의 사람들 중 구양무경에 대적하려는 사람들이 있을 거라 말은 했습니다만, 어떻게 할지는 모르겠습니다. 한 번쯤 생각해 보시기 바랍니다."

흑의노인의 눈썹이 꿈틀거렸다.

"소후천이? 음……. 알겠네. 생각해 보지."

생각해 볼 것도 없다. 자신들의 힘만으로는 사중광이 이끄는 염천마곡을 상대하기도 힘든 상황. 도움이 된다면 누구하고라도 손을 잡아야 할 판이다.

소후천이면 더 말할 것이 없었다. 다만 자존심이 문제일 뿐.

"어쨌든 이제부터 우리가 받은 명령은 없던 것으로 생각할 거네. 사실 자네 일행에게 많은 사람들이 죽었다는 말을 듣고 고민도 많이 했었지. 하지만 이제 와 어쩌겠는가. 그것이 그들의 운명인 것을."

"그리 생각하신다니 고맙습니다. 그때는 화난 일이 있어서 그만 앞뒤 가리지 않고 손을 썼는데, 생각해 보니 너무 심했던 것 같습니다."

모든 것이 조용히 마무리되었다. 한바탕 피보라가 몰아칠 뻔한 상황이 모닥불을 사이에 두고 말로써 끝난 것이다.

긴장된 표정으로 돌아가는 상황을 지켜보던 정광이 안도

의 한숨을 내쉬었다.

"후, 피 보지 않아서 다행이군."

백의노인이 정광을 보고 말했다.

"사실 우리도 그리 무지한 사람들이 아니네. 뭐, 이경인에게 연락을 받지 못했다면 어땠을지 몰라도 말이야."

"그래서 다행이라는 거요. 싸움이 벌어졌으면 무슨 일이 벌어졌을지 모르는데……."

"……."

"요즘 고 공자 심경이 좀 안 좋아서……."

백의노인이 인상을 잔뜩 찌푸렸다.

"꼭 한바탕 붙었으면 우리가 다쳤을지도 모른다는 말처럼 들리는군."

다친다? 죽지 않으면 다행이지.

하지만 곧이곧대로 말하기에는 흑백쌍노의 눈빛이 너무나 살벌했다. 정광은 살짝 돌려 말했다.

"뭐, 그거야 아무도 장담 못하지요."

솔직히 당신들이 지는 게 당연하다고 생각하지만!

장담 못한다고?

백의노인은 정광을 잡아먹을 듯이 노려보다가 천천히 신형을 돌렸다.

백의노인과 흑의노인의 눈이 마주쳤다. 전의가 피어올랐다.

두 사람이 진용을 향해 말했다.

"한 번 붙어보지 않겠나? 그냥 헤어지기는 서운할 것 같은데."

생사대전이 아닌 승패만을 염두에 둔 대결 신청이었다. 자존심의 대결.

진용은 두 노인의 말에 손을 늘어뜨리고 눈을 반쯤 감았다.

긴장을 몇 번 반복하면서 답답증이 쌓였던 터였다. 그런 대결이라면 얼마든지 환영이었다.

"좋지요. 그런데, 한꺼번에 다 덤빌 겁니까?"

진용이 염천마곡의 열두 고수를 쓸어보며 말했다.

마안의 능력이 펼쳐진 진용의 눈빛에 열두 명의 고수가 부르르 떨었다. 동시에 그들의 머릿속에 번개가 번쩍였다.

소문이 거짓은 아닌 듯하다. 그렇다면 이경인이 전한 소식도 과장된 것이 아닐 것이다.

"고진용이라는 서생과 쇠 신발 든 도사에게 여덟 명이 죽고 네 명이 중상을 입었습니다."

'이거 느낌이 안 좋은데?'

그래도 그들은 무인이었다. 패도를 추구한 염천마곡의 무인들.

'제기랄, 죽으면 한 번 죽지 두 번 죽냐?'

"내가 먼저 해보겠소!"

입술 옆에 점이 박힌 강무구가 칼을 빼 들고 앞으로 나갔다.

진용이 반 보 앞으로 나가며 손을 늘어뜨렸다.

시작하죠, 하는 자세였다.

순간 강무구가 땅을 박차며 돌진했다.

번개처럼! 일격필살의 의지로!

자존심 때문에 처음에는 한 사람씩 덤볐다. 그러나 강무구를 필두로 세 명이 오 초를 견디지 못하고 차례차례 바닥을 뒹굴었다.

그렇게 세 명이 쓰러지자 나중에는 두 명, 더 나중에는 세 명이 붙었다. 그래도 십 초를 넘기지 못했다.

흑백쌍노가 굳은 표정으로 협공에 가세했다.

뇌전이 일고 검광, 도광이 어둠을 갈랐다.

번쩍이는 광채 사이로 실타래 풀리듯 펼쳐지는 신수백타.

대결은 초수가 더해갈수록 격렬해졌다.

뇌전에 머리칼이 홀라당 타버린 사람, 가슴의 옷자락에 손바닥만 한 구멍이 생긴 사람, 제대로 얻어맞고 눈두덩이 시퍼렇게 멍든 사람들이 바닥을 기다시피 뒤로 물러섰다.

흑백쌍노만이 고수답게 악착같이 버티며 전력을 쏟아냈다. 하지만 진용이 맘먹고 펼친 신수백타를 막아내기에는 역

부족이었다.

흑노 우적생의 검강이 서린 시퍼런 검을 맨손으로 쳐내고, 백노 우적궁의 날 선 만도를 아무렇지도 않게 흘려내면서 끊임없이 이어지는 진용의 몸놀림은 차라리 환상이었다.

한판의 신무(神舞)였다.

두 개, 네 개의 환영이 춤을 출 때마다 두 노인은 눈을 부릅떴다. 진용의 파랗게 물든 커다란 손바닥이 전신을 덮어올 때마다 이를 악물고 발작적으로 도검을 휘둘렀다.

그러길 이십여 초, 진용이 결전의 마지막을 장식하기 위해 두 노인의 사이로 파고들 때였다.

휙!

들뜬 표정으로 구경만 하고 있던 남궁환이 갑자기 결전장으로 다가왔다. 등에 메고 있던 철검을 빼 들고.

"나도 같이해!"

진용과 흑백쌍노는 기겁하며 뒤로 물러섰다.

단순히 남궁환이 끼어들었다고 해서가 아니었다.

그의 검에서 정체를 알 수 없는 묘한 기운이 뭉게구름처럼 피어오르고 있었던 것이다.

느낌만으로도 등골이 오싹한 기운이었다.

"어르신, 갑자기 끼어들면 어떡합니까."

"나도 함께 놀자니까?"

"만일 어르신이 노는데, 제가 끼어들면 좋겠습니까?"

"그렇다고 너만 노냐?"

진용이 진땀을 흘리며 남궁환을 막는다.

숨을 헐떡이며 진용에게 맞은 어깨를 주무르던 흑백쌍노는 어이가 없어 고개를 절레절레 저었다.

그들은 인정하기 싫어도 인정해야만 했다.

정광의 말이 옳았다.

처음에 죽기 살기로 붙었으면, 다 죽었다!

"그럼 내일은 나하고 하는 거야!"

그때 남궁환의 목소리가 천둥처럼 들렸다.

두 노인은 동시에 생각했다.

'아무래도 내일은 서둘러야겠어. 아냐, 그냥 지금 떠날까?'

날이 밝았다. 다행히 구름은 걷혀 있었다.

염천마곡의 고수들은 날이 밝기 무섭게 사당을 떠날 준비를 했다.

"증거를 찾으려면 한시바삐 서둘러야겠소."

"소후천을 만나 앞일을 상의할 것도 있고 말이오."

"혹시라도 사중광이 우리의 움직임을 눈치 챌지도 모르니 서둘러야 할 것 같습니다."

"자, 자! 몸들 추슬렀으면 일어나자고!"

남궁환이 행여나 놀자고 할까 봐, 그들 중 누구도 남궁환을 쳐다보는 사람은 없었다.

"다음에 보도록 하세, 고 공자."

"살펴 가십시오. 나중에 찾아뵙겠습니다."

진용과 간단히 인사를 나눈 그들은, 떠나기 직전 일제히 남궁환을 향해 돌아서며 허리를 숙였다.

"어르신, 저희들은 먼저 떠나겠습니다! 만수무강하소서!"

"어? 어."

남궁환이 엉겁결에 대답했다. 순간 광풍이 몰아치듯 흑백쌍노를 비롯한 열두 명의 고수가 사당을 떠나갔다.

진용은 그들의 뒷모습이 보이지 않자 깊게 침잠된 눈을 들어 하늘을 올려다봤다.

파란 하늘에는 새털구름이 흘러가고 있었다. 북쪽으로, 북쪽으로.

정양에 도착하기 전에 뭔가 결정을 내려야 했다. 남경을 떠날 때만 해도 잠시 유태청에게 모든 일을 맡기고 하북으로 가고 싶었다. 하지만 마음이 조금 안정된 지금은 보다 사물이 냉철하게 보였다.

초연향은 행방이 묘연한 상황이다. 만일 자신이 가서 초연향을 찾지 못한다면, 자칫 죽도 밥도 안 될 수가 있다.

그때 가서 무슨 낯으로 아버지를 보고, 자신을 믿고 목숨을 내던진 사람들을 본단 말인가.

'그래, 이왕 이렇게 된 것, 상황이 무르익었을 때 일단 천혈교의 일을 마무리 짓자. 그때까지도 아버지에 대한 소식을 알지 못하면 연향을 찾아 떠나자. 다 떨치고 오직 연향을 위해!'

삼존맹에 대한 생각은 그다음에 하기로 했다.

第二章

봉황과의 인연(因緣)

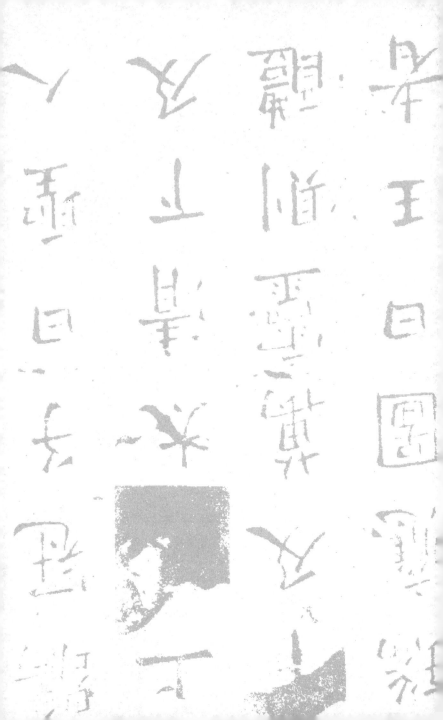

1

정양으로 들어서자 누군가가 급히 다가왔다.

"혹시 고 공자가 아니신지요?"

언뜻 보아도 건달기가 넘쳐흐르는 자였다. 그럼에도 그의
자세는 공손하기 그지없었다.

"누구신데…… 무슨 일인가요?"

"저는 무적회의 웅도삼이라 합니다! 공자를 뵙게 되어서
영광입니다!"

무적회?

거창한 이름이었다. 자신이 강호의 문파를 모두 아는 것은
아니었지만, 처음 들어보는 문파 이름이었다.

그가 다시 보충 설명을 했다.

"저희 무적회는 정양의 흑도를 대표하고 있습니다, 공자."

흑도?

그럼 그렇지. 한데 무슨 일이지? 혹시……?

진용의 표정이 굳어지며 잔잔한 기운이 흘러나왔다. 순간 웅도삼이라는 자의 안색이 하얗게 변했다.

정광이 재빨리 나섰다.

"무슨 일이냐고 묻잖은가?"

진용이 자신의 실수를 눈치 채고 기운을 거두어들였다. 그제야 웅도삼이 다급히 말했다.

"예? 예! 다름이 아니라, 대포객잔에 머물던 분들이 떠나시면서 고 공자께서 돌아오시면 말씀을 전하라 하셨습니다!"

일행들이 객잔을 떠났다고?

정광이 동그래진 눈으로 진용을 돌아보았다.

진용이 물었다.

"어디로 가셨습니까?"

"신양으로 가신다고 하셨습니다."

"신양이라고요? 무슨 일로 가셨는지는 모르는가요?"

진용이 묻자 웅도삼이 고개를 갸웃거리며 답했다.

"모르셨습니까? 사흘 전에 천제성과 천혈교가 한바탕 큰 싸움을 벌이는 바람에 무사들이 백 명도 넘게 죽었다고 하던 데……"

그거였나? 오면서 들었던 강호인들끼리의 싸움이라는 것이?

그렇다면 머뭇거릴 시간이 없었다. 유태청이 자신을 기다리지 않고 먼저 갔다는 것은 그만큼 급박했기 때문일 터였다. 아마 그는 그곳에서 정보를 모으는 데 주력하고 있을 것이다.

지피지기면 백전백승이라 하질 않던가.

지금 같은 상황에선 작은 정보도 큰 힘이 될 수 있었다.

"소식을 전해주어서 고맙소. 내 잊지 않으리다."

웅도삼은 황송하다는 표정으로 두 손을 마주 잡은 채 허리를 깊이 숙였다.

"별말씀을."

진용도 마주해서 가볍게 포권을 취하고는 방향을 돌렸다.

그때 웅도삼이 깜박 잊었다는 듯 다시 입을 열었다.

"아참! 한 가지 전할 말이 더 있습니다."

"말씀하세요."

웅도삼이 진용을 바라보며 큰 소리로 말했다.

"엉덩이에 뿔난 망아지는 아직도 성질을 고치지 않았는가!"

"......"

"이.상.입니다!"

진용은 한참 동안 웅도삼을 멍하니 바라보기만 했다. 그러다 정광이 가슴에 활 맞은 호랑이처럼 그르렁거리자, 웃음이 터져 나왔다.

"푸하하하!"

정광은 금방이라도 폭발할 것처럼 씩씩거리다가, 진용이 웃음을 터뜨리자 분노가 조금씩 가라앉았다.

화가 더 나야 되는데 그렇지가 않았다.

상황이 좀 묘하긴 하지만, 진용이 웃었다. 모든 것을 떠나 통쾌하게! 근 팔 일 만이었다.

저 웃음 한 번이 얼마나 값진 것인지 그만은 안다. 수백 명의 목숨을 구할 웃음이란 것을 말이다.

'참자, 참자. 태산거사 정광의 넓은 마음을 보여줘야지……. 끄응.'

정광은 마음이 조금 가라앉자 모든 것이 명명백백하게 보였다. 그가 웅도삼의 얼굴에 바짝 머리를 디밀고 물었다.

"혹시 얼굴이 뺀질뺀질하고 등에 보따리를 멘 놈이 그리 말하라 하지 않던가?"

"예! 그분이 그렇게 말하면 아신다고……."

그럼 그렇지! 으드득! 그 말을 듣자 또 화가 치밀었다.

두고 보자! 두충, 이놈!

2

세 사람은 일단 식사를 하고 출발하기로 했다.

웅도삼이 간절히 바란 이유도 있었지만, 어차피 아침도 못 먹었으니 가던 도중에 식사를 해야만 할 거라는 생각 때문이었다.

그 시간은 반 시진에 불과했다. 단 반 시진. 하지만 그 반 시진이 웅도삼에게는 사십 년 동안 써먹을 이야깃거리를 제공했다.

반 시진 후, 식사를 마친 세 사람은 입이 귀에 걸린 웅도삼의 환송을 받으며 즉시 남쪽으로 방향을 잡았다.

한 시진을 나아가자 회하가 세 사람의 발길을 막았다.

다행히 도선(渡船)이 곧 있는지, 선착장에는 많은 사람들이 줄을 지어 서 있었다. 물어보니 반 시진마다 도선(渡船)이 오간다며 곧 올 거라 했다. 아니나 다를까, 그 말을 듣는 와중에 정광이 소리쳤다.

"고 공자, 저기 도선이 오네!"

사실 조금 무리한다면 못 건널 것도 없었다. 많은 사람이 죽을지도 모르는 판에 다른 사람의 눈치를 볼 상황이 아니었던 것이다. 그러나 정광의 말을 듣고도 무작정 실피나를 불러 무리를 할 필요는 없을 것 같았다.

결국 진용은 조금 기다리기로 했다.

물론 정광이나 남궁환은 당연히 기다려야만 하는 줄로 알고 이미 줄을 서 있었다.

그렇게 진용을 비롯한 세 사람이 양민들과 함께 도선이 도착하기를 기다리고 있을 때였다. 뒤쪽에서 급박한 발자국 소리가 들렸다.

진용은 고개도 돌리지 않고 미간을 찌푸렸다.

"모두 물러서시오! 미안하지만 우리가 먼저 타고 건너야겠소!"

뒤에서 조금도 미안하지 않은 말투로 누군가가 외치는데, 문제는 그 말투에 북방의 사투리가 섞여 있었던 것이다.

정광이 삐딱하니 고개를 꼬고 뒤를 돌아다보았다.

진용도 천천히 고개를 돌렸다.

열 명의 무인이 양민들을 밀어내며 다가오는 게 보였다.

"저것들은 또 뭐야?"

정광이 어이없다는 표정으로 말했다.

그때 진용의 눈이 반짝였다.

'도? 설마 팽가?'

다가오는 장한들의 어깨 위로 삐죽이 솟은 도병이 보였다. 게다가 하북의 말투에, 그들의 복장은 색만 다르다 뿐이지 팽기한과 팽가의 장로들이 입었던 옷과 똑같았다. 잘못 보지 않았다면 팽가의 무사들이 분명했다.

'저들이 무슨 일이지? 혹시 탕마단 때문에?'

진용이 그들에 대해 생각하는 사이, 그들이 진용 일행의 앞에까지 다가왔다. 그때까지도 정광은 여전히 삐딱한 눈길로 그들을 계속 쏘아보고 있었다.

뒤늦게 정광의 눈길을 느꼈는지 다가오던 자들이 긴장한 표정으로 걸음을 멈췄다.

그러더니 그들 중 나이가 좀 들어 보이는 자가 한 걸음 앞으로 나섰다. 그는 정광의 기세가 심상치 않음을 느끼고 조심스럽게 말을 건넸다.

"도장, 사정이 있어서 그러니 이해해 주시오."

정광이 웃기지도 않는다는 투로 말을 받았다.

"우리도 급하네. 그러니 우리더러 다음 배 타라는 소리는 하지 말게나."

그자가 다시 말했다.

"우리는 하북에서 온 사람들이오. 한시를 다투는 판국이니 양해를 바라겠소. 대가는 드리리다."

조금 전보다 강해진 말투였다.

정광은 또 그게 마음에 안 드는지 코웃음을 치며 눈을 치켜 떴다.

"흥! 하북이라면 팽가를 잘 알겠군. 설령 그들이라 해도 우리에게 비키라 할 수 없다네."

그자의 눈매가 가늘게 좁혀졌다.

"도장은 팽가를 잘 아시나 보구려."

"조금은 알지."

"그럼 우리가 누군지는 아시오?"

네놈들이 누군지 내가 어떻게 알아?

정광은 입가에 조소를 매단 채 비꼬듯 입을 열었다.

"내가 어떻게 자네들을……."

그때 진용의 진음이 정광의 귓속으로 스며들었다.

"도장님, 그들이 바로 팽가의 무사들입니다."

정광이 재빨리 정색하고 말을 이었다.

"…모를 수 있겠는가? 자네들이 바로 팽가의 무사들이 아닌가?"

기가 막힌 임기응변이었다.

정광을 몰아붙이려던 장한이 조금 당황한 표정으로 물었다.

"도장은 뉘시오?"

정광이 뻬딱한 자세를 풀고 어깨를 떡 폈다.

"나? 나는 태산거사 정광이라고 하네. 그런데 자네들만 왔나? 팽기한 노도우는 안 오셨나?"

"예? 예, 그 어르신께선 아직……."

"허, 이 양반, 겁나게 바쁜 모양이군. 술 한잔 나누자더니, 만나야 술을 나누던가 합치던가 하지 원. 힘!"

정광의 너스레에 장한은 급히 쏘아보던 눈빛을 아래로 숙였다.

"도장께서 벽력도 어르신과 친분이 있을 줄은 미처 몰랐습니다. 용서하십시오."

"뭐, 그럴 수도 있지. 한데 뭐가 그리 바쁜가?"

정광이 질문을 함과 동시 뒤쪽에서 소란스런 소리가 들렸다. 장한은 뒤를 돌아보고는 안도의 숨을 내쉬며 간단하게 입을 열었다.

"그 일은 제가 함부로 입을 열 수 없습니다. 곧 본 가의 어르신들께서 당도하실 것이니 그분들께 물어보십시오."

"그래?"

정광도 벌써부터 장한의 어깨 너머로 빠르게 다가오는 사람들을 보고 있었다. 그리고 그들이 팽가의 사람들이란 것을 짐작했던 터였다.

그는 곧바로 말을 진용에게 넘겼다.

"고 공자, 팽가의 사람들이 오네. 아무래도 우리는 팽가와 인연이 있나 보네그려. 음허허허!"

진용은 속으로 피식 웃으며 백여 장 밖에서 빠르게 다가오는 사람들을 쳐다보았다. 모두 삼십 명 정도로 보였다.

아마도 먼저 온 열 명은 정찰조 겸 길을 트는 역할을 수행하던 자들인 듯했다.

"벽력도 어르신도 오시는군요."

"그래?"

조금 찔리는 게 있는지 정광은 진용의 말에 가볍게 대답하고는, 슬쩍 달려오는 자들을 쳐다보았다.

팽기한이 뒤에 처진 채 걷는 듯하면서도 빠르게 달려오고 있었다.

"그렇구먼. 그 양반, 나이도 든 양반이 좀 쉬지……. 힘!"

정광은 중얼거리며 슬그머니 몸을 돌려 남궁환의 옆으로 갔다. 그러자 물끄러미 회하를 바라보던 남궁환이 정광을 보고 환하게 웃었다.

"저기 배가 오네. 저 배 타고 가는 거 맞지?"

"맞습니다, 노도우."

"이봐! 고가 친구. 배가 오네. 빨리 와!"

남궁환이 손까지 흔들며 진용을 불렀다.

"예, 곧 갈 테니 걱정 마세요."

진용은 고개를 반쯤 돌려 대답하고는 다시 앞을 바라보았다.

팽가의 무사들이 지척에 당도해 있었다. 그들 중에 진용이 아는 사람은 당연히 팽기한, 한 사람뿐이었다.

그가 자신을 발견했는지 앞으로 나오며 놀란 눈을 크게 떴다. 진용은 양손을 맞잡고 가볍게 포권을 취했다.

"오랜만입니다, 어르신."

"이게 누군가! 고 공자가 아닌가!"

"어떻게 여기까지 오셨습니까?"

"큼, 어째 방구석에 처박혀 있지, 왜 나왔느냐는 소리처럼 들리는구먼."

"그럴 리가 있겠습니까? 반가워서 그러지요."

"안 본 사이 좀 능글능글해진 것 같군 그래."

능글능글이라…….

그 말을 들으니 문득 구양 할아버지의 말이 떠오른다.

"어째 갈수록 능글능글해지는 것 같구나."

할아버지도 그랬었다.

진용은 팽기한을 향해 빙그레 웃었다.

"세상이 그사이 저를 그렇게 만들었나 봅니다. 그렇다면 세상 잘못 아니겠습니까?"

"허허, 그게 그렇게 되나? 아! 내 깜박 잊었군. 전에 자네가 보낸 서신을 받아보았네."

팽기한의 말에 진용의 표정이 굳어졌다.

"팽가의 정보망에 혹시 걸리는 것이 없나 예의 주시했는데, 제대로 알아낸 것이 아무것도 없다네. 나중에 태행산 중에서 쫓고 쫓기는 추격전이 벌어졌다는 이야기만 들었지. 정말 미안하네."

역시 팽가도 자세한 상황은 알지 못한 듯했다.

진용은 속으로 한숨을 내쉬며 고개를 저었다.

"별말씀을요. 저도 그 이야기는 들었습니다. 신경 써주셔서 감사합니다. 팽가도 화령옥 때문에 정신이 없었을 텐데요."

팽기한은 쓴웃음을 지으며 정광을 돌아다보았다.

"그런데 저 엉터리 도사는 왜 저러고 있나?"

진용이 물었다.

"혹시 정광 도장님하고 술 약속하신 것 있으십니까?"

"술 약속? 없는 것 같은데?"

"그래서 저러고 계신 겁니다."

그때 정광이 고개를 돌리고는 소리쳤다.

"고 공자! 이야기 그만 하고 오게! 배가 곧 도착하네. 어? 노도우, 오랜만입니다."

"흠, 거 인사 한 번 받기 어렵군."

"음하하! 제가 그만 이 노도우와 이야기를 나누다 보니 깜박했습니다. 원시천존."

"나원······."

어이가 없는지 팽기한이 피식 웃었다.

하지만 그것도 잠시, 팽기한은 기이한 느낌에 눈을 가늘게 뜨고 정광의 옆을 바라보았다.

'뭐지? 저 늙은이······.'

아무것도 느껴지지 않았다. 마치 텅 빈 허공을 바라보는 것만 같았다.

그는 진용을 바라보았다. 저 늙은이 누구지? 하는 눈빛으로.

"남궁환 어르신입니다."

"남궁환?"

그는 남궁환에 대해 알지 못하고 있었다.

"이상한 노인이군. 어떻게 보면 모든 것을 달관한 노인 같기도 하고, 또 어찌 보면 제정신이 아닌 노인 같기도 하고……."

진용이 빙그레 웃었다.

"원래 그런 분입니다."

그렇게 진용과 팽기한이 재회의 기쁨을 나누고 있을 때였다. 팽가의 사람들이 도착했다. 그들은 어리둥절한 표정으로 두 사람을 번갈아 쳐다보았다.

팽기한이 앞으로 나아가던 때부터 의아하게 생각한 그들이었다.

─대체 무슨 일인데 저 어르신이 서두르시는 걸까?

그런데 앞서 간 팽기한이 새파랗게 어린 진용과 말 따먹기를 즐기고 있는 것이 아닌가.

"숙부님."

팽가의 사람들 중 등에 유독 커다란 도를 메고 있는 장년인이 조용히 팽기한을 불렀다.

팽기한이 뒤돌아보자 그가 말했다.

"배가 곧 도착할 것 같습니다. 이야기는 나중에 하시고 가시지요."

팽기한이 담담한 눈으로 그를 바라보았다.

"전중, 너는 이 공자가 누군지 아느냐?"

팽전중은 힐끔 진용을 바라보았다.

그의 눈에 비친 진용은 그저 별 볼일 없는 서생일 뿐이었다. 벽력도라 불리는 숙부가 관심을 갖는다는 자체가 불가사의한 일로 생각될 정도였다.

"잘 모르겠습니다. 솔직히 말씀드린다면, 저 청년이 숙부님의 말상대가 될 자라는 생각도 들지 않습니다."

"전에 내가 천암산에서 어떤 청년을 만났다는 이야기는 들었겠지?"

"예, 하면……?"

"바로 여기 고 공자가 바로 그 사람이다. 그때 많은 도움을 받았었지."

팽전중의 눈이 휘둥그레졌다.

하지만 그뿐이었다. 진용의 모습을 보니 팽기한이 받았다는 도움도 별것이 아닌 것처럼 느껴졌다. 팽기한이 그때의 일을 자세히 이야기하지 않은 탓도 있지만, 순전히 진용의 겉모습이 낙방한 서생의 모습처럼 보였기 때문이다.

"지금은 한가하게 그때의 이야기를 할 때가 아니지 않습니까?"

"그래? 그럼 내 생각을 들어보겠느냐?"

"말씀하시지요."

"나에게 저 배를 타고 회하를 건너는 것과 이 앞에 있는 고 공자를 사귀는 일 중 하나를 택하라면, 나는 주저없이 고 공자를 택할 것이다."

팽전중뿐이 아니라 팽가의 모두가 놀란 눈으로 팽기한을 응시했다.

"왜? 말도 안 되는 말 같으냐?"

"숙부님, 제가 어찌 감히 숙부님의 사귐을 방해할 생각을 하겠습니까. 단지 앞으로 해야 할 일을 생각하니……."

"그래서 그런 것이다."

"예?"

팽기한은 깊어진 눈으로 팽전중을 바라보고는 진용에게 물었다.

"고 공자, 우리가 왜 이곳에 왔는지 아는가?"

두 사람의 말을 들으며 조금 이상한 감을 느끼던 차였다.

팽전중은 자신을 알지 못하고 있는 것이다. 아마도 팽기한이 자신에 대한 이야기를 퍼뜨리지 않은 듯했다.

진용은 마음 깊숙이 가라앉아 있던 의문 하나가 수면 위로 떠오름을 느끼고 눈빛을 빛냈다.

"탕마단에 합류하기 위해 오신 건 줄 알았습니다. 한데 그런 것 같지가 않군요. 혹시…… 화령옥 문제로 오신 것 아닙니까?"

팽기한이 굳어진 표정으로 고개를 끄덕였다.

"역시 고 공자군. 맞네. 우리는 화령옥 때문에 왔네."

화령옥은 가짜였다. 그럼 처음부터 가짜였을까, 아니면 중간에 바꿔치기 된 것일까?

답은 간단했다. 처음부터 가짜였다면 이들이 화령옥의 문제로 여기에 올 이유가 없다.

그럼 누가 바꿔치기 했을까?

그때 또 한 가지 의문이 화령옥에 대한 의문과 겹쳤다.

진용이 뜬금없이 물었다.

"천제성의 성주를 찾아가시는 겁니까?"

천제성은 천혈교의 움직임을 사전에 알고 있었다. 어쩌면 혈혈구마 모두가 천암산에 모여든다는 것까지도 알고 있었을지 모른다. 아니, 분명 그랬을 것이다. 위지홍을 비롯한 온건파를 효과적으로 제거하기 위해서.

그렇다면 화령옥에 대해서도 알고 있었을 게 분명했다. 요마를 끌어들이기 위해서 화령옥만큼 좋은 미끼는 없었을 테니까.

팽기한은 물론이고, 팽전중과 팽전중 옆에서 묵묵히 오가는 말을 듣고 있던 팽가의 장로들마저 모두가 눈을 크게 떴다.

"어째서 그리 생각하는가?"

팽기한이 굳은 목소리로 물었다.

"요마는 죽기 전까지 화령옥이 가짜인지도 모르고 죽었다는 것을 어르신도 알고 저도 잘 알고 있지요. 그런데도 호가장에서는 분명 진품을 넘겼다고 했을 겁니다. 그럼 누군가 바꿔치기 했다는 말밖에 안 되는데……. 하면 누가, 왜, 바꿔치기를 했을까요?"

진용이 잠시 말을 끊고는 차가운 냉소를 머금었다.

"저는 천제성의 성주를 만나봤습니다. 천제성에 많은 변화
가 있더군요. 그런데 재미있는 사실 한 가지가 있습니다. 그
것은 다름이 아니라, 천제성에서는 혈혈구마의 모두의 움직
임을 미리부터 알고 있었다는 것이지요."

"그것과 화령옥이 무슨 관계가 있단 말인가?"

"만일 요마의 행적이 갑자기 사라졌다면, 그런데도 그를
꼭 끌어내고자 한다면 어르신께선 그를 어떻게 끌어내시겠습
니까?"

"…미끼를 쓴다?"

"그 와중에 그 물건을 탐내는 사람이 있다면요?"

팽기한의 얼굴이 석고상처럼 딱딱하니 굳었다.

"그럼 진짜 화령옥은 천제성에 있겠군."

"확실하지는 않지만, 가능성은 가장 많다고 할 수 있지요."

"으음……."

팽기한이 끝내 깊은 신음을 흘렸다. 그러자 진용이 물었
다.

"한데 천제성에 찾아가려는 정확한 이유가 뭡니까?"

"그것은 자네가 알 바 없네!"

미간을 찌푸린 팽전중이 차갑게 말하며 앞으로 나섰다. 그
러나 팽기한은 아랑곳하지 않고 입을 열었다.

"호가장을 찾아갔더니 장주인 호병승이 이런 말을 하더군."

"숙부님!"

"물러서라. 고 공자의 말을 듣고도 모르겠느냐? 이 일에 대해 우리보다 고 공자가 더 많이 알고 있지 않느냐? 도움을 청해도 모자랄 판이다. 쉬쉬할 때가 아니야."

팽기한이 강한 어조로 말하자 팽전중은 진용을 향해 눈을 한 번 부라리고는 어쩔 수 없다는 태도로 물러섰다.

"미안하네. 아직 조카가 뭘 몰라서 그런 것이니 이해하게나."

그 말에 붉어진 얼굴로 홱 고개를 돌리는 팽전중을 무시하고 팽기한이 말을 이었다.

"여중이 도착하기 하루 전 화령옥을 사겠다는 사람이 하나 나섰다고 하네. 이미 거래가 이루어졌다면 얼마든지 웃돈을 얹어서라도 구입하겠다고 말이야. 처음에는 어느 부유한 상단의 부인이 구하려는 줄 알고 '아무리 거액을 내밀어도 팽가에서는 화령옥을 팔지 않을 거요'라고 말했다고 하네. 그런데 그날 호가장을 찾아온 손님 중 하나가 그를 알아본 모양일세. 그가 나중에 호병승에게 말하길, '저 사람이 바로 천제성에 물품을 대는 낙양의 부호 길만중이오'라고 했다더군."

아마 그를 조사해 봤을 것이다. 웃돈을 얹어주려 할 정도라면 그만큼 절실하다는 뜻.

"그런데 말이야, 우연하게도 그날 저녁에 작은 소란이 있었다고 하더군. 갑자기 마사(馬舍)에 불이 났는데, 말들이 날뛰어서 한바탕 난리가 났었다고 하네."

우연이 겹치면 필연이 된다.

화령옥이 바뀌치기 되었는데, 전날 저녁에 우연히 마사에 불이 났다? 어느 누가 봐도 의심할 만한 상황이었다.

"길만중을 조사해 보셨겠군요."

팽기한이 고개를 끄덕였다.

"낙양에 가봤지. 한데… 죽었더군. 호가장에 다녀온 지 사흘 만에 갑자기 경기를 일으켜서 급사했다고 하네."

최소한 꼬리는 잘라 버린 것 같다. 그러나 꼭 꼬리가 있어야만 몸통이 증명되는 것은 아니다.

"만일 천제성의 누군가가 화령옥을 빼돌렸다면 누가, 왜 빼돌렸다고 생각하십니까?"

팽기한이 신중한 표정으로 천천히 입을 열었다.

"백리성의 아들인 백리군학이 천추무령공을 익힌다는 말을 들었네."

"천추무령공요? 그 무공을 익히는 것과 화령옥과 상관관계가 있습니까?"

"천추무령공은 극도의 순수를 요구하는 무공이네. 그 때문에 잘 모르는 사람들은 천추무령공을 동자공으로 알고 있을 정도지. 화령옥은 인간의 노화를 막아줄 정도의 순양지기가

함유되어 있는 물건이 아닌가?'

그러니 천추무령공을 익히는 사람에게 화령옥은 더할 나위 없는 보물이라 할 수 있을 것이라는 말이었다.

진용은 팽기한의 말을 듣자 그들이 왜 천제성에 혐의를 두었는지 이해할 수 있었다.

"백리군학이라……."

그때 뒤에서 정광이 소리쳤다.

"고 공자! 배가 도착했네! 안 탈 건가?"

팽전중도 팽기한을 재촉했다.

"일단 배를 타고 건너며 말씀을 나누도록 하지요."

"음, 그럴까? 고 공자, 가세."

팽가의 무사들은 모두 사십 명이 조금 넘는 숫자였다. 네 명의 장로를 빼고도 대부분이 서른 안팎의 무사들로, 고르고 고른 정예들로 보였다.

그들이 모두 타고도 배에는 스무 명 정도 탈 여유가 있었다. 그런데도 팽가의 무사들은 양민의 승선을 허락하지 않았다.

분명 온당치 않은 처사였지만 진용은 바라보기만 했다.

팽가의 무사들이 배를 타지 못한 사람들에게 은 한 냥씩을 나눠주는 것을 봤기 때문이었다.

돈을 받은 양민들이 횡재했다며 좋아하는데 팽가의 무사

들에게 뭐라 할 수도 없는 일이었다. 양민들에게는 하루벌이에 해당하는 돈이 아닌가 말이다.

명문세가가 왜 명문세가인가를 보여주는 광경이었다.

배가 건너편에 도착하자 팽기한이 진용에게 제안했다.

"천제성에 가는데, 함께 가지 않겠나?"

"죄송합니다. 급히 처리해야 할 일이 있어서……."

진용은 거절할 수밖에 없었다. 유태청과 일행을 만나는 일이 우선은 가장 급했던 것이다.

사실 진용이 오히려 팽기한에게 백리성을 만나는 것을 미루어달라 하고 싶었다. 하지만 하지 않았다. 자신과 마찬가지로 팽기한도 분명 그 제안을 거절할 테니까.

그리고 백리성이 아무리 패도를 가기로 했어도 팽가를 적으로 삼지는 않을 거라는 생각이 들기도 해서였다. 당분간은.

"곧 만나게 될 것입니다. 저도 천혈교에 가볼 생각이니까요."

"아쉽군. 자네가 있으면 힘이 될 텐데 말이야."

진용과 백리성의 관계를 모르는 그로선 그리 생각할 수밖에 없었다.

진용은 쓴웃음을 지으며 고개를 저었다. 그때 문득 한 가지 생각이 떠올랐다.

"혹시, 천제성의 성주가 백리성이라는 것을 아십니까?"

팽기한이 어리둥절한 눈으로 진용을 바라보았다.

"무슨 소린가? 천제성주는 천무제 백리자천이 아니던가?"

아직 모르고 있었나? 하긴 그 사실을 아는 사람들이 얼마나 될까. 아마 정천무맹이라 할지라도 모든 사실을 알지는 못할 터였다.

"아직 공식적으로 알려지지 않아서 그렇지, 현재의 천제성주는 백리성입니다. 본인이 직접 한 말이니 결코 잘못된 정보는 아닙니다."

팽기한을 비롯해 팽가의 장로들 모두가 눈을 휘둥그렇게 떴다. 반쯤 얼이 빠진 표정의 그들을 향해 진용이 말했다.

"어쨌든 백리 성주를 만나거든 제 이야기는 하지 마십시오. 조금 안 좋은 사이니까요. 도움이 되지 않을 것입니다."

조금이 아니라 서로 죽이지 못해 한(恨)인 사이였다.

그렇다고 곧이곧대로 말할 수는 없었다. 비록 한이 맺힌 사이어도 약속은 약속이니까. 그가 아직 자신을 건들지 않고 있는 이상은.

"그럼, 나중에 뵙겠습니다."

"음, 아쉽지만, 뭐 어쩔 수 없지. 그래, 나중에 보세."

진용이 팽기한과 인사를 나누고 떠나자 팽가의 장로들이 물었다.

"저자가 천제성에 대해 어떻게 그리도 잘 아는 겁니까? 게다가 숙부님께서 그리 중히 여기시는 걸로 봐서 이름이 없는 자는 아닌 것 같은데, 대체 누굽니까?"

팽기한은 멀어져 가는 진용의 뒷모습을 바라보다가 천천히 몸을 돌리며 아무렇지도 않게 말했다.

"얼마 전까지만 해도 천하의 젊은이들 중에서 한 손에 꼽을 만한 자라 생각했지. 그런데 이제는 나도 정확히 모르겠다. 내가 판단하기에는 너무 커버렸어."

"예?"

벽력도 팽기한이 판단하지 못할 사람이 누가 있을까.

그것이 팽가 사람들의 생각이었다.

팽기한은 그런 의문을 품은 조카들을 쳐다보고는 한숨을 내쉬었다.

"후우, 무공도 나보다 강한 데다, 황궁의 고위직에 있는 사람이야. 십절검존 유 노사가 그와 함께 다닌다는 소리를 언뜻 들었는데……."

팽전중을 비롯해 팽가의 장로들이 눈을 부릅떴다.

"억! 그럼 저자가……?"

그때 갑자기 팽가의 장로 중 하나인 팽효중이 경악성을 내질렀다. 그는 본래 소문에 귀 기울이는 것을 좋아하는 데다, 이번 길에도 정보를 책임지고 있다 보니 그런 사람에 대해 들은 바가 있었다.

팽효중이 놀라자 팽기한이 그를 쳐다봤다.

"왜? 들어본 사람이냐?"

눈이 튀어나올 것처럼 놀란 팽효중이 단말마처럼 하나의 별호를 내뱉었다.

"천뢰서생!"

팽기한은 고개를 갸웃거리다가 슬그머니 웃음을 지었다.

"천뢰서생이라… 흠, 정말 딱 맞는 별호군."

마른하늘에서 날벼락이 칠 수도 있다는 것을 믿는 사람만이 이해할 수 있는 웃음이었다.

3

신양이 얼마 남지 않은 곳에 이르렀을 때였다.

진용은 빠르게 달리다 말고 눈살을 찌푸렸다. 관도 왼쪽의 황토 언덕 너머 상당히 먼 곳에서 일장박투를 벌이는 소리가 들린 것이다.

바람 소리에 섞인 소리는 흉험하기 그지없었다.

검이 부딪치는 소리, 악쓰며 외치는 소리, 그리고 이어지는 처절한 비명!

한두 사람이 싸우는 것이 아니었다. 적어도 수십 명이 집단으로 싸우는 상황 같았다.

천혈교와 어느 세력이 다투고 있는 것이 아닐까 하는 생각이 들었다. 한데 기이하게도 간간이 섞인 처절한 비명은 대부분이 여인이 터뜨리는 비명이었다.

여인들의 연이은 비명. 강호에 별의별 일이 다 있다 해도 흔히 있는 일이 아니었다. 갈 길이 아무리 바빠도 그냥 지나치기에는 마음에 걸렸다.

"이 흉악한 놈들! 아악!"

한데 때마침 언젠가 들어본 목소리가 들리는 것이 아닌가.

진용은 걸음을 멈추고 눈을 휘둥그렇게 떴다.

"저 목소리는?"

"아는 목소린가?"

정광이 물었다.

"도장님, 생각 안 나요?"

"모르겠는데?"

하긴, 그때 당시 정광은 침을 흘리며 정신이 없었을 테니 알지 못하는 게 당연한 일일지도 몰랐다.

"빨리 가보죠."

"누군데 그래?"

정광이 진용을 따라가며 답답하다는 표정으로 물었다. 진용이 말했다.

"봉황거가 저기 있나 봅니다. 아무래도 누군가에게 공격을 받고 있는 것 같습니다."

"봉. 황. 거! 가세!"

정광이 똑똑 부러지게 말하더니 횡 몸을 날렸다. 진용보다 더 급한 몸짓이었다.

진용은 고개를 내두르며 신형을 날렸다.

남궁환은 이미 정광을 따라 언덕 너머로 사라진 후였다.

언덕 위에 올라가자 상황이 일목요연하게 보였다.

스산한 황토 바람이 누렇게 불어대는 황무지에 한 대의 마차가 서 있었다. 백여 장의 거리. 생각대로 봉황거였다.

마차를 중심으로 전면에 빙 둘러서서 혈의인들을 맞이하고 있는 여인들의 숫자는 근 삼십여 명. 선혈에 물든 채 쓰러져 있는 여인들의 숫자만도 이십 명 정도에 달했다.

면사로 얼굴을 가리고 있어 정확히 알 수는 없지만, 이전의 젊은 여인들은 몇 명 보이지 않고, 대부분이 삼십대 이상의 미부들이었다.

개중에는 사십대로 보이는 중년 여인들도 몇 명이 마차에 바짝 붙어 긴장한 자세로 서 있었는데, 하나같이 절정의 기세를 뿜어내는 고수들이었다.

그녀들조차 얼마나 치열한 격전을 벌였는지 온전한 모습이 아니었다.

싸움은 폭발 직전의 소강 상태였다.

수하들이 쓰러져 있는데도 봉황곡의 여인들은 누구도 함부로 움직이지 않았다. 그만큼 적이 강하다는 말이었다.

은서령이 마차의 문 옆에 서서 그들을 지휘하고 있었다. 서리서리 차가운 기운을 뿜어내는 은서령의 얼굴은 잔뜩 굳어 있었다.

그리고 은서령의 옆에, 흰구름처럼 너울거리는 궁장을 입고 손에는 눈처럼 하얀 검을 한 자루 들고 오연히 서 있는 중년 여인.

'누구지?'

비록 주위의 선혈로 인해 퇴색되어 있었으나, 그녀의 전신에선 누구도 함부로 다가가지 못할 위엄이 자연스럽게 흘러나오고 있었다.

진용은 문득 화인화의 모습이 떠올랐다.

'화인화……'

한순간 진용의 눈매가 살짝 이지러졌다.

화인화의 얼굴과 초연향의 얼굴이 겹쳐 떠오른 것이다. 초연향의 행방을 알지 못해 미칠 것 같던 때가 엊그제였거늘.

'참으로 간사한 게 사람의 마음이라더니……'

"저놈들, 누구지?"

정광이 진용의 상념을 깨뜨리며 입을 열었다.

봉황곡의 여인들을 공격한 자들은 피처럼 붉은 혈의를 입고 있었다. 숫자는 이십여 명에 불과했지만, 그 숫자만으로도 봉황곡의 여고수들을 충분히 누를 수 있을 만큼 하나하나 고수 아닌 자가 없었다.

처음으로 보는 자들이었다.

"천혈교의 놈들일까?"

정광이 물었다.

그럴지도 몰랐다. 이곳은 신양이 지척인 곳. 게다가 붉은 무복이 아닌가 말이다.

"개 같은 놈들! 천혈교의 놈들이냐?"

그때 피로 물든 어깨를 움켜쥔 소련이 날카로운 목소리로 물었다.

혈의를 입은 자들 중 맨 뒤에서 뒷짐을 진 자세로 서 있던 노인이 한 걸음 앞으로 나섰다.

"우리가 원하는 것은 마차 안의 어린 계집이다. 그녀만 우리를 따라간다면 너희들은 그냥 보내주겠다."

"건방진 늙은이!"

성질을 이기지 못한 소련이 이를 갈며 눈을 부라렸다. 순간 미간을 찌푸린 노인이 손을 흔들었다.

"물러서라, 소련!"

은서령이 다급히 소리쳤다. 상대의 기세가 심상치 않음을 느낀 것이다.

진용도 아차 했지만 이미 때늦은 뒤였다. 환상타공지로 공간을 가를 겨를조차 없었다.

쾅!

"컥! 끄으으!"

소련이 입에서 피를 뿜으며 나가떨어졌다.

단 일장으로 소련을 튕겨낸 혈의노인이 마차를 향해 고개를 돌렸다.

"끌끌, 가지 않겠다면 어쩔 수 없지. 강제로라도 데려가는 수밖에. 봉황신녀 화인화, 주군의 여인으로 그대를 데려가고자 한다. 영광으로 알아라!"

동시에 혈의노인 뒤에 서 있던 혈의인들이 일제히 몸을 날렸다.

진용도 급히 신형을 날렸다. 두고만 보기에는 상황이 너무 급박했다.

"이런! 가죠."

정광과 남궁환이 뒤질세라 몸을 날렸다.

백의궁장여인의 입에서 분노의 목소리가 흘러나온 것은 바로 그때였다.

"혼세십팔마로 이름이 높던 추혼신마가 호화사자로 전락했을 줄은 미처 몰랐군요!"

혈의노인의 미간에 내 천 자가 그어졌다.

"내 정체를 알았다면 이제 죽어도 여한이 없을 것이다."

말이 떨어졌을 때는 이미 혈의인들이 봉황곡의 여인들을 덮치고 있었다.

"합공해서 상대해!"

은서령이 채대에 잔뜩 내공을 주입하고는 싸늘하게 소리쳤다.

이미 한차례의 접전으로 적의 강함을 뼈저리게 느낀 터였다. 한순간도 마음을 놓을 수가 없었다.

그나마 유리한 점은 숫자가 많다는 것. 그러나 그마저도 얼마나 오래갈지 미지수였다.

그때 백의궁장여인이 대기를 얼릴 듯한 한기를 뿜어내며 손에 든 하얀 검을 내밀었다.

"추혼신마, 얼마나 강한지 보자!"

하얀 검강이 그녀의 검첨에서 피어났다.

마차를 향해 다가가던 추혼신마 오지량의 눈에 이채가 서렸다.

"너는 봉황선자와 어떤 사이더냐?"

백의궁장여인이 말했다.

"내가 바로 당대의 봉황선자 화예령이다!"

그녀의 외침이 끝나는 순간, 검첨에 뭉친 하얀 검강이 빗살처럼 뻗어나갔다.

절정에 이른 검강탄기!

처음으로 추혼신마 오지량의 눈에 긴장감이 떠올랐다. 하지만 그뿐이었다.

오지량의 만월처럼 휘어진 도에서 새파란 도강이 일더니, 화예령의 백색 검강을 그대로 갈라 쳤다.

쩌정!

두 사람이 일검을 겨루고 동시에 일 장 가까이 물러섰다. 어느 쪽도 이득을 보지 못한 상태.

추혼신마 오지량의 눈이 가늘게 좁혀졌다.

"과연 봉황곡주!"

봉황선자라는 이름은 대대로 물려지는 이름. 그 이름만으로도 눈앞의 화예령이 봉황곡주라는 것을 어렵지 않게 알아본 오지량이었다.

"흥! 네놈 정도는 얼마든지 상대할 수 있다. 와라!"

화예령이 자신을 얻었는지 냉랭하게 소리쳤다.

"흐흐흐, 좋아. 오랜만에 본좌의 진정한 무서움을 보여주마."

오지량이 음산한 웃음을 흘리며 신형을 날렸다. 새파란 도강이 신월처럼 피어난 만도를 앞세우고서.

그와 동시, 화예령의 백색 검에서도 다시 하얀 검강이 죽 뻗었다.

쾅! 콰광!

검강과 도강이 부딪치고, 순식간에 서너 번의 번갯불을 토해냈다. 물러서면 끝장이라는 것을 잘 아는 화예령이나, 물러서는 순간 자신의 명예가 땅에 떨어진다 생각하는 오지량이나 누구도 물러서지 않았다.

방원 이 장이 강기의 회오리에 휘말려 드는 것은 찰나간이었다.

두 사람의 싸움에는 누구도 끼어들지 않았다. 끼어든다는 것이 얼마나 위험한 일인지 모르는 사람은 없었다.

그사이 싸움은 혼전으로 치달았다.

혈의인들을 맞이한 봉황곡 여인들의 입에서는 벌써부터 간간이 신음이 흘러나오고 있었다.

은서령은 채대를 휘두르며 구멍 난 곳을 메우기 위해 동분서주했다.

은서령이 두 명의 혈의인에게 합공을 받는 바람에 마차에서 조금 멀리 떨어졌을 때였다. 은봉단의 여인들을 거꾸러뜨린 세 명의 혈의인이 갑자기 허공으로 몸을 날리더니 곧바로 봉황거를 향해 떨어져 내렸다.

"막아!"

은서령이 악을 쓰며 소리쳤다.

자신은 혈의인 둘을 상대하느라 꼼짝도 못하고 있는 상황. 곡주인 화예령은 추혼신마에게 손발이 묶여 있다.

봉황호법들도 달려드는 혈의인들을 상대하느라 몸을 뺄 수 있는 자가 없다.

이를 악다문 은서령은 혼신의 공력으로 채대를 휘둘렀다. 두 명의 혈의인이 견디지 못하고 서너 걸음 물러선다.

돌아서면 무방비 상태로 공격을 받을 것이 분명했다. 하지만 망설일 틈이 없었다.

'한 팔 정도는 내준다!'

쾅! 쾅! 쾅!

그때다!

은서령이 미처 신형을 돌리기도 전에 굉음이 터져 나왔다.

허공이었다.

은서령은 자신도 모르게 고개를 돌렸다.

"고 공자!"

순간 그녀의 입에서 한숨 같은 탄성이 터져 나왔다.

세 명의 혈의인이 훌훌 날아가고 있었다. 그리고 봉황거 위에는 한 사람이 천장처럼 서서 사위를 둘러보고 있었다.

고진용이었다.

눈이 마주치자 그가 가볍게 손을 들더니 검지로 허공을 죽 내리긋고는 주먹을 불쑥 내밀었다.

쾅!

갑자기 뒤쪽에서 북 터지는 소리가 들렸다.

은서령은 급히 고개를 돌렸다. 자신이 잠시 머뭇거린 사이 코앞까지 다가온 혈의인이 가슴이 뭉개진 채 허공을 날고 있었다.

'맙소사!'

싸우던 와중에 신경을 다른 데 썼다는 부끄러움보다 놀람이 앞섰다.

그때 진용이 허공을 응시하며 나직이 입을 열었다.

"천혈교의 마인들은 오늘 아무도 살아서 돌아가지 못할 것이다."

진용의 목소리가 나직하면서도 뚜렷하게 사방에 울려 퍼

졌다.

절대음 중의 천공음(天空音)이 펼쳐진 것이다.

일순간, 봉황곡의 여인들을 공격하던 혈의인들이 갑자기 비틀거렸다.

마기에 심신이 찌든 그들이 정심한 무공을 익힌 봉황곡의 여인들보다 더 큰 영향을 받았기 때문이다.

작은 차이였지만 그 정도면 봉황곡의 여인들에겐 절호의 기회였다.

셋을 셀 시간도 되지 않아 전황이 급격히 변화를 보이기 시작했다.

더구나 쇠 신발을 들고 날뛰는 정광의 손에 서너 명의 혈의인들이 속절없이 머리가 깨져 나가자 혈의인들은 전의를 상실하고 물러서기에 급급했다.

"원시천존, 무량수불! 때려죽일 놈들! 이리 오너라! 이 도사님께서 염라대왕께 보내주마!"

하지만 봉황곡의 호법들조차 움직임을 멈추고 뒤로 물러서게 만든 사람은 따로 있었다. 바로 남궁환이 그 주인공이었다.

남궁환의 철검에서 뭉게구름 같은 기운이 넘실거릴 때마다 소리없이 혈의인들이 쓰러진다.

다섯 명의 혈의인이 허수아비처럼 쓰러진 것은 순식간이었다.

너무나 갑작스런 상황. 오지량은 당황하며 물러서기에 바빴다.

'대체 저놈들은 누구야!'

그때 또다시 진용의 음성이 오지량의 귀청을 파고들었다.

"추혼신마 오지량! 천혈교의 주구! 죽음을 눈앞에 둔 자가 무슨 욕심이 있어 세상에 기어나오셨소!"

"헉!"

절로 터져 나오는 신음. 전신에서 힘이 빠져나간다. 화예령의 백색 검강이 코앞에 다가오거늘!

하지만 그는 혼세십팔마 중의 한 사람 추혼신마 오지량이었다.

입술을 깨문 오지량은 짜릿한 통증으로 인해 정신이 들자 혼신의 힘을 다해 뒤로 물러섰다.

"크흑! 어떤 놈이 사공을……!"

휘잉!

화예령의 검이 앞섶을 스치고 지나갔다.

오지량은 급급하게 다시 일 장을 물러섰다.

순간 한줄기 뇌전이 하늘을 시퍼렇게 물들이며 떨어져 내렸다.

쩌저적! 쾅!

오지량의 몸뚱이가 이 장 밖으로 튕겨졌다.

본능적으로 방어한 덕분에 정통으로 맞지는 않았지만, 그

충격에 오지량의 입에서 피 분수가 터져 나왔다.

그때였다. 화예령이 튕겨진 오지량을 따라 신형을 날렸다. 그녀의 백색 검에서 피어난 눈처럼 하얀 검강이 오지량의 가슴을 파고들자 오지량이 가까스로 몸을 뒤틀었다.

찰나의 순간, 화예령이 이를 악물고 오지량을 향해 돌진했다.

미처 진용이 멈추라는 말을 할 시간도 없었다.

"꺼억!"

"으음."

두 사람이 엉키듯이 들러붙었다.

언뜻 오지량의 등 뒤로 피를 머금은 백색 검이 하얀 이빨을 드러낸 것이 보였다.

하지만 화예령도 결코 편안한 표정은 아니었다. 그녀의 악다문 입술 사이로 피가 새어 나오고 있었다. 작지 않은 상처를 입었다는 말.

이를 악다문 화예령이 피에 젖은 입으로 말했다.

"내 허락 없이 누구도 내 딸을 데려갈 수는 없어, 늙은이……."

"끄으으……. 지독한…… 년……."

눈을 까뒤집으며 서서히 뒤로 넘어가는 오지량이다.

한데 이상하다. 그의 손에 만도가 보이지 않는다.

두 사람 앞에 내려선 진용의 표정이 굳어졌다.

만도의 행방을 찾는 것은 그리 어렵지 않았다. 화예령, 그녀의 가슴에 만월처럼 휘어진 만도가 반쯤 꽂혀 있었다.

뚝. 뚝. 뚝!

만도의 날을 따라 흘러내린 피가 황토를 붉게 적셨다.

"어머니!"

화인화가 마차에서 내려 정신없이 달려왔다.

화인화가 달려오자 진용은 화예령의 가슴을 향해 가볍게 손을 휘둘렀다. 진용의 손짓에 화예령의 가슴에서 빠져나온 만도는 화인화가 보지 못한 사이 소리없이 땅바닥에 박혀들었다. 그리고 이어진 손짓에 화예령의 가슴에서 흘러나오던 피가 빠르게 멎어갔다.

화예령의 눈이 진용을 향했다.

무리를 하다 보니 그 충격으로 움직임이 쉽지 않았다. 그래서 가슴에 박힌 도를 빼내야 하는데도 빼내지 못하고 있었다.

인화가 이 모습을 보면 얼마나 놀랄까?

그런데 눈앞의 서생이 모든 것을 해결해 버렸다.

"누군지 모르지만, 고맙네."

"고마워요, 고 공자."

화예령을 마차 안에 눕히자 화인화가 눈물을 닦으며 진용을 바라보았다. 진용이 물었다.

"무슨 일로 이곳까지 오신 겁니까?"

대답은 누워 있던 화예령이 했다.

"십절검존을 만나려고 하네."

화인화에게서 진용에 대해 들은 그녀였다. 새삼스런 눈이 진용을 빠르게 훑는다.

진용은 멋쩍은 눈을 돌려 화인화를 향했다.

그녀 역시 진용을 빤히 바라보고 있다.

'덥군.'

마차 안이 덥게 느껴진다. 가슴이 답답해진다.

진용은 무심결에 입을 열어 화예령에게 물었다.

"그분께 복수를 부탁하려 하시는 겁니까?"

화예령의 눈꼬리에서 미미한 떨림이 일었다.

"그럴 생각은 없네. 그 일이 얼마나 힘든 일인지 우리도 잘 아니까. 우리는 그냥… 그분을 만나보고자 할 뿐이네."

부친을 만나고 싶어하는 딸. 그 이상도 이하도 아니라는 말이었다.

진용이 말했다.

"지금 이 일대는 전운이 감돌고 있습니다. 일단 탕마단과 함께 계십시오. 제가 그분을 만나면 반드시 말씀을 전하도록 하겠습니다."

"그래 주겠나?"

진용은 아무런 말도 하지 않고 고개만 끄덕였다.

그 이상 자신이 할 일은 아무것도 없었다.

부녀 간의 애환은 결국 부녀 간이 해결해야 할 일이었다.

"제자들의 시신을 추슬렀으니 출발하겠습니다, 궁주님."

밖에서 은서령의 목소리가 들려왔다.

곧이어 마차의 바퀴가 구르기 시작했다.

4

초연향은 몸을 일으켜 방문을 열어봤다.

밖에서 약탕기를 달이고 있던 소녀가 고개를 돌리더니 환하게 웃는다. 초연향도 빙긋이 웃었다.

이제 마음은 어느 정도 안정이 된 상태였다.

다친 목도 많이 나아져 의사소통을 하는 데는 무리가 없었다.

얼굴의 상처도 가라앉아 딱지가 져 있었다.

"언니, 조금만 기다려요. 이제 다 달여졌으니까요."

초연향은 여전히 웃는 얼굴로 고개를 끄덕였다.

참 맑은 소녀였다.

저 아이를 보면 자신이 얼굴 때문에 절망에 빠졌던 것이 부끄러울 지경이다.

얽은 얼굴에 다리가 꼬인 아이.

설움도 많았을 텐데, 용케도 웃음을 잃지 않고 있다.

초연향은 안개가 낀 듯 눈앞이 뿌옇게 흐려졌다.

'그래, 이 정도나마 멀쩡한 것을 감사하게 생각하자. 고 공자를 잊어야 한다는 게 가슴 아프지만, 내 복이 이것뿐인 걸 어쩌겠어.'

초연향은 한참 만에야 마음을 가라앉히고 가래 끓는 목소리로 소녀를 불렀다.

"소연아."

"왜요?"

"이따가 언니랑 언덕으로 꽃구경 갈까?"

"정말?"

"응. 언니가 수레 밀어줄게."

소연이가 환하게 밝아진 얼굴로 초연향에게 다가왔다. 그러더니 묻는다.

"언니, 혹시 말인데…… 언니 이름이 초연향 아니에요?"

초연향은 흠칫하며 소연이를 바라보았다.

자신의 이름을 그냥 '향'이라고만 말했다.

어디서 듣지 않았다면 절대 초연향이라는 이름을 알 리가 없었다.

"어디서… 들은 거니?"

목소리가 가늘게 떨려 나왔다.

소연이가 입까지 쩍 벌리고 환하게 웃었다.

"우와! 정말 맞구나."

"누구에게 들은 거야?"

초연향이 다시 물었다. 소연이가 말했다.

"궁의 언니들이 그랬어요. 요즘 하북 일대가 초연향이라는 여인을 찾느라 난리도 아니래요."

"누가… 찾아?"

"황궁에서도 찾고, 흑도에서도 찾고, 강호의 대문파들도 찾고. 좌우간 엄청나게 많은 사람들이 찾고 있대요. 내가 가서 말할까요? 언니 여기 있다고."

초연향은 황급히 소연이를 말렸다.

"안 돼! 절대 안 돼, 소연아."

"왜요?"

"만일 내가 여기 있다는 게 알려지면 큰일 나. 그리고 이 언니도 큰일 나고."

소연이는 눈을 동그랗게 뜨더니 가슴을 쓸어내렸다.

"그래요? 휴우, 큰일 날 뻔했네. 그냥 궁의 언니들한테 물어보려다 언니한테 먼저 물어본 건데."

"잘했어. 절대 말하면 안 돼. 알았지?"

"걱정 마요. 여기는 약 냄새 때문에 언니들이 잘 안 와요. 내가 말 안 하면 누구도 모를 거예요."

초연향은 문득 소연이가 자꾸 말하는 궁의 언니라는 말에 신경이 쓰였다.

"그런데 궁의 언니들이 누구야?"

"궁의 언니들? 그야 궁의 언니들이죠 뭐."

소연이가 막상 대답을 못하자 마침 부엌에서 나오던 노파가 대답했다.

"환밀궁(幻密宮)의 아이들을 말하는 거다. 알지 모르겠지만."

초연향의 눈이 부릅떠졌다.

그녀가 비록 무인은 아니었지만 무림에 대해 알 만큼은 알고 있었다. 그러니 놀라지 않을 수 없었다. 환밀궁이라면 여인들만으로 이루어진 세 곳의 문파 중 한 곳이 아닌가.

"그럼 환밀궁의 여인들이 이곳에 온단 말이에요?"

"가끔씩 온다."

"가끔씩요? 여기서 가까운가 보죠?"

"그게 아니다."

"그게 아니라면……?"

"여기도 환밀궁에 속해 있다는 말이다."

초연향은 입을 벌리고 아연한 표정을 지었다.

그러니까 노파의 말대로라면 자신이 환밀궁에 있다는 말이 아닌가.

노파가 말을 이었다.

"너에 대해서는 궁주께서도 알고 계신다. 하지만 너무 걱정할 건 없다. 환밀궁은 필요한 물품을 구하러 나갈 뿐 세상과 교분을 나누지 않은 지 오래되었으니까."

초연향은 안도의 숨을 내쉬며 고개를 숙였다.

"감사합니다."

노파는 초연향을 물끄러미 바라보더니 조용한 목소리로 말했다.

"정말 고맙게 생각한다면 한 가지 부탁을 하고 싶구나."

"부탁요? 말씀하세요. 제가 들어드릴 수 있는 거라면 뭐든 들어드릴게요."

"그래? 그럼 나도 말하기가 편하구나. 내 부탁은 다른 게 아니다. 궁주께서 너를 양녀로 삼고 싶어하신다. 선택은 네가 할 일이다만, 내 마음으로는 네가 승낙을 했으면 한다. 그분도 불쌍한 분이시다. 아마 서로 마음을 나눌 수 있을 게야."

"양… 녀요?"

"그래. 내일쯤 오실 거니까, 그때까지 생각해 보도록 해라."

"한 가지, 저도 물어볼 게 있어요."

"물어보거라."

"만일 제가 궁주님의 양녀가 되면 밖에 나갈 수 있나요?"

노파는 초연향의 갈등이 가득한 표정을 보더니 조용히 웃으며 말했다.

"세상과 교분을 나누지 않은 지 오래되었다고 했지 나갈 수 없다고는 안 했다."

그 말에 초연향은 눈을 감았다.

입술을 떼던 고진용의 붉어진 얼굴이 바로 코앞에 보이는 것만 같았다.

'나간다 해도…… 내가 고 공자를 만날 수 있을까? 부를 수 있을까? 이 얼굴로? 이 목소리로?

감긴 그녀의 두 눈에서 맑은 이슬이 방울져 흘러내렸다.

第三章

오죽장(烏竹莊)의 정체

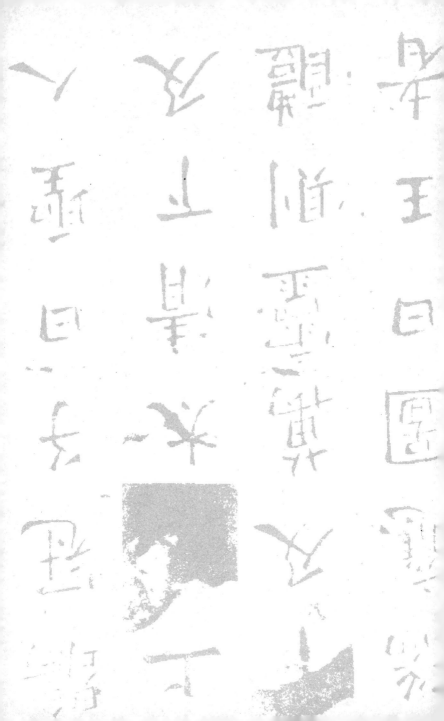

1

신양의 겉모습은 평상시의 다른 도시와 별다를 게 없이 조
용했다. 양민들은 강호인들끼리의 싸움을 신경조차 쓰지 않
는 것처럼 보였다.

하지만 그 내면에는 폭풍 전야 같은 긴장감이 감돌고 있었
다. 간혹 도검을 차고 다니는 사람들을 보면 그들은 자신들도
모르게 한 발씩 옆으로 돌아가곤 했다.

진용 일행이 신양의 북문에 들어섰을 때는 그런 긴장감이
최고조에 올라 있었다. 그 즈음, 막 한 가지 소문이 퍼지고 있
었던 것이다.

─강호인들의 단체인 정천무맹의 탕마단이 신양에 들어오

고 있다!

사실과는 조금 다른 소문이었다. 그들은 신양에 들어오는 것이 아니고, 신양에 인접한 수경산장에 머무를 생각이었으니까.

하지만 양민들에게는 오십보백보였다. 그저 불똥이 엄한 자신들에게 튀지 않기만을 바랄 뿐이었다.

진용이 정광과 남궁환을 이끌고 북문에 들어서자 한 사람이 빠른 걸음으로 다가왔다.

그는 천탁 이조에 속한 풍혈도 설가종이었다.

"고 공자."

"설 대협, 저희를 기다리셨습니까?"

설가종이 짧게 고개를 끄덕였다.

"유 노사께서 생각보다 빨리 올지 모른다며 아침부터 살펴보라 하셨소. 한데 정말 빨리 왔구려. 남경까지 벌써 갔다 오신 거요?"

"다행히 중간에 별일이 없어 빨리 왔습니다. 그건 그렇고, 유 어르신께선 어디 계십니까?"

"그리 멀지 않은 곳이오. 일단 갑시다."

그의 말대로였다. 유태청은 북문에서 백여 장 떨어진 객잔에 자리를 잡고 있었다.

"어르신, 고 공자께서 당도했습니다."

설가종이 안에 대고 진용의 도착을 알렸다. 안에서 약간의 소란이 일었다.

"들어오게나."

유태청의 약간 웃음기 띤 목소리에 진용이 문을 열고 안으로 들어갔다.

율천기와 포은상은 진용이 들어서자 벌떡 자리에서 일어섰다. 그들의 눈은 휘둥그레져 있었다. 유태청의 말을 듣고도 설마 벌써 오랴 했는데, 정말 진용이 나타나자 놀란 것이었다.

"정말 남경에 다녀온 것인가?"

율천기가 궁금한지 다급히 물었다.

진용은 태연히 대답했다.

"예. 생각보다 그리 멀지 않더군요. 한데 다른 분들은?"

"생각보다 멀지… 않아? 남경이?"

유태청이 거보란 눈으로 벙찐 표정의 율천기와 포은상을 보고는 빙그레 웃으며 말했다.

"대부분은 밖에 나가 나름대로 돌아가는 상황을 살펴보며 정보를 모으고 있네. 저녁을 먹기 전까지는 돌아올 것이야. 그래, 갔던 일은 잘 되었는가?"

유태청이 조금 걱정되는 표정으로 물었다.

진용은 유태청이 묻는 의도를 알고 담담한 표정으로 고개를 끄덕였다.

"제 개인적인 일은 잘된 것도 잘못된 것도 없습니다만, 그 외에 덤으로 좋은 일이 생겨 기분이 괜찮습니다."

봉황거에 대해 말할까 했지만 일단 뒤로 미뤄두기로 했다. 봉황곡과 유태청의 관계는 아직 세상에 알려진 것이 거의 없질 않던가. 그런 만큼 유태청이 만인 앞에서 알려지는 것을 꺼려할지도 모르는 일. 아무래도 그에 대한 이야기는 나중에 둘만 있을 때 조용히 하는 게 나을 것 같았던 것이다.

'마음 아파하실지도 모르겠군.'

진용이 그리 생각할 때다. 유태청이 의아한 표정으로 물었다.

"덤?"

왠지 흥미로운 눈빛이다. 진용의 기분을 바꿀 정도의 덤이라 하면 결코 작은 일이 아닐 거라는 생각인 듯했다.

"그보다 먼저 소개해 드릴 분이 계십니다."

진용은 잠시 말을 멈추고 뒤를 바라보았다.

갑자기 웃음이 나왔다.

정광이 남궁환의 옷깃을 잡아당기고 있었다. 그런데 남궁환이 들어오지 않으려 하는 것이 아닌가.

"훗! 어르신, 들어오시지요."

진용이 부르고 나서야 남궁환이 고개를 쏙 내밀었다.

정광이 답답한지 남궁환의 소매를 잡고 말했다.

"아, 왜 그러시는 겁니까? 갑자기 안 들어가겠다니요?"

남궁환이 머뭇거리며 안으로 들어오더니 진용의 귀에 대고 말했다.

"무서운 사람이 있어."

"예? 누가요. 누가 무서운데요?"

"저기 저 사람."

남궁환이 손을 들어 유태청을 가리켰다.

사람들이 모두 무서운 사람, 유태청을 쳐다보았다.

사실 유태청도 진용의 뒤를 따라 정광과 함께 들어서는 노인을 보고 의아한 마음이 들었다. 하지만 진용이 데려온 데는 이유가 있을 거라 생각하고 그러려니 했을 뿐이었다. 그런데 그 노인이 자신과 눈이 마주치자 슬그머니 밖으로 나가는 것이 아닌가.

그래서 '뭐 그럴 수도 있지. 율천기와 포은상의 기세가 어디 보통 기센가?' 그렇게 생각했다. 노인이 나간 것은 순전히 율천기와 포은상 때문이라고.

그런데 뭐라? 자기더러 무서운 사람?

유태청이 오랜만에 눈을 부라려 봤다.

"이보시오, 내가 어디가 무섭다는 거요?"

남궁환이 찔끔 놀란 몸짓을 하며 말했다.

"눈이 무서워. 꼭… 아무것도 없는 눈 같아. 나는 그런 눈이 무섭거든. 옛날에 나 때린 사람 눈도 그랬어."

유태청은 어이가 없는 와중에도 노인의 말투가 신경 쓰였다.

'제정신이 아닌 노인인가? 검을 찬 걸로 봐서 그런 것은 아닌 것 같은데……'

그때 남궁환이 진용을 바라보고는 조그마한 목소리로 물었다.

"근데, 유태청은 어디 있어?"

"……."

진용의 입술이 꾹 다물렸다. 터져 나오려는 웃음을 참기 위해서였다.

하지만 유태청은 참지 못했다.

"내가 유태청이오, 노인장. 그러는 노인장은 뉘시오?"

남궁환이 놀란 눈으로 유태청을 빤히 쳐다보더니 버릇처럼 불쑥 말했다.

"나? 남궁환."

"……."

이번에는 유태청이 눈을 크게 뜬 채 말을 잊었다.

율천기와 포은상은 두 노인의 웃기지도 않은 대화를 들으며 속으로 낄낄 웃다가, 갑자기 유태청이 놀란 표정으로 눈을 크게 뜨자 남궁환의 정체가 궁금해졌다.

"저 노인이 누군데 어르신께서 그렇게 놀라시는 겁니까?"

유태청이 어렵게 입을 열었다.

"저 노인이 바로 치검 남궁환이네."

두 사람은 처음 들어보는 이름이었다. 두 사람이 어리둥절한 표정으로 남궁환과 자신을 번갈아 보자 유태청이 간결한 말로 두 사람을 이해시켰다.

"남궁세가의 사람이지. 비혼마검 구유격으로 하여금 검을 꺾게 만든 사람이야."

율천기와 포은상의 표정이 딱딱하게 굳었다. 남궁환은 몰라도 구유격은 아는 두 사람이었다. 멋모르고 구유격에게 덤벼들었다 패한 적이 있었으니까.

'그러니까, 저 제정신이 아닌 것 같은 노인이 그 살벌한 구유격을 이겼단 말이지?'

두 사람이 억지로 표정을 풀고 동시에 남궁환을 쳐다보았다.

"뭘 봐!"

눈을 부라리며 남궁환이 대뜸 소리쳤다.

두 사람은 자신도 모르게 고개를 돌렸다, 동시에.

'젠장!'

'끄응…….'

얼굴이 와락 일그러졌다.

웃을 수도 없고, 잠시 방 안의 분위기가 어색해져 있을 때였다. 정광이 눈을 힘을 주고 입을 열었다.

"내 잠시 다녀오겠네, 고 공자. 힘!"

홱 몸을 돌리는 정광을 향해 진용이 말했다.

"너무 심하게 야단치지는 마십시오. 객잔에다 보따리에 든 것을 다 던질지도 모르니까요."

밖으로 나가던 정광의 어깨가 움찔거렸다. 혼내줄 생각만
했지 미처 보따리는 잊고 있었던 것이 분명했다.

"무슨 일인데 그러나?"

어색하던 차에 잘 되었다는 듯 유태청이 물었다.

진용은 정광이 나간 것을 확인하고는, 정양에 들렀을 적 응
도삼이 한 말을 해주었다.

"우허허허! 그거 정말 큰일 났군."

유태청이 커다란 웃음을 터뜨렸다. 그러자 유태청을 빤히
바라보던 남궁환이 슬그머니 의자에 앉았다. 무서움이 조금
은 덜어진 표정이었다.

그런 남궁환을 보고 유태청이 조용히 미소를 지었다. 생각
보다 순진한, 동심에 젖어 있는 그의 행동이 마음에 와 닿은
것이다.

'행여라도 남궁환에게 복수할 생각이거든 절대 하지 마라
하더니, 구 형이 그런 말을 할 만한 이유가 있었군.'

비록 친구를 죽음으로 이끈 사람이라지만, 저런 사람에게
어떻게 복수를 운운할 수 있을까.

사실 친구의 죽음을 대하고 한때는 남궁환을 그리 좋게 생
각하지 않은 적도 있었다. 한데 이제 보니 모든 게 부질없는
짓이 아닌가 말이다.

유태청은 한결 마음이 가벼워졌다.

"그래, 우선 조금 전에 말한 덤에 대해 들어보았으면 싶구먼."

유태청이 편해진 표정으로 묻자 진용은 속으로 가슴을 쓸어내렸다. 진용도 구유격과 남궁환 사이에 벌어진 일을 조금은 알고 있었기 때문이다.

"이미 염천마곡의 일에 대해선 어느 정도 알고 계시니 일양회에 대해 먼저 말씀드리겠습니다."

진용은 일양회와 염천마곡에서 벌어진 일에 대해 자신의 생각을 덧붙여 이야기했다. 그리고는 오가면서 만난 일양회와 염천마곡 사람들에 대해서도 이야기했다.

이야기가 진행될수록 유태청을 비롯해 율천기와 포은상의 눈이 커졌다.

"그러니까 자네 말은 일양회와 염천마곡이 구양무경의 술수에 휘말려 뒤집어졌는데 그 반대파들이 서로 손잡고 구양무경과 싸우려 한다, 이 말인가?"

성질 급한 율천기가 참지 못하고 중간에 나섰다.

"그렇습니다. 구양무경이 삼존맹을 통합했을 경우 강호 세력에 엄청난 지각 변동이 일어나는 것은 분명한 사실입니다만, 지금 같은 상황이라면 구양무경도 마냥 좋은 상황만은 아닙니다."

"흠……."

진용의 말에 유태청이 턱 밑을 쓸었다. 그러자 진용이 말을 이었다.

"잘하면 그들로 인해 염천마곡과 일양회는 함부로 움직일 수조차 없게 될 것입니다. 최소한 반대파들을 제거하기 전까지는 말입니다. 그러니 행여 삼존맹과 싸울 경우가 생긴다 하더라도, 만붕성만 상대하면 되는 것이지요."

"호, 통합은 했는데 써먹을 수가 없다? 계륵도 그런 계륵이 없구면."

포은상이 탄성을 발하며 말하자 율천기가 눈을 가늘게 뜨며 기이하게 웃었다.

"크크, 계륵이 아니라 목 안의 가시가 될 수도 있겠는데?"

바로 그거였다. 목 안의 가시. 통째로 급하게 먹으려다 가시에 걸린 꼴이 될 수도 있는 것이다.

"그렇다고 안심할 수만 없습니다. 삼존맹이 합심으로 기른 고수들을 만붕성이 모두 이끌고 있을 테니까요."

"합심으로 기른 고수?"

율천기가 의아한 표정을 짓자 진용이 말했다.

"유 어르신도 알고 계십니다만, 그들은 그 살귀들을 무영천귀라 부른다 하더군요."

그들의 무서움을 다른 사람은 몰라도 유태청은 잘 알고 있었다.

"일양회와 염천마곡의 반대파들이 과연 그들을 상대할 수 있을까?"

"현 상태로는 어렵습니다. 해서 여차하면 남궁세가에 협조를 요청해 볼까 합니다. 그들에게는 발등의 불이나 마찬가지니까요."

유태청이 천천히 고개를 끄덕였다.

"흠, 좋은 생각이군."

남궁세가가 비록 험한 일을 당했다고는 하지만, 누가 뭐래도 오대세가의 하나였다. 그들이 적극적으로 관여한다면 만봉성에도 부담이 될 터였다.

그렇게 진용이 이야기를 마무리 짓자, 유태청은 그제야 자신을 빤히 쳐다보는 남궁환에게 물었다.

"한데, 남궁 형은 이 유 모를 왜 찾으신 거요?"

유태청이 조금은 가벼워진 마음으로 남궁환에게 물었다.

그 물음에 남궁환이 밝은 표정으로 답했다.

"어, 함께 풀어보고 싶은 게 있어서."

여전히 같은 말투였다. 유태청이 의아한 표정을 지었다.

"풀어보고 싶은 것? 함께 말이오?"

"어."

영원히 변할 것 같지 않은 남궁환의 말투에 유태청도 은근히 장난기가 솟았다.

유태청이 정색을 하고 물었다.

"험, 뭔데?"

느닷없는 말에 진용과 율천기, 포은상의 얼굴이 묘하게 일그러졌다. 하지만 남궁환은 고개까지 앞으로 내밀며 신이 나서 말했다.

"검이야."

"검? 어떤 검인데?"

더 이상은 참기 힘든지 진용과 율천기와 포은상의 얼굴이 벌겋게 달아올랐다.

"그럼 두 분, 이야기 나누고 계십시오. 잠시 밖에 나갔다 오겠습니다."

진용이 급히 말하고 돌아서자 율천기와 포은상도 돌아섰다. 문을 열고 나가는 그들의 뒤에서 두 노인의 대화 소리가 계속 들려왔다.

"절벽에 있는 건데, 완성된 건 아니야."

"그걸 나하고 풀어보자고?"

"어. 왜, 싫어?"

"싫지는 않은데…… 쓸 만한 건가?"

"에이, 그러니까 풀어보자는 거지. 어때, 함께 풀어볼 거지?"

"험, 뭐 심심하지는 않겠구먼."

밖에 나갔던 사람들이 돌아온 것은 유태청의 말대로 저녁을 먹기 전이었다. 돌아온 사람들은 진용이 남경에서 돌아왔다는 말에 눈을 휘둥그렇게 떴다.

그들의 생각은 한결같았다.

―잠도 자지 않고 달렸겠군.

"탕마단이 수경산장에 자리를 잡았습니다."

"천제성이 천혈교의 무리를 치긴 했습니다만, 막상 등우광은 잡지 못했다 합니다. 그곳에 생각지도 못했던 잔혼쌍살마가 있었기 때문이라는 말도 있습니다."

"천혈교는 예정대로 개파대전을 열 것 같습니다. 들리는 말로는 그날 자신들을 친 천제성에 죄를 추궁하겠다는 말도 있습니다."

"강남의 무인들이 장강을 넘어 신양으로 오고 있다 합니다."

식사를 마치고, 밖에 나갔던 사람들이 하나둘 자신들이 얻은 정보를 말하자 실내가 열기로 후끈 달아올랐다.

이미 율천기와 포은상으로부터 지난 며칠간 모아진 정보를 전해 들었던 진용은 눈앞에서 쏟아지는 정보와 지난 정보를 합해 하나의 그림을 그려갔다.

그러기를 근 일각, 사람들의 이야기 끝이 났다. 그제야 진용은 자신이 그린 그림을 앞에 내놓았다.

"천혈교를 치기 위한 세력은 크게 나누어서 둘이라 할 수 있습니다. 천제성과 정천무맹. 일반 문파들 중 천혈교를 적대시하려는 문파들은 결국 그 둘에 기댈 수밖에 없는 형국입니다. 그리고 삼존맹은 당분간 관망하리라는 것이 제 생각입니다. 일양회와 염천마곡의 일도 그렇지만, 그들로서는 어느 쪽이 이기든 손해 볼 게 하나도 없으니까요."

진용이 잠시 말을 끊자 유태청이 물었다.

"고 공자의 생각은 어떤가? 우리가 독자적으로 움직이는 게 낫다 생각하나?"

"독자적으로 움직이되 탕마단과의 연결은 끊지 않아야겠지요. 그 연결 통로로 제갈민을 쓸까 합니다."

이미 제갈민이 탕마단의 일원으로 신양에 내려왔다는 말을 전해 들은 터라 진용은 주저없이 제갈민의 이름을 꺼냈다.

사도굉이 고개를 끄덕였다.

"그놈이라면 쓸 만할 거네. 제법 똘똘한 놈이거든."

"소수인 우리가 천혈교와 정면으로 부딪칠 수는 없는 일, 우리가 칠 곳은 천혈교의 중심입니다. 그리되면 탕마단도 훨씬 움직이기가 편할 테니 결코 우리의 제의를 거절하지 않을 것입니다."

어차피 그리될 일이었다. 다만 적의 중심부가 얼마나 강한지 그것을 모르는 것이 문제일 뿐. 그러니 탕마단의 고수들이 함께하겠다고 해도 마다하지 않을 생각이었다. 그들이 진용의 일에 관여하지만 않는다면.

물론 관여할 수도 없을 테지만 말이다.

그렇게 대충 정리가 되는 듯했다.

그때 진용이 더욱 무거워진 어조로 입을 열었다.

"하지만 문제가 하나 있습니다."

미간은 잔뜩 찌푸려진 채였다. 뭔가 풀리지 않는 수수께끼라도 있는 것처럼.

갑자기 진용의 말투가 신중해지자 사람들의 눈길이 진용에게로 뭉쳤다.

"아직 정확하지는 않습니다만, 정체 모를 힘이 하나 있습니다. 한데 문제는 아무도 그들을 모른다는 것입니다."

"혹시, 혈신을 외치는 무리들을 말하는 것인가?"

유태청이 묻자 진용이 신중하니 고개를 한 번 끄덕였다.

"그렇습니다. 소림 제자의 일도 그렇고, 전부터 암중으로 우리를 살피는 자들 중에도 혈신의 무리가 있었지요."

"천제성이나 정천무맹의 정보 단체가 모를 정도면 그리 염려하지 않아도 될 것 같은데……"

율천기가 별걱정 다 한다는 투로 말했다. 하지만 진용의 생각은 그와 달랐다.

"그래서 더 문젭니다. 그들이 어떻게 알고, 왜 우리를 주시했을까요?"

진용이 하나의 문제를 던지자 좌중이 조용해졌다.

진용이 자문자답을 했다.

"제 생각으로는 우리를 주시하는 무리 중에 그들이 섞여 있기에, 우리의 행로가 자신들의 일에 영향을 미치기에, 잘하면 우리를 이용할 수도 있지 않을까 해서 우리를 주시한 거라보고 있습니다."

진용은 사람들에게 생각할 시간을 약간 주고 다시 말을 이었다.

"다시 말해, 우리와 적대적인 곳 어느 곳에라도 그들은 섞여 있을 수 있다는 말입니다. 그곳이 한 곳일지, 아니면 두 곳일지 그것은 아무도 모르지요."

"그게 사실이라면, 정말 무서운 일이군."

유태청이 가라앉은 목소리로 말했다.

"예, 제가 말하면서도 무섭습니다. 어쩌면 지금 돌아가는 상황이 혹 그들에 의해 만들어진 판이 아닌가 하는 생각까지 드니까요."

'전 강호가 꼭두각시 춤을 추고 있을지도 모른다', 그 말이었다.

갑작스런 이야기에 장내에는 숨소리조차 나지 않았다.

말 그대로 침묵이 내려앉았다.

진용이 침묵을 깨며 말을 이었다.

"이제 이틀 남았습니다. 저는 일단 풍림당과 관에 혈신에 대한 모든 정보를 모아달라 할 생각입니다. 늦긴 했지만 조금이라도 정보를 건질 수 있다면 그만큼 피가 덜 흐르게 될 것입니다. 여러분께서는 주위를 살필 때마다 항상 그런 곳이 있다는 생각을 잊지 마시기 바랍니다."

한참 방 안에서 심각한 이야기가 오가는 동안 객잔의 후원에선 두 사람이 티격태격하고 있었다. 정광과 두충이었다.

한데 어째 정광의 목소리가 사정조다.

"내가 뭐 너 미워서 때렸겠냐?"

"그럼 예뻐서 때렸수?"

거꾸로 두충의 목소리는 분노가 넘실대는 목소리다.

"그러게 왜 웅도삼이를 꼬드겨 그런 말을 시킨 거야?"

"내가 얼마나 당했으면 그랬겠수."

"그래도 그렇지, 내가 얼마나 화가 났겠냐. 그래도 딱 석 대밖에 안 때렸잖아."

"그러니 나도 딱 세 개만 터뜨려야겠수."

정광은 얼굴이 벌겋게 달아올랐으면서도 함부로 말하지 못하고 다시 사정조로 말했다.

"꼭 그래야겠냐?"

두충이 벽력탄 세 개를 빼 든 채 대답했다. 당당하게.

"그래야겠수!"

정광이 고개를 푹 숙이더니 한참 만에 천천히 들며 말했다.

"후우우, 너, 진짜 죽을래?"

두충은 갑자기 변한 정광의 태도에 슬며시 기가 꺾였다.

두충이 우물쭈물 입을 열었다.

"까, 까짓것 남자가 한 번 죽지……."

"맞아 죽으면 지옥 가서도 만날 맞는다던데, 그래도?"

"그, 그런 말은 처음…… 들었수……."

"내가 누구냐. 태산거사 정광 아니냐. 거짓말은 안 한다는 거 너도 알지?"

한 번 꺾인 기는 순식간에 바닥을 기었다.

"씨이, 그러게 왜 때려서……."

"맞은 거야 어차피 맞은 거고, 그거 집어넣고 조용히 있으면 내 다시는 안 때린다니까? 너 그거 터뜨려 봐야 내가 죽겠냐, 네가 죽겠냐? 죄없는 양민들만 죽을 게 아니겠냐. 좋게 말할 때 들어라, 응? 내가 미안하다고 했잖아."

정광이 조금도 미안하지 않은 표정으로 주저리주저리 설명을 늘어놓자 두충은 번쩍 쳐들었던 손을 슬그머니 내렸다.

"또 때리면 정말 터칠 거유."

"그래, 알았다니까."

'휴우, 썩을 놈. 벽력탄 좀 있다고 되게 지랄이네. 그냥 콱!'

생각은 그렇지만 죽이지 못할 바에야 조용히 넘어가는 게 좋았다.

"들어가자, 사람들이 기다리겠다."

"먼저 들어가슈. 얼굴이 시커멓게 멍들었을지 모르니 계란이나 좀 얻어가야겠수."

그때 날카로운 목소리가 객잔의 후원에 울려 퍼졌다.

"어머? 두충, 얼굴이 왜 그래?"

볼일 보고 후원을 지나가던 운아영이었다. 두충의 얼굴이 와락 일그러졌다.

재빨리 고개를 돌리자 정광은 이미 횅하니 사라진 뒤였다.

"크윽, 아영!"

괜히 서러웠다. 하필 이런 모습을 아영에게 보이다니.

"왜 그래? 무슨 일이야?"

"별거 아니야."

그래도 남잔데, 우는 표정을 보이기는 그랬다. '남자가 운다고 아영이 얼마나 무시할 거야?' 그런 생각이 들었다.

두충은 고개를 젓고는 간단하게 그간의 사정을 설명했다.

"뭐야?!"

운아영이 빽 소리 지르더니, 두충의 파랗게 물든 얼굴을 바라보고는 갑자기 웃음을 터뜨렸다.

"우호호호! 정말 도장님이 두충에게 쩔쩔맸단 말이지?"

자기는 서러워 죽겠는데 웃는 운아영이다.

야속한 한편으로, 운아영이 대소를 터뜨리자 두충도 은근히 기분이 나아졌다. 말하다 보니 정광의 표정이 생각난 것이다.

얼굴이 뻘게진 말코 정광!

두충이 이를 악물고 코웃음을 쳤다.

"흥! 다음에는 아예 백 명, 천 명 앞에서 놀릴 테니 두고 봐, 말코 도장!"

늦은 저녁이 되어서야 진용과 유태청만이 남았다.

남궁환은 정광이 술대접한다니까 신이 나서 따라갔다.

둘만 남자 진용이 조용히 입을 열었다.

"오던 중에 봉황거를 만났습니다."

"봉황거를? 그럼 화아도……?"

진용은 유태청의 눈을 똑바로 바라보며 말했다.

"화예령이란 분도 계셨습니다."

순간 유태청의 눈매가 사시나무처럼 떨렸다. 비록 잠깐이었지만, 그것은 격동이었다.

하긴 수십 년간 만나지 못했던 딸에 대한 소식을 듣고 어느 아비가 격동하지 않을까.

진용은 유태청이 마음의 격동을 가라앉힐 때까지 기다렸다. 그러고는 유태청의 표정이 다시 편안해지자, 그제야 봉황곡의 여인들과 추혼신마 무리들 간의 싸움에 대한 이야기를 찬찬히 늘어놓았다.

그리고 마지막으로 화예령의 부상 소식을 전했다.

"화 곡주께서 천혈교의 추혼신마에게 상당한 부상을 당하셨습니다."

그 말에 유태청이 눈을 부릅떴다.

"얼마나……?"

"다행히 요혈은 비켰습니다. 좋은 약이 있으니 열흘 정도면 나을 거라 하셨습니다."

"후우……."

유태청은 안도의 숨을 내쉬고는 눈을 감았다.

그가 눈을 뜬 것은 한참이 지나서였다.

"지금 어디 있는가?"

"일단 탕마단이 있는 수경산장에 가 계시라 말씀은 드렸습니다만, 그냥 물러서실 분이 아닌 듯했습니다."

유태청의 굳은 안색은 좀처럼 펴질 줄을 몰랐다.

"그렇겠지. 설청의 성격을 닮은 아이였으니까."

"만나뵈어야 하지 않겠습니까?"

진용이 망설이며 입을 열자 유태청이 가만히 고개를 저었다.

"어차피 자네가 수경산장에 가봐야 할 테니 내 편지를 그 아이에게 전해주게. 당분간 움직이지 않는 게 나을 것 같다고 하고, 그곳에 그냥 있으라 전하게. 이번 일이 무사히 끝난 다음에 만나봐야겠어."

진용이 의아한 듯 물었다.

"그럼 어르신께서는 안 가실 겁니까?"

"내가 가면 구파의 원로들이 그리 좋아하지 않을 거네."

그럴지도 모른다. 마도의 싹이 커지기 전에 싹둑 잘라 버리겠다며 기고만장해 있는 그들이다. 십절검존의 거주를 반길 리 없었다. 그리되면 또 한 명의 윗사람을 모셔야 할 테니까.

더구나 힘 잃은 십절검존은 더욱 껄끄럽기만 할 게 분명했다.

"게다가 우리 일행 중에는 마도에 몸을 담았던 사람이 한

둘이 아니네. 그들이 분명 트집을 잡을 게야. 그건 좋은 일이 아니지. 하니 그럴 바에는 몇 명만 그곳으로 가고, 나머지는 이곳에서 상황에 맞춰 움직이는 게 나을 것 같네. 이쪽에선 비류명과 서문조양, 저쪽에선 제갈민과 석무심을 연락조로 활용하면 될 것 같군."

역시 늙은 생강이 맵다더니, 미처 진용이 생각하지 못한 점을 유태청이 집어냈다.

진용은 묵묵히 고개를 끄덕이고는 입을 열었다.

"그러면 그분이 직접 찾아오겠다고 하실지도 모르는데……."

"허, 지금이 어떤 상황인데 함부로 나선단 말인가? 괜한 위험만 자초할 뿐이야. 자네가 어떻게든 막아주게나."

꼭 엄한 아비가 철부지 딸을 타이르는 듯한 말투였다.

진용은 웃을 상황이 아닌데도 속으로 조용히 웃으며 고개를 끄덕였다.

"알겠습니다. 그럼 어르신께선 남궁 어르신하고 검을 연구하시면서 이곳에 계십시오."

2

진용이 그를 본 것은 우연한 일로 인해서였다.

아홉 명으로 줄어든 일행이 수경산장으로 가기 위해 객잔을 나섰을 때였다. 봉두난발의 장한이 골목 구석에 웅크리고 있었는데, 지나가던 건달패 하나가 그를 발로 밀어버리는 것이 아닌가.

마침 골똘히 생각에 잠겨 있던 진용이 고개를 들다 그 광경을 봤다.

눈살이 절로 찌푸려지는 광경이었다. 정광이 먼저 봤으면 당장 쇠 신발부터 날아갈 상황이었다.

물론 진용이라고 해서 가만두지는 않았다.

진용은 땅에 굴러다니는 자그마한 돌 조각 하나를 가볍게 발로 찼다.

딱!

"켁!"

건달패가 머리를 쥐어 잡고는 정신없이 비틀거렸다.

그때였다. 봉두난발의 장한이 힘없이 옆으로 쓰러지자, 그의 얼굴이 드러났다.

한데 봉두난발로 가려져서 그렇지 어디선가 본 얼굴 같았다.

기억 속에서 그의 얼굴이 떠오른 것은 그리 오래지 않아서였다. 회심의 미소를 지으며 걷던 진용은 세 걸음을 걷기도 전에 발걸음을 우뚝 멈춰 세웠다.

"한구양?"

진용의 입에서 한 사람의 이름이 튀어나왔다. 동시에 진용의 신형이 골목으로 사라졌다.

"어? 고 공자!"

정광이 진용이 사라진 골목을 바라보다 갑자기 빽 소리쳤다.

"뭐? 한구양?!"

정광도 골목으로 사라졌다.

앞서 걷던 사람들은 무슨 일인지 몰라 서로를 쳐다보았다. 그리고 곧 그들도 골목으로 발걸음을 옮겼다.

그는 진용의 생각대로 한구양이었다.

남궁도와 남궁현을 가볍게 상대하던 그였다. 더구나 흑암수로 풍유승을 죽음 직전까지 몰아넣은 사람일 거라 추정되는 사람이기도 했다.

그런 한구양이 골목 구석에서 건달패의 발길질이 받고 있는 신세가 되어 있는 것이다.

진용은 재빨리 그의 몸을 살펴보았다.

여기저기 자잘한 상처가 많기는 하지만, 그리 깊은 상처는 없어 보였다. 문제는 내상이었다.

진용은 그의 맥문을 잡고 진기를 집어넣었다. 그러다 황급히 손을 떼었다.

"우웩!"

한구양이 한 사발의 피를 토해낸 것이다.

"어떻게 당했기에……."

온전한 심맥이 없었다. 혈도는 곳곳이 막혀서 진기 유통은 생각조차 할 수 없었다. 어떻게 당했는지 결코 유태청이 당했을 때보다 못하지 않았다.

산송장, 한구양의 상태가 딱 그러했다.

진용은 다시 한 번 조금 전보다 훨씬 조심스럽게 미미한 진기를 한구양의 몸속에 흘려 넣었다.

한구양이 몸을 부들부들 떨었다.

그때 세르탄이 소리쳤다.

'마기가 움직인다!'

진용의 미간이 와락 일그러졌다.

세르탄의 말대로였다. 자신의 진기가 조금씩 파고들자 한 줄기 암울한 느낌의 기운이 반응하기 시작했다.

마기! 바로 흑암수의 마기였다. 느낌이 풍유승에게서 뽑아낸 마기와 동일했다.

어쩌면 여태껏 죽지 않고 버틴 것이 바로 마기 때문일지도 몰랐다.

계속하는 게 나을지, 아니면 여기서 멈춰야 할지 일순간에 판단이 서지를 않았다. 그러자 세르탄이 다시 소리쳤다.

'뭐 해? 다 뽑아내 버려!'

'그럼 죽을지도 모르는데?'

'죽으면 어쩔 수 없지 뭐.'

세르탄이 마족답게 대답했다.

하지만 진용도 뾰족한 수가 없었다.

진용은 일단 자신을 둘러싼 사람들을 바라보았다.

"지금 상태로는 움직일 수가 없습니다. 우선 진기를 집어넣어서 상태를 알아볼 생각이니 주위를 감싸주세요."

사람들이 재빨리 진용을 에워쌌다. 봉두난발의 장한이 누군지 궁금했지만 그것은 나중 문제였다.

진용은 사람들에게 둘러싸이자 즉시 마기를 빨아들이기 시작했다. 어차피 이판사판이었다.

마기는 격렬히 반발하며 진용의 손길을 피해 달아났다. 그 바람에 한구양의 몸이 들썩거렸다.

그런데 일이 되려고 그러는지, 마기가 달아나기 위해 막혔던 혈맥들을 뚫는 것이 아닌가.

그러자 마기가 달아나는 속도는 늦어지고, 진용의 진기는 더 빨라졌다.

반 각도 되지 않아 사방으로 달아나던 마기가 들리지 않는 비명을 지르며 진용의 손을 통해 빨려 들어오기 시작했다.

빨려든 마기는 모두 세르탄에게 맡겨 버렸다.

세르탄도 싫어하는 눈치는 아니었다. 아니, 오히려 좋아서 '더! 더!'를 외쳐 댔다.

생각보다 한구양의 몸속에 있는 마기는 매우 강력한 기운이었다. 하긴 스스로 알아서 움직일 정도이니, 거의 살아 있는 생물이나 마찬가지라 볼 수 있었다.

소림에서의 일이 떠오른 것은 그때였다.

한구양의 몸속에 있는 마기와 소림에서의 마령이 어떤 식으로든 연관되어 있는 것처럼 느껴진 것이다.

'세르탄, 소림에서의 마령하고 같은 마기야?'

정신없이 마기를 빨아들이던 세르탄이 어물쩡 대답했다.

'어? 글쎄, 비슷한 것 같은데? 거 이상하네……'

일각이 지나자 한구양의 몸속에 있던 마기가 거의 다 소멸되었다.

염려했던 한구양의 몸은 생각보다 더 나아져 있었다. 막혔던 혈도가 대부분 뚫린 덕분이었다. 이제 남은 문제는 약한 심맥이었다.

진용은 가늘게 뛰는 한구양의 맥을 확인하고는 천천히 손을 떼었다.

동시에 한구양의 눈꺼풀이 가늘게 떨리며 벌어졌다.

"누… 구……?"

"정신이 드십니까?"

"나를…… 만… 붕……."

한구양이 어렵게 입을 떼었다. 가까이 있던 진용만이 겨우 들을 수 있을 정도였다.

한구양의 말을 들은 진용의 표정이 급격하게 굳어졌다.

만붕(萬鵬). 단 두 글자였다. 그 두 글자가 뜻하는 것이 무엇일까.

진용이 생각할 수 있는 것은 단 하나였다.

만붕성.

진용이 굳은 표정으로 한구양에게 물었다.

"혹시, 만붕성으로 데려다 달라는 말씀이십니까?"

한구양의 고개가 미미하게 움직였다. 그렇다는 말이다.

진용은 고개를 가로저었다.

"지금은 그곳으로 갈 수 없습니다. 이곳에서의 일이 너무나 급하기 때문이지요. 일단 몸을 추스르고 생각해 보도록 합시다."

한구양은 다시 미미하게 고개를 끄덕이고는 눈을 감았다. 다시 정신을 잃은 것이다.

뒤쪽에서 상황을 지켜보던 사도굉이 갑자기 자신의 머리를 후려쳤다.

"이런! 멍청한 놈!"

사람들이 어이없는 눈으로 사도굉을 바라보았다.

"왜 그러슈? 머리가 무슨 죄를 지었다고."

정광이 별꼴 다 본다는 듯 말했다.

사도굉이 한숨을 푹 쉬며 입을 열었다.

"에휴…… 오죽장이라는 말을 듣고도 몰랐으니 맞아도 싸지."

"오죽장? 아! 한구양이 자신의 집이라던 그곳 말이오?"

"그래, 오죽장. 아니지, 오죽원은 바로 만붕성의 뒤쪽에 있는 후원을 가리키는 말이야. 실제 이름이 오죽원은 아니고, 오죽이 많이 난다고 해서 옛날 사람들은 그곳을 오죽원이라고 불렀지. 지금은 그곳에 만봉성이 들어서서 장원이 생겼으니 오죽장이라 부른다 해도 하등 이상할 게 없다고 봐야지."

"그러니까, 저 한구양이라는 사람이 만봉성의 사람이다, 그 말이오?"

정광의 물음에 진용이 입을 떼었다.

"그런 것 같습니다. 한데 사도 선배님, 혹시 구양무경의 가족 중에 구양한이라는 이름이 있습니까?"

"구양한? 그 이름은 구양무경의 아들 이름인데⋯⋯. 맙소사!"

사도굉이 홱 고개를 돌리고는 쓰러져 미동도 하지 않는 한구양을 뚫어져라 쳐다보았다.

"저놈이 바로 구양무경의 아들인 구양한이었구먼!"

진용이 말했다.

"아마 이름과 성을 뒤바꿔 사용한 듯합니다."

"허! 그런 일이⋯⋯."

그제야 상황을 이해한 사람들이 탄성을 내질렀다.

그러자 진용이 조용히 자신의 생각을 말했다.

"이자가 구양한이 확실하다면, 우리는 어떻게든 이자를 살려야 합니다."

"왜? 자네는 구양무경을 죽여야 한다며?"

정광이 뚱한 눈으로 물었다.

"첫 번째 이유는 구양한과 암흑마련과의 관계를 밝히기 위함이고, 둘째는 대체 누가 구양한을 이렇게 만들었는지 그 이유를 알기 위함입니다. 만일 우리가 그 정보를 알게 된다면, 우리에게 큰 힘이 될 것입니다."

"음… 옳은 말이네. 그걸 알면 만붕성을 상대하는 데 엄청난 힘이 될 거야."

일단은 한구양이 아닌 구양한을 유태청이 있는 객잔으로 옮겼다. 아무래도 수경산장으로 데려갈 수는 없는 일이었기 때문이다.

구양한을 데려가자 유태청은 의아한 표정을 지었다. 하지만 설명을 듣더니 곧 크게 반색했다.

그 역시도 진용과 마찬가지로 만붕성을 상대할 수 있는 굵은 빛줄기가 보였다 생각한 것이다.

그러고 나서야 진용은 다시 수경산장으로 출발했다.

第四章

수경산장(水鏡山莊)

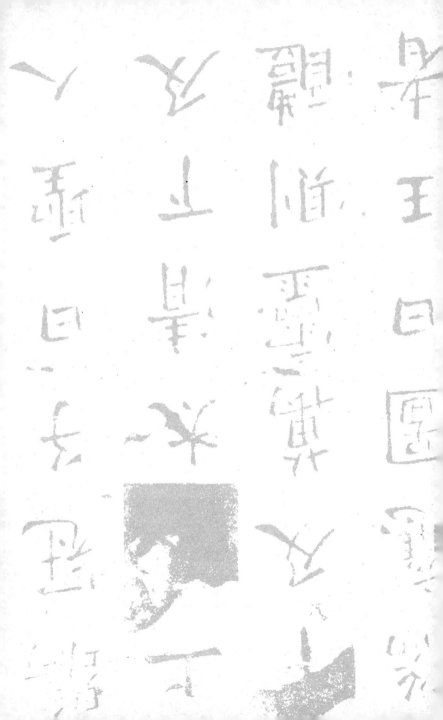

1

수경산장에 대한 첫 느낌은 일단 거대하다는 것이었다.

웅천산장을 본 진용이나 정광조차 눈을 휘둥그렇게 뜰 정도였다. 신양제일갑부, 하남제일장. 객잔의 점소이에게 물었을 때 들어본 말이지만 솔직히 실감할 수가 없었다.

하지만 점소이의 말은 조금도 과장된 말이 아니었다.

수경산장은 야트막한 야산 세 개를 통째로 가산으로 사용할 정도로 거대한 장원이었다. 그런데도 천혈교가 건드리지 않고 놔둔 데는 그만한 이유가 있었다.

신양성의 성주가 수경산장 장주 나성득의 형이었고, 황궁의 병부상서가 장주의 동생이었으며, 그 형제들이 황궁의 요

직과 관문에 두루두루 퍼져 있었던 것이다.

게다가 소림이 암중으로 막대한 무력을 지원해 주고 있었다.

아무리 삼왕을 포섭할 정도의 천혈교일지라도, 힘을 갖추기도 전에 벌집을 건드리고 싶지는 않았을 터였다. 삼왕이 반역에 성공했다면 몰라도.

사실 나성득이 소림의 속가제자로 이름을 날렸다는 것은 수경산장의 이름에 비하면 하찮은 명성일 뿐이었다.

그런 수경산장의 정문으로 일행이 걸어가자 이십대의 도인 두 명이 다가왔다.

"무량수불, 도우들께선 어떻게 오신 것인지요?"

도인들의 어깨 너머로 삐죽이 튀어나온 검병이 보였다. 검병의 흔들거리는 수실 사이로 보이는 송문(松紋). 무당의 제자들이었다. 탕마단이 임시 총타로 사용한다더니 수문위사도 탕마단의 무사들이 맡고 있는 듯했다.

같은 도사라고 정광이 나섰다.

"빈도는 태산의 정광이라 하네. 어느 산에 계신 분들이신가?"

무당의 제자들이 서로를 마주 보더니 그중 키가 큰 도인이 입을 열었다.

"무당의 청오라 합니다. 하온데 무슨 일로……."

"무당? 무당에서 여기는 어쩐 일이신가?"

그야말로 듣는 사람이 답답해할 말을 정광은 아무렇지도 않게 내뱉었다.

듣던 무당의 제자들도 답답한지 자신의 검을 가리키며 말했다.

"저희는 무당의 제자들로 탕마단에 속해 이곳에 있는 것입니다."

"아! 탕마단. 험, 우리도 탕마단을 찾아왔네."

진용은 정광이 나서자 조용히 바라보기만 했다. 하지만 숨을 세 번 쉬기도 전에 후회스런 감정이 밀려들었다. 다행히 사도굉이 나서서 어지러워지기 전의 사태를 수습했다.

"이보게, 무당의 제자라 했나?"

키 작은 도인이 대답했다.

"그렇습니다. 빈도는 청은이라 합니다."

"우리는 맹주님을 만나러 왔네. 허허허, 안내해 주겠나?"

중후한 풍채의 사도굉이 말하자 두 무당 제자들의 자세가 금방 달라졌다. 그들의 눈에는 사도굉이 일행의 최고 어른으로 보인 듯했다.

"노도우께선 어인 일로 맹주님을 찾으시는지요?"

"허허허, 그야 작은 힘이나마 보태보려 하는 거네."

"참으로 고마운 말씀이십니다. 저희를 따라오시지요."

"험, 그러지."

청오가 가볍게 문을 두드리자 수경산장의 거대한 문 옆의 작은 문이 열렸다.

"들어오시지요."

일행은 두 사람을 따라 안으로 들어갔다.

그렇게 사도굉이 나서면서 일사천리로 일이 진행되었다.

적어도 그때까지는 그랬다. 정광이 말을 붙이기 전까지는.

"사도 선배, 무당이라면 전에 선배가 한바탕했다는 데가
아니오? 그런데 저 사람들이 형님을 몰라보는 걸 보니 거짓말
이었나 보구려."

앞장서서 걸어가던 두 도인의 어깨가 움찔거렸다.

그것도 모르고 사도굉이 말했다. 곧 죽어도 거짓말쟁이 소
리는 듣기 싫은 그였다.

"아직 어리잖아. 그러니 모르는 거지. 영 자 배라면 다 아
는 사실이야."

그때 청오가 슬며시 고개를 돌리고 물었다.

"그런데 맹주께 노도우의 함자를 뭐라 말씀드려야 하는지
요?"

사도굉이 말했다, 여전히 웃음 띤 얼굴로.

"사도굉이라 하네."

무당의 제자들은 고개를 갸웃거리면서 다시 걸음을 옮겼
다.

십여 장 정도 걸어갔을 때였다. 청오와 청은이 걸음을 멈췄
다. 그리고는 천천히 돌아섰다.

"혹시, 월조옹이라 불리시는 분이십니까?"

기특하다는 표정으로 사도굉이 고개를 끄덕였다.

"맞네. 어서 가세나."

청오가 눈을 크게 뜨고는 다시 물었다.

"정말 저희 무당의 상청궁에서 볼일을 보신 그 월조옹이십니까?"

어째 말소리에 날이 서 있다.

한데 볼일?

진용은 사도굉마저 문제를 일으킬 것 같자 즉시 앞으로 나서려 했다. 하지만 그럴 틈도 없이 사도굉이 혀를 차며 말했다.

"쯔쯔쯔, 아직도 그때 일을 잊지 않았단 말인가? 십 년도 넘은 일인데. 말라비틀어져서 먼지가 되었어도 진즉 먼지가 되어 날아갔을 것이거늘. 에잉."

율천기가 물었다.

"그럼 그게 정말이었단 말입니까?"

"뒷간을 찾을 수가 있어야지."

어이없는 대화에 진용은 골머리가 아팠다.

아무래도 조용히 넘어가기는 틀린 것 같았다.

할 수없이 진용이 나섰다.

"남궁 맹주님께 일단 보고를 올려주시겠습니까?"

답변은 냉랭한 코웃음이었다.

"흥! 월조옹을 따라왔다면 알 만한 사람들이군. 당장 나가 주서야겠소!"

진용 일행 중 그가 나가란다고 해서 나갈 사람은 한 사람도 없었다.

아무런 움직임도 없는 아홉 명. 청오는 분노가 일었다.

"아무리 사람이 필요하다 해도 당신들은 필요없소!"

그는 검병에 손을 가져가며 진용 일행을 노려봤다.

자신의 사형을 따라 분노를 쏟아내려던 청은은 문득 이상한 생각이 들었다. 자신들이야 비록 대단한 고수는 아니지만, 이곳은 탕마단이 모여 있는 곳이다. 강호무림의 누가 감히 이곳에서 호기를 부릴 수 있을 것인가.

그런데 눈앞의 사람들은 누구 하나 겁먹거나 초조해하는 사람이 없다.

'이 사람들 뭐야?'

때마침 정문으로 중년인이 들어섰다. 그는 진용 일행과 무당의 제자들이 대치한 모습을 보고는 이상함을 느꼈는지 진용 일행이 있는 곳으로 다가왔다.

"무슨 일인가?"

청은은 급히 그에게 고개를 숙였다.

"무당의 청은이 황보 대협을 뵙습니다."

"무슨 일인데 이곳에서 소란인가?"

"별일은 아닙니다. 월조옹 사도굉 도우가 오셨는데, 본 문과 오래전에 약간의 일이 있었는지라 그 일을 따지고 있던 중이었습니다."

황보 성의 중년인은 어이없는 표정으로 청은을 바라보았다.

"자네들이 사도 선배를 막을 수 있다고 생각하나?"

물론 어려운 일이다. 하지만 자존심이 걸린 일이기도 했다.

"저희는 행여 쓸데없는 분란을 일으킬까 그것이 걱정될 뿐입니다."

청오의 말에도 일리있다 생각했는지, 황보 성의 중년인이 턱을 쓰다듬으며 사도굉을 쳐다보았다.

"사도 선배, 저는 황보경이라 합니다. 이곳에 무슨 일로 오신 겁니까?"

사도굉이 말했다.

"맹주를 만나러 왔다고 이미 말했네."

"맹주님을?"

황보경이 눈매를 움찔거리며 미간을 찌푸렸다.

"그분은 왜 만나시려는 것입니까?"

"그걸 꼭 말해야 하나?"

"말씀하셔야 합니다. 지금은 전시 상태나 마찬가지외다. 설마 모르시는 것은 아니겠지요?"

"흠, 그렇다면 할 수 없지."

의외로 쉽게 수긍하는 사도굉의 대답에 황보경의 표정도 곧바로 풀어졌다. 하지만 그것도 잠시였다.

"고 공자, 자네가 말하게."

사도굉이 말을 진용에게 넘겼다. 순간 황보경의 얼굴이 와락 일그러졌다.

진용은 쓴웃음을 지으며 입을 열었다.

"고진용이라 합니다. 맹주님과 일전에 약속이⋯⋯."

미처 말이 끝나기도 전에 황보경이 버럭 소리를 질렀다.

"자네 말을 듣자는 것이 아니네!"

진용은 그런 황보경을 담담한 눈으로 바라보았다.

"그럼 황보 대협께선 무엇을 알고 싶으신 겁니까?"

황보경이 냉랭한 어투로 말했다.

"어린 자네가 나설 자리가 아니라고 하지 않는가!"

그때 율천기가 나직이 중얼거렸다.

"고 공자가 나서지 못할 자리도 있나? 대단하군. 정천무맹의 맹주 자리가 천자의 자리보다 높다는 것을 이제야 알다니, 나도 멍청한 놈이군."

황보경의 태도가 못마땅한 그였다. 자연히 말뜻이 고울 리 없었다.

"뭐요?!"

황보경이 발끈하며 율천기를 노려보았다. 그러자 포은상이 조용히 말했다.

"그의 말을 잘 새겨보시게."

황보경은 화가 난 와중에도 기이한 압박감을 느끼던 터였다. 그때 들려온 포은상의 말이 그의 이성을 일깨웠다.

'무슨 뜻이지?'

그는 재빨리 율천기의 말을 처음부터 음미해 봤다.

그의 얼굴이 창백하게 변했다. 천자보다 높다는 말은 반역을 의미하는 말이 아닌가 말이다.

"귀하는 말을 너무 함부로 하시는구려."

"사실을 말했을 뿐이야."

율천기가 느릿하니 답했다.

황보경은 천천히 숨을 들이쉬었다. 어느 정도 냉정을 찾았다.

"귀하는 뉘시오? 이름없는 삼류 나부랭이는 아닌 듯하오만."

율천기가 귀찮다는 투로 대답했다.

"율천기."

"……?"

잠시 그 이름을 생각하던 황보경의 눈이 급작스럽게 커졌다. 율천기의 이름이 생각난 것이다. 십은 중의 한 사람.

"벼, 벽월… 율천기?"

"지금은 저기 북천산인 포은상과 함께 고 공자의 수하지."

율천기가 장난처럼 빙긋 웃으며 말했다. 진용이 재빨리 나서며 고개를 저었다.

"무슨 수합니까? 동료지요."

황보경이 앞장서자 청오와 청은은 입도 뻥끗 못하고 다시 정문을 지키러 돌아가야만 했다.

"무슨 일로 맹주님을 만나시려는 겁니까?"

"아까 고 공자가 말했지 않은가? 약속이 되어 있다고 말이야."

사도굉의 말에 황보경은 걸어가면서 힐끔 진용을 바라보았다.

아무리 봐도 일개 서생에 불과했다.

내공도 느껴지지 않고, 무기도 보이지 않았다.

허리춤에 꽂힌 지팡이가 보이기는 했지만, 화주 한 병과도 바꿀 수 없는 쓸모없는 지팡이처럼 보일 뿐이었다.

대체 왜 이 사람들은 저 서생을 높게 평가하는 것일까?

황보경은 원로들이 머무르고 있는 영성원(永誠園)에 이르기까지 못내 의구심을 떨칠 수가 없었다.

그렇게 황보경의 안내로 맹주와 원로들이 모여 있다는 영성원에 이르렀을 때였다.

마침 밖으로 나오던 소림의 장로들이 진용 일행을 발견했다. 그들 중에는 요양도 있었다. 그가 진용을 알아보고는 급히 다가왔다.

미처 황보경이 인사를 올릴 틈도 없이 요양이 먼저 진용에게 합장을 했다.

"아미타불, 이게 누구신가! 고 시주가 아니시오!"

"오랜만입니다, 요양 선사님."

"허허허. 언제고 다시 보고 싶었는데, 그때는 황망 중이라 미처 인사를 제대로 하지 못했소이다. 장문 사형께서도 언제든 다시 뵈었으면 하시더이다."

"별말씀을요."

황보경은 인사할 생각도 잊고 멍하니 그 광경을 바라보기만 했다.

"그래, 어인 일로 이곳까지 오셨소?"

"맹주님을 뵈러 왔습니다."

"그래요? 허허허, 그럼 내 바쁜 분을 잡을 수야 없지. 어여 들어가 보시구려."

"예, 그럼."

진용이 고개를 숙이며 합장을 하자 요양이 보기 좋은 웃음을 지으며 황보경에게 말했다.

"황보 시주, 시주가 마저 모셔다 드리게나."

"예? 예."

당황하는 황보경의 모습을 보고 슬며시 웃는 사람이 있었다. 사도굉이었다.

'크크크, 이놈아, 궁금해서 미치겠지?'

영성원만 해도 일개 장원의 크기였다.

일단 맹주가 있는 그곳에는 진용과 율천기, 포은상만 들어가기로 했다. 사도굉과 정광은 조씨 형제와 북리종, 소진호와 함께 입구의 빈객전에 남기로 했다.

황보경이 잔심부름을 하는 무사들을 불러 사도굉 등에게 빈객전의 방을 내주라 하자 정광이 넌지시 말했다.

"먹을 것도 좀 넣어주게나. 물론 술도."

세 사람이 황보경을 따라 안으로 들어가자 몇 사람이 일행을 보고 의아한 표정을 지었다. 그러다 황보경이 있는 것을 알고는 그러려니 하고 지나갔다.

대부분이 중년 이상의 무인들로 적어도 장로 이상은 되어 보였다.

일행은 황보경을 따라 한참을 들어가서야 남궁창훈이 머무르고 있는 전각에 도착할 수 있었다.

주위의 풍경은 늘어진 수양버들과 작은 호수에서 노니는 물고기들이 조화를 이루어 아름답기 그지없었다.

황보경은 잠시 옷매무새를 가다듬고 안을 향해 말했다.

"황보경이 맹주께 아뢰옵니다!"

"무슨 일이오?"

남궁창훈이 아닌 석장진의 목소리였다.

황보경은 공손한 어조로 진용 일행이 찾아왔음을 알렸다.

"고진용이라는 소협이 맹주님을 찾아오셨……."

벌컥!

말이 끝나기도 전에 문이 거세게 열렸다. 역시 석장진이었다.

그리고 곧이어 남궁창훈마저 모습을 드러냈다.

"오랜만에 뵙습니다."

진용이 인사를 올리자 남궁창훈이 빙그레 웃었다.

"고 소협이 여기까지 오실 줄은 몰랐네. 그동안 말은 많이 들었지. 하하하, 멋진 별호도 생겼더구먼."

"말 많은 사람들이 붙여준 이름일 뿐이지요."

"하하하, 그런가? 이럴 게 아니라 들어가세. 아! 황보 아우, 고 공자를 안내하느라 수고하셨네."

황보경은 미칠 것 같았다. 대황보세가의 장로인 자신이 뀌다 논 보릿자루 신세가 된 것만 같다.

"별말씀을……."

그때 남궁창훈이 주위를 둘러보는 척하더니 진용에게 물었다.

"십절검존께선 오시지 않으셨나?"

황보경의 얼굴이 딱딱하게 굳어졌다.

'십절검존? 그럼 저 서생이 바로……!'

"율천기요."

"포은상입니다."

남궁창훈은 자신이 묻고도 잠시 말을 잇지 못했다.

진용이 앞에 놓인 찻잔을 달그락거리자 남궁창훈은 헛기침을 하며 그제야 입을 떼었다.

"허, 이거 두 분을 앞에 두고 실수를 한 것 같소. 이해하시구려. 설마 벽월과 북천산인이실 줄은 생각도 하지 못했소이다."

"강호에 잘 나오지 않으니 모르는 게 당연한 일이지요."

포은상이 조용히 말했다. 율천기는 아무렇지도 않다는 듯 여전히 묵묵한 표정으로 찻잔을 입으로 가져갔다.

진용이 빙그레 웃으며 말했다.

"두 분께서 잠시 저를 도와주고 계십니다."

그러자 율천기가 예의 장난기 어린 눈빛을 반짝이더니 불쑥 말했다.

"고 공자의 수하요."

진용을 곤란하게 하는 것에 은근히 재미 들린 표정이었다.

피식 웃은 진용이 고개를 저었다. 그리고는 역시 전과 똑같은 말을 했다.

"그냥 동료지요."

남궁창훈이 훈훈한 웃음을 지었다.

"허허허, 솔직히 말해서 고 공자의 능력을 반쯤은 믿지 못하고 있었는데, 이제야 이 남궁 모의 어리석음을 알겠군."

진용이 찻잔을 내려놓고 탁자 위로 고개를 내밀었다.

"대체 왜들 이러시는 겁니까? 저를 놀리시는 게 그렇게 재미있으십니까?"

그러고는 한 사람 한 사람 얼굴을 빤히 쳐다봤다.

남궁창훈이 중후한 목소리로 말했다.

"그러고 보니, 고 공자도 그리 못생긴 얼굴은 아니었구먼."

"푸흐흐……."

보다 못한 석장진이 실없는 웃음을 흘렸다.

항상 심각하기만 했던 남궁창훈이 저런 말을 할 줄은 생각지도 못한 그였다.

얼음장처럼 굳어 있는 표정을 보고 자신이 풀어주려 했지만, 좀처럼 풀리지 않아 답답한 적이 한두 번이 아니었다.

한데 고진용이라는 청년을 만난 지 일각도 되지 않았거늘, 그렇게 두껍게 얼었던 얼음이 한순간에 녹아버리는 것이 아닌가.

왠지 기분 좋은 느낌에 웃음이 절로 나오는 석장진이었다.

'참 대단한 청년이야. 딸이라도 하나 있으면…….'

율천기와 포은상이 이름을 밝히면서 어색하게 굳어졌던 공기가 순식간에 농담이 오가는 훈훈한 상황으로 바뀌어 버렸다.

그제야 진용은 반쯤 남은 차를 한입에 털어 넣고 남궁창훈에게 물었다.

"일단 탕마단의 계획을 알고 싶습니다. 천제성과 연수할 생각이신지요?"

직접적인 질문에 남궁창훈은 잠시 생각하는 듯하더니 조용히 입을 열었다.

"천제성과는 함께하지 않기로 했네."

진용의 눈빛이 고요히 가라앉았다.

"그럴 만한 이유가 있을 것 같습니다만?"

"그들이 사이한 대법을 이용해 괴물들을 키워냈다는 것을 알았기 때문이네."

비밀이었다. 알아낸 지 채 닷새도 되지 않는 비밀.

그런데도 남궁창훈이 그러한 비밀을 밝히는 것은 나름대로 이유가 있어서였다. 확신에 찬 이유 말이다.

"자네도 알지 않을까 싶은데. 그렇지 않은가?"

관운묘에서의 일은 남궁창훈도 보고를 받았을 게 분명한 일. 이제는 그것이 천제성의 소행이라 확신하는 것 같다.

진용은 천천히 고개를 끄덕였다.

"어떻게 만들어졌는지는 모르지만, 그 괴물이 천제성 소유라는 것은 짐작하고 있었습니다."

남궁창훈이 찌푸린 얼굴로 말했다.

"우연한 기회에 그 괴물을 하나 손에 넣었네. 거의 죽어가던 상황이었다고 하더군. 한데도 그 괴물을 잡기 위해서 일곱 명의 무사가 죽거나 다쳤다네."

진용이 무심히 가라앉은 눈으로 바라보자 남궁창훈이 말을 이었다.

"그리고 그 와중에 한 가지 괴이한 사실을 발견했다네."

말을 이어가는 남궁창훈의 이마에 주름이 졌다. 곤혹함이었다.

"사이한 대법으로 만들어진 괴물이 우습게도 가공할 마공에 당한 것 같지 뭔가."

가공할 마공?

진용의 머리에 어떤 생각이 스치고 지나갔다. 하지만 자신의 생각을 말하지는 않았다.

"어떤 대법인지는 알아내셨습니까?"

"무당의 영진 도장 말로는 오래전에 금지된 마혼대법 같다고 하더군."

"우습군요. 마도를 치겠다는 천제성이 마도의 금지된 대법으로 괴물을 만들었다니."

"그래서 일단 연수는 보류한 상태지. 다만 적의 적은 친구라는 말도 있듯 천혈교를 제거할 때까지는 적이라 규정짓지 않을 생각이네. 물론 따지는 것도 당분간 미룰 생각이야. 심증은 있어도 확증은 없는 상태니까 말이야."

당연한 말이다. 그럴 수밖에 없는 상황이 아닌가. 천혈교와 천제성을 동시에 상대할 생각이 아니라면.

게다가 삼존맹이 암흑마련과 연관이 있다면 삼존맹까지

상대해야 할 텐데, 그것은 정천무맹이 제아무리 구대문파와 오대세가의 결집이라 해도 자멸로 가는 길이었다.

방법은 단 하나, 일단은 하나하나 정리하는 수밖에 없었다.

"조금 전에도 말씀드렸지만, 저희는 소수지요. 해서 우리의 목적에 부합된 그들의 중추만 노릴 생각입니다."

"목적이라……. 자네들의 그 목적이란 것이 궁금하군."

남궁창훈이 의아하다는 듯 물었다. 그로선 모르는 것이 당연했다. 그간 정보를 건네주기는 했어도, 왜 진용이 천혈교를 상대하고 있는 것인지 정확한 것은 알지 못하고 있었다. 그저 나름대로 유태청을 이용해 보려 했을 뿐.

진용은 여전히 깊게 가라앉은 눈을 가만히 감았다 떴다.

이제 본격적으로 천혈교를 상대할 날이 이틀 앞으로 다가왔다. 더 이상 자신이 황궁 사람이라는 이유로 신경전을 벌일 일은 없을 듯했다. 더구나 천혈교에 가면 생사를 같이해야 할지도 모르는 상황이 아닌가.

다른 사람은 몰라도 남궁창훈과 석장진에게만큼은 자신의 신분을 말해주어도 괜찮을 듯싶었다.

진용이 조용히 입을 열었다.

"아실지 모르겠습니다만, 저는 황궁에서 나왔습니다."

아는지 남궁창훈의 표정에는 별다른 변화가 없었다.

"공식 직함은 금의위 천호이고, 임시로 수천호령사를 맡고 있지요."

잠깐 남궁창훈의 눈에 의아한 빛이 떠올랐다. 수천호령사라는 지위가 가지는 의미를 생각하는 듯했다.

진용이 보충 설명을 해주었다.

"수천호령사가 나섰다는 것은 황제의 친림(親臨)과도 같지요."

남궁창훈과 석장진의 눈이 홉떠진 채 굳어졌다.

황제의 친림! 맙소사!

그러든 말든 진용은 담담히 말을 이었다.

"천혈교에 웅크리고 있는 반역도 삼왕을 잡으러 나왔지요. 사실 관군을 몰아 천혈교를 칠 수도 있습니다만, 그것은 천하 만민을 위하는 일이 아니라 생각되는 데다, 강호의 일은 강호인으로 해결하는 것이 나을 것 같아 이런 방법을 행하게 된 것입니다."

남궁창훈이 굳어진 눈으로 물었다.

"하면 관군은 이번 일에 끼어들지 않는단 말이오?"

어느새 말투도 달라져 있었다. 자신은 미처 느끼고 있지 못했지만.

"그렇습니다. 그리고 제가 천혈교를 치려는 데는 또 한 가지 목적이 있습니다."

"무엇이오?"

"그곳을 뒤져서, 아버지가 계시는지 확인을 해봐야 합니다."

"아, 아버지……?"

뜬금없는 말에 남궁창훈이 굳어진 눈을 동그랗게 떴다.

진용이 한숨을 푹 쉬며 말했다.

"후우, 제정신이 아닌 아버지가 집을 나가셨는데……."

진용의 말이 길게 이어졌다. 시간이 지날수록 남궁창훈과 석장진의 표정이 묘하게 변해갔다. 다른 누구와도 다르지 않았다.

'킬킬킬, 시르의 순진한 표정에 또 걸려들었군.'

세르탄이 머릿속에서 낄낄거린다.

진용은 상관하지 않고, 아버지가 삼왕과 양 태감에 의해 십 년 동안 밀옥에 갇혀 있다가, 결국 탈출해서 행방이 사라진 것까지, 그리고 그로 인한 자신의 천궁도 유배 생활까지도 모두 이야기했다.

물론 중요한 이야기는 당연히 말하지 않았다.

이야기가 끝나자 방 안에 고요가 맴돌았다.

남궁창훈이나 석장진은 자식들을 둔 아버지였다. 홀로 사는 율천기나 포은상과는 반응이 다를 수밖에 없었다.

"그런 일이 있었다니! 저런, 저런……."

남궁창훈이 안쓰럽다는 듯 진용을 바라보았다.

"정말 대단한 일을 겪었구려."

석장진도 참지 못하고 나직이 한마디 했다.

"만일 그곳에서도 찾지 못한다면 모든 지위를 버리고 천하를 뒤져서라도 꼭 찾을 겁니다. 후우…… 무사하셔야 할 텐데……."

진용의 표정이 가라앉을수록 남궁창훈과 석장진의 말투도 나직해졌다.

"걱정 마시구려. 꼭 찾을 수 있을 거외다."

"그럼, 이토록 노력하고 있으니 하늘도 외면하지 않을 것이오."

진용은 반드시 그래야 한다는 표정으로 고개를 끄덕이고는 조용히 물었다.

"혹시 봉황곡의 화 곡주님 일행이 이곳에 오지 않으셨습니까?"

"봉황곡? 그들은 별원 쪽에 있소만……. 어떻게 아시오?"

"제가 그분들을 이곳으로 가 계시라 했지요."

한마디로 '잘 아는 사이요' 그 말이었다.

진용은 잠시 말을 끊고는 남궁창훈과 석장진을 번갈아 쳐다보았다. 그리고 말했다.

"다음부터는 말 놓으십시오. 왠지 계속 놀림당하는 것 같아서……."

"음, 그럴… 까?"

"험, 그러지."

피식, 세 사람의 입가에 웃음이 맺혔다.

진용도, 석장진도, 남궁창훈도.

'그러고 보니 그분과 웃는 얼굴이 비슷하군.'

진용은 그제야 문득 한 가지 생각이 떠올랐다.

"아참! 남궁환 어르신이 저희와 함께 있습니다. 보고받으셨는지 모르겠군요."

남궁창훈의 눈이 휘둥그레졌다.

"환 숙부님이? 조금만 멀리 가도 길을 잃는 분이 여기까지 무슨 일로?"

아직 보고를 받지 못한 것 같았다.

한데 남궁창훈조차 남궁환의 능력을 모르는 듯하지 않은가.

진용이 조금은 장난스런 말투로 말했다.

"유 어르신과 함께 연구하실 것이 있다더군요."

"......?"

2

화예령은 어느 정도 몸을 추슬렀는지 움직임에 큰 지장이 없어 보였다.

진용이 율천기와 포은상조차 남겨두고 찾아가자, 마치 먼 길 떠났던 아들이 돌아오기라도 한 것처럼 반가워했다.

그런 한편으로는 진용이 어떤 이야기를 가지고 왔을까, 조금은 긴장한 듯한 표정이었다.

진용은 더하지도 빼지도 않고 간단하게 유태청의 말을 전했다. 그러고는 은은한 향기가 너울거리는 찻잔을 집어 들었다. 이제 화예령이 대답할 차례였다.

화예령은 한동안 말을 하지 못했다.

근 일각이 지나서야 그녀의 입이 열리고 흘러나온 말은 단순한 한마디였다. 너무 단순해서 모르는 사람이 보았으면 화가 나지 않았나 생각이 들 정도였다.

"알았다고 전해줘요."

아마 많은 고민을 했을 것이다. 탕마단과 함께 곧바로 천혈교로 향할 것인지, 아니면 유태청의 말대로 시기를 기다려야 할 것인지.

이미 본곡에서 나온 백수십 명의 제자들이 자신을 찾아오고 있을 터. 이대로 물러서서 바라만 보고 있을 수 없다는 마음 또한 강했을 것이다.

모든 것을 결정하는 것은 화예령의 몫이었다. 누구도 관여할 수 없는 일이었다. 유태청도, 진용도.

조금은 야속하게 생각하지 않을까 했는데 그런 표정은 보이지 않았다. 강한 여인인가, 아니면 무정한 여인인가.

진용은 별다른 표정을 드러내지 않는 화예령을 바라보고는 몇 마디 덧붙였다.

"어르신도 어쩔 수 없는 아버지시더군요. 곡주님에 대한 말씀을 들으시더니 화를 내셨습니다. 험한 곳에 뭐 하러 나왔냐면서요. 그렇게 화내시는 모습 처음 봤습니다."

화예령의 어깨가 가늘게 떨렸다.

유태청이 어쩔 수 없는 아버지라면, 화예령은 어쩔 수 없는
딸이었다.

진용은 화예령이 다시 생각에 잠긴 듯하자 조용히 자리에
서 일어났다.

"편히 쉬십시오. 나중에 뵙겠습니다."

"…그래요. 내 나가보지는 않겠어요. 다음에 보도록 해
요."

화인화가 진용을 따라 나왔다.

밖으로 나오자 실바람이 두 사람의 얼굴을 간질이며 지나
갔다. 따스한 기운을 품고 있어 부드러운 느낌이 드는 바람이
었다.

이제 곧 여름인가? 진용은 새삼스러운 느낌에 가슴이 아렸
다.

그렇게 말없이 십여 걸음을 걸었다.

몇 개의 바위가 후원의 작은 정원에 멋진 자태를 뽐내며 놓
여 있었다. 그중 의자처럼 생긴 바위에 화인화가 기대듯 앉더
니 진용에게 물었다.

"정말 그렇게 화내셨어요?"

"예. 표는 안 내셨지만, 걱정이 많이 되시는 것 같았습니다."

"휴우, 그러게 평소에 연락 좀 하시지……. 할머니를 용서하실 때도 되셨을 텐데……."

뭔가 사연이 있는 듯했다.

화인화가 답답하다는 표정을 지으며 입술을 삐죽 내밀었다. 전에 옛날 일을 이야기할 때부터 느낀 것이지만, 화인화의 말을 듣다 보면 마치 당장 눈앞에서 벌어지고 있는 일을 듣는 듯한 느낌이었다.

지금도 그랬다. 꼭 며칠 전의 일을 이야기하는 것 같지 않은가.

진용은 한 번 물어볼까 하다가 그만두기로 했다. 가족 간의 일은 가족이 풀어야 할 일이니까. 대신 다른 것을 물어봤다.

"어떻게 하실까요? 설마 천혈교로 가시지는 않겠지요?"

화인화가 고개를 반쯤 숙이더니 발끝으로 질경이 꽃대를 툭툭 찼다.

"솔직히 저도 모르겠어요.. 어머니는 항상 모든 일을 어머니 뜻대로 해오셨으니까요. 고 공자 생각은 어떻게 하는 게 나을 것 같은가요?"

화인화가 되물었다.

"제 생각을 말씀드리라면, 저는 가시지 않는 편이 낫다고 생각합니다. 어르신의 말씀 때문이 아닙니다. 사실 천혈교, 천혈교 하지만 알려진 것이 거의 없습니다. 기껏해야 몇몇 고수의 이름 정도가 다지요. 전에 일도 그렇고, 얼마나 많은 고수들이 웅크리고 있는지 아무도 모릅니다. 워낙 철저히 힘을 키워온 터라……."

"그렇게나 강해요? 설마 천제성과 정천무맹의 수많은 고수들이 감당할 수 없으려구요."

진용이 화인화를 똑바로 바라보았다.

누구나 그렇게 생각할 것이다. 그렇기에 아니라는 말도 쉽게 내뱉지 못할 것이다. 겁쟁이 소리를 듣기 싫어서라도.

하지만 정확한 사실을 알아야 할 때가 있다. 한 번 실수하면 천추의 한을 남길 수도 있으니까.

"때론 자신감만으로 할 수 없는 일이 있습니다. 용기와 만용은 분명 다른 것이지요. 솔직히 말해서, 그곳이 용담호혈의 사지(死地)라는 게 제 생각입니다. 가면 누구도 생사를 장담할 수 없을 것입니다."

눈이 마주치자 화인화의 눈빛이 가늘게 떨렸다.

그녀는 깊이를 모르는 심해 바다에 풍덩 빠져 버리기라도 한 것처럼 몽롱한 표정으로 진용의 눈에서 눈을 떼지 않았다.

용담호혈이니 사지니 하는 말들은 하나도 듣지 않은 것 같은 표정이었다.

진용이 머쓱한 표정으로 눈길을 돌렸다.

그때 화인화가 복사꽃 빛깔의 입술을 열었다.

"저… 한 가지 물어봐도 돼요?"

"예, 물어보십시오. 제가 알고 있는 것은 다 말씀드릴 테니까요."

궁금한 것이 많을 거라 생각했다. 하지만 화인화의 질문은 진용이 생각한 그런 것이 아니었다. 전혀.

화인화가 머뭇거리며 물었다.

"좋아하는 분 있죠?"

대처할 틈도 없이 심장에 꽂혀 버린 뜬금없는 질문이었다. 당연히 남자를 말하는 것은 아닐 터. 진용은 반쯤 굳어버린 몸으로 천천히 고개를 들었다.

파란 하늘이 흐릿해 보였다.

"예."

짧은 대답에 화인화가 고개를 푹 숙였다.

"아름다운 분일 것 같아요."

"예. 특히 눈이……."

죄없는 질경이 꽃대만 계속 화인화의 발길에 녹초가 되도록 얻어맞았다. 흰색 꽃가루가 분분히 날렸다.

"어느 분인지 보고 싶어요."

"……."

"이름이 뭐예요? 지금 어디 계세요?"

"……."

"피이… 알려주면 어디 덧나요?"

"초연향이라고 합니다. 어디에 있는지는… 저도… 모릅니다."

진용의 말이 아련히 떨려 나왔다.

"예?"

"얼마 전에 실종되었습니다. 그래서… 모릅니다. 지금 어디 있는지… 죽었는지… 살았는지……. 그래서 이 일이 끝나는 대로 찾으러 갈 생각입니다."

화인화가 동그랗게 커진 눈으로 멍하니 진용을 바라보고는 어쩔 줄을 몰라 했다.

"미안해요. 그런 줄도 모르고……."

"아뇨. 화 낭자가 미안해하실 것은 없습니다."

"어쩌다가……."

"죄송합니다. 그 이야기는 나중에 기회가 되면 들려 드리겠습니다."

그 후로 한동안 말없이 시간만 흘러갔다.

실바람도 침묵이 거북스러웠는지 슬며시 두 사람을 돌아갔다.

햇살이 솜뭉치 같은 뭉게구름에 파묻혀 바둥거리고, 화인하의 발길질에 녹초가 된 질경이 꽃대가 힘에 겨워 꾸벅꾸벅 졸고 있을 때다.

화인화가 졸고 있는 질경이 꽃대를 콱 밟으며 벌떡 일어섰다.

"가요! 제가 맛있는 거 만들어 드릴게요."

"예?"

"저 이래 봬도 음식 잘 만들어요. 봉황곡의 숙수들도 몇 가지 음식은 저에게 배울 정도라구요."

화인화가 환하게 웃으며 앞장섰다.

진용은 힐끔 화인화가 앉아 있던 바위 밑을 바라보았다.

만신창이가 된 질경이 꽃대가 비틀거리며 악착같이 일어서고 있었다.

조용히 웃음을 머금은 진용은 화인화의 뒤를 따라 걸음을 옮겼다.

'그래, 연향도 저렇게 살아났을 거야, 분명히!'

3

날이 밝았다. 이제 하루가 남았다.

사람들의 얼굴에는 긴장감이 감돌았다.

누구도 예외는 없었다. 심지어 수경산장의 사람들조차 전염병에 걸린 것마냥 탕마단의 무인들처럼 얼굴이 굳어 있었다.

진용이라 해서 다르지 않았다.

정도의 차이만 있을 뿐이지 긴장되는 것은 마찬가지였다. 비록 그 뜻이 조금 다르기는 했지만.

아침을 먹고 일행들과 가벼운 담소를 나누며 긴장을 풀고 있는데 제갈민이 달려왔다.

"조금 전에 천혈교에서 서신이 도착했습니다. 천혈교가 그동안 비밀에 가려져 있던 진짜 총단의 위치를 밝혔다고 합니다."

사도굉이 어리둥절한 표정으로 물었다.

"진짜 총단?"

"그동안 몇 곳이 총단일지 모른다는 예상은 했지만 실제로 총단이 어딘지 아는 사람이 없었습니다. 개방과 밀은각의 모든 요원들을 동원하고도 찾지 못했었지요."

"어딘데?"

정광이 단도직입적으로 물었다. 제갈민이 한숨 쉬듯이 대답했다.

"동백산(桐柏山)입니다."

"동.백.산? 그렇게 멀어?"

"그래서 지금까지 헛물만 켰던 것 같습니다. 천혈교가 초청장을 보낼 때 신양에 오면 안내할 사람이 있을 거라 한 바람에 초청장을 받은 모두가 천혈교의 총단이 신양 인근에 있을 거라 생각했으니까요."

분명 그리 생각했을 것이다. 천제성이나 정천무맹조차 그렇게 생각하고 신양 인근 백 리 이내만 샅샅이 뒤졌을 정도니까.

그나마도 행여나 천혈교의 마수에 당할까 봐 죽음을 무릅쓰고 뒤졌을 터였다. 실제로 수색 중에 수십 명이 죽었다는 말도 나돌고 있었고.

"으음, 치밀한 계산이 동반된 속임수였군요."

진용이 침음성을 흘리며 말했다.

정광이 고개를 흔들며 당최 모르겠다는 표정을 지었다.

"뭐가 치밀한 건데?"

"초청장을 보내고 석 달입니다. 석 달간 천하를 다 뒤질 수는 없는 일이죠. 커다란 장원일 수도 있고, 계곡일 수도 있고, 현존하는 대문파일 수도 있습니다. 당연히 의심되는 곳 주위부터 수색할 수밖에 없는 상황이 아닙니까. 그사이 그들은 느긋하게 때가 오기를 기다렸을 것입니다. 가끔씩 수색 중인 무사들을 죽여 판단을 흐려놓고 말입니다."

진용이 한숨을 내쉬었다.

"후우, 하남의 상계에서 별다른 정보가 들어오지 않을 때 조금은 의심해 봤어야 했는데… 제가 멍청했습니다."

"무슨 말인가?"

"그들은 하남이 아니라 호북에서 모든 물자를 조달했을 겁니다. 그것도 모르고 하남의 물자 흐름만 조사했으니……."

그때 정광이 눈을 뻐끔거리며 내뱉듯이 말했다.

"그렇게 치밀하게 준비해서 뭐 하려고? 그렇다고 날 싸움이 안 나나?"

순간 진용의 눈빛이 거세게 흔들렸다.

느닷없는 변화에 말을 한 정광이 입을 뻐끔거리며 말을 더

듣었다.

"왜… 왜 그러는가? 내가 뭐 잘못 말했나?"

"아뇨! 제가 미처 잊고 있었습니다. 멍청하기는!"

사람들이 정광과 마찬가지의 표정으로 진용을 응시했다.

진용이 벌떡 일어섰다.

"제갈 형, 가서서 맹주님께 뵙잖다고 전해주십시오!"

의외였는지 제갈민이 고개를 번쩍 쳐들고 물었다.

"무슨 걱정되는 바라도 있으십니까?"

"일 년 전 당하(唐河)의 석산 하나가 통째로 무너졌다는 말
을 들었습니다. 생존자도 거의 없이 모두가 무너진 석산에 깔
린 채 실종되었다더군요."

그게 어떻다고?

사람들이 의문의 눈길을 던졌다. 진용이 말을 이었다.

"최근 단기간에 상상을 초월한 자금이 구룡상방과 천화상
단을 통해 천혈교로 흘러들어 간 것은 아시지요?"

듣다 말고 제갈민이 굳은 얼굴로 벌떡 일어섰다.

"실종된 석공들, 상상을 초월한 자금, 비밀 유지. 설마 기
관?"

"지금은 어떤 가능성도 배제할 수 없습니다."

"즉시 가서 말씀드리겠습니다."

제갈민이 나가자 진용은 알 수 없는 불안감이 전신을 엄습
했다.

'시르, 너무 긴장하지 마. 시르는 죽지 않을 테니까.'

'나 때문이 아니야. 만일 내 생각이 맞다면 많은 사람이 죽을 거야.'

'그거야 어쩔 수 없지 뭐.'

세르탄이 역시나 마족답게 별것 아니라는 투로 말했다.

그러나 진용은 마족이 아니었다. 죄없는 사람들이 죽도록 내버려 둘 수가 없었다.

잠시 후 제갈민이 돌아왔다.

"맹주님께서 모셔오라 하십니다."

4

"모든 준비는 끝났습니다. 이제 불만 밝히면 됩니다, 태상!"

"교주는?"

"아직 대법이 끝나지 않았습니다."

"음… 너무 오래 걸리는군."

"늦어도 내일 아침이면 끝날 것입니다. 너무 심려 마시지요."

"역사적인 날이다. 교주의 위엄이 살아야 교도들이 죽음으로써 교주를 받들 것이야."

"이미 일천 천혈교도들은 모두 죽음을 각오하고 있습니다.

죽고자 하는 자만이 영광을 함께 누리게 될 것입니다."

고개를 든 공야무릉의 눈에서 활화산이 일렁였다.

"그날이, 이제 내일이군…… . 후후후흐흐흐…… ."

그런 공야무릉을 바라보는 야율립의 노안에서도 미미한 혈광이 넘실거렸다.

'그렇소이다. 내일, 신혈의 세상이 도래할 것이외다…… .'

그 시각, 천혈교의 지하 깊숙한 곳에 웅크리고 있던 괴인이 고개를 들었다.

괴인은 근처에서 어슬렁거리다 잡혀 들어왔다. 본래 천혈교도들은 괴인을 발견하자마자 죽이려 했다. 하지만 죽일 수가 없었다. 괴인의 몸은 도검이 통하지 않았고, 손은 도검보다도 무서웠다.

결국 나중에 소식을 듣고 합류한 세 명의 장로가 나서서야 괴인의 움직임을 제어할 수 있었다. 그렇다고 그들이 괴인을 잡은 것은 아니었다. 괴인을 잡은 것은 야율립이었다.

뒤늦게 나타난 야율립은 경악한 표정으로 괴인을 빤히 바라보더니, 유령대법을 펼쳐 그의 정신을 흐트러뜨린 후, 괴인의 혈을 제압하고는 수하들에게 지하 뇌옥의 독방에 가두도록 명령했다. 이지를 조종해서 천혈교의 전사로 쓰겠다는 것이 그 이유였다.

반대하는 사람이 몇 명 있긴 했지만 이미 그의 가공할 파괴력을 경험한 사람들은 야율립의 의견에 동조했다. 그렇게만 된다면 자신들의 뜻대로 이용할 수 있는 절대고수가 한 명 생길 테고, 그만큼 자신들의 생존 가능성이 높아질 게 분명했으니까.

그게 사흘 전의 일이었다.

괴인은 눈을 뜨고는 음울한 웃음을 흘렸다.

"우흐흐흐, 내 반쪽이 나를 기다리고 있어……. 봐, 나를 부르고 있잖아?"

괴인은 천천히 몸을 일으켰다. 괴이한 일이었다. 야율립이 제압한 혈이 풀리기라도 했단 말인가?

괴인은 아무런 제약도 없이 일어서더니 굵은 쇠창살로 된 뇌옥의 문을 잡아당겼다. 뇌옥의 문이 소리도 없이 열렸다.

뚜벅, 뚜벅.

괴인은 천천히 걸어서 뇌옥 안에서 사라졌다.

얼마 후 한 사람이 들어섰다. 언뜻 보면 괴인과 구별할 수 없을 정도로 비슷한 몸집과 행색을 한 자였다.

그는 뇌옥 안으로 들어가더니 손을 바깥으로 빼서 팔뚝만 한 굵기의 쇠로 된 자물통을 잠가 버렸다. 그리고는 열쇠를 우그러뜨려 한쪽 구석의 석벽을 파서 만든 대변 통 속에 던져 버렸다.

5

맹주의 집무실에는 근 스무 명에 달하는 원로들이 기다란 탁자를 가운데 두고 양편으로 앉아 있었다.

구파오가의 대표들과 강호의 명숙이라 할 수 있는 사람들이었다.

진용이 들어가자 그들이 일제히 진용을 쳐다보았다.

개중에는 진용을 직접 본 사람도 있었지만, 대부분은 말로만 들은 사람들이었다.

진용은 탁자의 끝자리, 맨 상석에 앉아 있는 남궁창훈을 바라보았다. 남궁창훈이 쓴웃음을 지으며 입을 열었다.

"어서 오시오. 급한 일이라고 해서 회의 중에 불렀소."

맹주인 남궁창훈이 존대를 하자 사연을 모르는 몇몇 사람이 의아한 표정을 지었다.

남궁창훈이 간단하게 진용을 소개했다.

"고진용 공자요. 아마 들어본 분도 있을 것이오만, 최근에 천뢰서생이라는 별호를 얻은 공자외다. 그리고……."

남궁창훈이 말을 이어가려 하자 진용이 재빨리 전음을 보냈다.

"맹주님, 제 지위는 당분간 밝히지 마시기 바랍니다. 자칫 위화감만 생겨 움직이는 데 지장이 있을 수가 있으니까요."

남궁창훈도 이해했는지 어물쩍 다른 말을 꺼냈다.

"…십절검존께서 아끼시는 공자외다."

그 말만으로도 반수 가까이가 놀란 표정을 지었다.

"저 공자가 십절검존 유 노사와 함께 다닌다는 그 공자란 말이오?"

무당의 영진 도장이 놀란 표정으로 물었다. 하지만 놀란 표정을 지었을 뿐 조금은 얕보는 눈빛이었다.

하긴 그만이 아니었다. 거의 대부분이 그랬다. 오직 소림의 요양만이 진용을 보며 조용히 웃을 뿐이었다.

화산의 우명자가 탄식하듯이 말했다.

"허, 십절검존께서 동행을 허락했다는 것은 그만큼 대단한 실력이 있다는 것이 아니겠소. 정말 젊은 사람이 대단하구려."

역시 진정이 깃들지 않은 말이었다.

진용은 별다른 반응을 보이지 않고 조용히 포권을 취했다.

"고진용이라 합니다. 잠시 맹주님께 드릴 말씀이 있어 들렀습니다."

"그래, 무슨 말을 하려는 건가? 원로들만 계시는 자리니 걱정 말고 어서 얘기해 보게."

당상명이 길게 찢어진 눈으로 진용을 흘겨보며 말을 재촉했다.

진용은 남궁창훈의 마음을 이해할 수 있을 것 같았다.

맹주의 집무실에 들어온 지 일각은커녕 반의 반 각도 되지 않아서였다.

진용은 일단 자신의 생각을 말했다.

"…해서 신중을 기해야 할 것 같습니다. 정 뭐하다면, 그들의 총단에 대해 자세한 정보가 있기 전까지 초청에 응하는 것을 미루었으면……."

미처 말이 끝나기도 전에 종남의 정호 진인이 탁자를 가볍게 내려쳤다.

탕!

"어허! 이미 결정된 사항일세. 그런 사소한 정보 때문에 우리가 물러선다면 강호의 동도들이 얼마나 웃을 것인가?"

정호 진인이 눈을 부라리자 공동의 명운자가 손을 저었다.

"정호 도우, 아직 젊다 보니 생각이 앞서서 그런 것이 아니겠소. 너무 뭐라 하지 마시구려. 그러다 유 노사께서 화내시겠소이다. 허허허."

정보가 사소한 것일지는 모른다. 하지만 웃음거리가 될 게 무서워 제자들을 죽음으로 내몰겠다는 말인가?

진용의 표정이 조금 굳어졌다.

생각 같아서는 마안을 이용해서라도 정호 진인의 마음을 거꾸로 돌려놓고 싶었다.

한두 사람의 마음만 돌려서 일이 제대로 될 수 있다면 말이다.

그러나 보아하니 상황은 그렇지가 않았다. 그렇다고 열 명이 넘는 사람의 마음을 제압할 수 있을 정도로 자신의 마안이 완벽한 것도 아니지를 않는가.

'케케케. 시르, 그냥 놔둬. 죽고 싶어 환장한 인간들인데 뭐 하러 신경 써.'

정말 세르탄의 말대로 놔둘까 하는 마음까지 든다.

그때 요양이 나섰다.

"일단 조심해서 나쁠 것은 없을 것 같소이다."

그 말에 대여섯 사람이 고개를 끄덕였다.

하지만 거기까지가 한계였다. 남궁창훈의 옆에 앉아 있던 청의장삼노인이 조용히 입을 열었다.

"물론 조심해서 나쁠 것은 없소이다. 하나 일개 마도방파의 뒷수작을 두려워할 거라면 이곳에 있는 사람들은 무엇 때문에 나선 것이외까?"

진용은 청의장삼노인을 바라보았다.

속인의 복장이다. 구파의 사람은 아니다. 한데 대단한 기운이 느껴진다.

진용이 흔들림없는 눈으로 바라보자 청의장삼노인이 진용을 응시하며 말했다.

"나는 이무령이라 하네. 자네의 말을 무시해서 하는 말은 아니니 너무 고깝게 생각하지 말게나."

이무령?

진용은 처음으로 놀란 표정을 지었다.

소요우사(逍遙羽士) 이무령. 십천존의 일인.

세상일에 초탈한 데다 근거도 없이 돌아다녀서 십천존 중 가장 신비에 가려진 사람이 바로 이무령이었다.

그런 이무령이 설마 이곳에 있을 줄은 몰랐던 일이었다. 어제 남궁창훈조차 이무령에 대해선 아무런 말이 없었지 않은가.

진용의 생각을 읽었는지 남궁창훈이 전음을 보냈다.

"어제저녁 늦게 찾아오셨네. 본래 드러나기를 좋아하지 않는 분이라 아무에게도 알리지 않았네."

충분히 이해할 수 있는 일이었다.

일단 상대가 이무령이라는 것을 알게 된 이상 진용은 공손하게 인사를 올렸다.

"고진용이라 합니다. 이렇듯 소요우사를 뵙게 될 줄은 미처 몰랐습니다."

"허허허, 그저 돌아다니기 좋아하는 필부일 뿐이네. 너무 마음 쓰지 말게나."

소요우사의 이름은 삼태천과 함께 정파에서는 절대적인 이름이었다. 그가 나선 이상 진용의 손을 들어줄 사람은 몇 되지 않았다. 설령 있어도 세에서 달릴 상황.

진용은 군이 어려운 상황을 뒤집기 위해 자신의 주장을 계속 펼 마음이 없었다. 그렇게 해봐야 오히려 반감만 커질 뿐. 그것은 어느 쪽으로도 좋은 일이 아니었다.

"어쩌면 소생의 말이 옳지 않을 수도 있습니다. 하나 조심해서 나쁠 일은 없을 것입니다. 원로들께서도 천혈교를 대할 때 한 번쯤은 생각해 주시기 바랍니다."

진용은 말을 마치며 조용히 고개를 숙였다. 완고함으로 둘러싸인 이곳에 더 이상 있고 싶지 않았다.

"그럼 이만 가보겠습니다."

원로들의 입가에 웃음이 일었다. 마치 말싸움에서 이긴 어린아이들 같은 표정이었다.

"그야 물론이지 않겠나. 너무 걱정 마시게."

"당연한 말을 공연히 심각하게 하는군. 허허허허."

"역시 젊은 패기가 좋기는 좋군. 하지만 젊다고 능사는 아니라네."

"나설 자리에 나서야지. 커험! 유 노사가 너무 키워준 것 같구먼."

고개를 드는 진용의 내심에선 웃음이 터져 나오려 하고 있었다.

'내가 무슨 정의의 협사라고……. 훗! 그저 아버지나 찾고 연향이나 찾아서 오순도순 살면 되지.'

밖으로 나오자 시원한 공기가 가슴 가득 밀려들었다.

기분이 조금 나아졌다.

그때 제갈민이 다가왔다.

"어떻게 되었습니까?"

진용은 걸어가면서 제갈민에게 간략히 안에서의 일을 말

해주었다. 제갈민이 피식 웃음을 터뜨렸다. 정천무맹의 고리타분함을 그만큼 아는 사람이 얼마나 될까.

그럴 줄 알았다는 듯 제갈민이 말했다.

"어차피 그분들의 생각을 돌릴 수는 없을 거라 생각했습니다. 차라리 차선책을 찾는 것이 낫지요."

"차선책이라… 어떤 방법이 있겠습니까?"

"고 공자님의 힘은 두 곳으로 나누어져 있잖습니까? 그러니 한 세력은 안으로 들어가고, 한 세력은 바깥에 머물면서 저들의 꿍꿍이를 조사하는 겁니다. 물론 저들의 꿍꿍이를 조사할 사람들이 먼저 떠나야겠지요."

"저들이 만반의 준비를 하고 기다리고 있을 텐데 위험하지 않을까요?"

"위험이야 각오를 해야지요. 그 정도 위험을 감수하지 못할 거면 애초에 이 일에 뛰어들 생각도 말았어야지요."

제갈민이 굳은 눈으로 강하게 말하고 진용을 직시했다.

어찌 들으면 비웃음조 같은 말이다. 그런데도 자신은 서슴없이 내뱉었다. 그리고 결과를 기다리고 있다.

과연 당신은 어떤 식으로 받아들일 것인가?

진용의 말에 따라 자신의 길도 정해질 것이다.

괜히 초조해졌다. 공연한 짓을 한 것 같기도 하다. 너무 성급했나?

그때다. 진용이 고개를 끄덕이더니 빙그레 웃는다.

"옳은 말입니다. 제가 잠시 나약한 마음을 먹었나 봅니다. 다행히 우리에게는 능히 고수라 할 수 있는 사람들이 있으니 그렇게 하도록 합시다."

그 말이 끝나자마자 제갈민은 갑자기 무릎을 꿇었다.

"충심으로 따르겠습니다!"

"제갈 형?"

진용이 눈을 휘둥그렇게 떴다.

"공자님 곁에서 작은 날개라도 펼쳐 보고 싶습니다. 받아 주십시오."

진용이 말했다.

"제 옆에 있어서는 작은 날개도 펼칠 수 없습니다. 저는 이 일만 끝나면 조용히 살기를 원하니까요."

"잠시라도 상관없습니다. 그 정도면 족합니다. 받아주시지 않으면 일어서지 않을 것입니다."

완전 협박조였다. 강제로 일으킨다고 해서 끝날 일이 아닌 것 같았다.

진용은 피식 웃었다.

"일어나세요."

제갈민은 일어나지 않았다. 진용이 조금 강하게 말했다.

"제 명령도 듣지 않을 사람이 어떻게 저와 함께한다고 하십니까?"

제갈민의 고개가 번쩍 들렸다.

"예?"

후다닥 일어선 제갈민이 빙긋 소리없는 웃음을 배어 물었다.

진용이 못마땅한 표정으로 말했다.

"먹여 살릴 재주는 별로 없으니까, 알아서 하세요."

제갈민이 대답했다.

"걱정 마십시오. 제가 돈 버는 재주는 제법 있습니다."

잘하면 수하에게 얻어먹는 주인이 될지 모르겠다는 생각이 드는 진용이었다. 그래도 기분은 좋았다.

좋은 친구를 얻은 기분이다. 방 안에서 쌓인 찌꺼기가 싹 쓸려 나간 기분이다.

"갑시다! 방 안의 노인네들은 노인네들끼리 놀라고 하고요."

"크흐, 맞습니다."

안에서 갑론을박(甲論乙駁)하고 있는 원로들이 들었으면 어떤 표정을 지었을까?

웃음이 절로 나왔다. 어째 주인을 잘 선택한 것 같다.

'옛말에, 주인을 잘 선택하는 것도 복이라고 했지 아마?'

진용도 괜찮은 수하를 거둔 것 같아 기분이 좋아졌다.

'아랫사람을 잘 두면 굶을 걱정은 없다고 했지 아마?'

6

제갈민을 유태청에게 보내려는데 유태청 쪽에서 먼저 연락이 왔다.

급히 오라는 전갈이었다. 비류명의 머리에 먼지가 수북한 걸 봐도 얼마나 급한 일인지 알 수 있을 정도였다.

그럴 만한 이유는 하나밖에 없다.

그가 깨어났다, 구양한이!

진용은 율천기와 포은상에게 지휘를 맡겨두고 신양으로 출발했다. 수경산장이 보이지 않자 비류명에게 알아서 오라고 해놓고 전력으로 달렸다.

비류명은 무슨 뜻인지 알지 못한 채 알았다고 대답하고는 자신도 전력으로 진용을 뒤따라가려고 했다.

하지만 열 걸음도 옮기지 않아서 걸음을 멈춰 버렸다. 진용이 벌써 까마득히 사라져 버린 것이다.

"도대체가……"

아무리 봐도 적응이 되지 않았다. 사람이면 저럴 수가 없었다.

그 생각을 하자 비류명의 냉막한 얼굴에 풀썩 웃음꽃이 피었다.

진용이 객잔의 이층, 닷새 사용료로 무려 백 냥이나 주고 얻은 별실로 들어가자 유태청이 손짓을 했다. 조용히 하라는 말인 듯했다.

"조금 전에 잠들었네. 곧 또 깨어날 거야."

방 안에서 은은히 약 냄새가 났다.

"의원이 뭐라 하던가요?"

"안정만 하면 생명에는 지장이 없을 거라고 하더군."

"다행이군요."

"글쎄… 생명에는 지장이 없지만, 앞으로 무공을 익힐 수는 없을 것 같네."

그럴 거라 짐작했던 일이었다.

"무공 없이 사는 사람들도 잘만 사는데요 뭐."

틀린 말은 아니다. 그러나 무공을 지녔던 사람이 무공을 잃으면 죽음보다 더한 절망감을 느끼는 것이 다반사다. 유태청처럼 그 모든 것을 아예 넘어서 버린 사람이라면 몰라도.

진용의 말에 유태청은 씁쓸한 웃음을 지었다.

솔직히 자신도 아쉬움은 있었다. 없었다면 거짓말이다. 이년의 목숨이라는 말에 그마저도 떨쳐 버려서 그렇지.

유태청의 마음을 알 리 없는 진용이 조용히 물었다.

"뭐라 말은 했습니까?"

잠시 생각하던 유태청이 눈살을 찌푸렸다.

"그게 단편적인 말이라 정확하지는 않네만…… 괴물이 어떻고, 하더군."

그러고는 진용을 바라보았다. 꼭 '자네가 바로 괴물인데 말이야' 하는 눈빛이다.

"괴물요?"

"음, 붉은 장포를 걸친 덩치가 커다란 괴물이라나 뭐라나. 좀 더 들어보려는데 정신을 다시 잃더군."

그렇다면 천제성의 괴인들을 말하는 것은 아닌 듯했다. 그들은 시커먼 흑의를 입고 있었으니까. 옷을 바꿔 입었다면 모르지만 그럴 것 같지도 않았다.

진용이 고심을 하는 표정을 짓자 유태청이 구양한의 가슴 옷자락을 젖혔다.

"이걸 한번 보게나."

옆구리 쪽에 벌건 손자국이 보였다.

"엇? 설마?"

뭘 생각하는지 안다는 듯 유태청이 고개를 저었다.

"혈수인은 아니네."

혈수인은 어린아이의 손바닥처럼 작다고 했다. 하지만 구양한의 옆구리에 난 붉은 손자국은 어른의 손자국만큼이나 컸다. 아니, 그보다 훨씬 컸다. 진용의 손바닥이라면 모를까.

진용은 자신도 모르게 손자국에 자신의 커다란 손을 가져다 대봤다.

희한한 일이다. 남들이 보면 오해할 정도로 꼭 들어맞는다.

"누가 보면 제가 한 줄 알겠군요."

진용이 고개를 내두르며 말했다. 유태청이 고개를 끄덕였다.

"그러게 말이네. 당금 강호에 저 정도로 큰 손을 가진 고수가 몇이나 될까 싶구먼."

그때였다. 진용의 뒤통수가 후끈 달아오른다.

'왜 그래? 세르탄, 뭐 생각나는 것 있어?'

'아니… 그게…….'

아는 것 같다. 항상 뭔가 알고 있으면서 말을 안 하려 할 때의 반응이다.

'말해봐. 뭐라 안 할 테니까.'

세르탄이 망설이며 말했다.

'손가락 끝을 봐. 꼭…… 환상타공지를 익힌 것 같지 않아?'

그 말에 진용의 눈이 손자국에서 손가락 끝을 향했다.

유난히 굵었다. 그리고 자세히 보니 회오리 자국이 희미하게 나 있었다.

'지문일 수도 있잖아?'

'그래서 망설인 건데…….'

'괜찮아. 뭐라 안 한다고 했잖아. 됐어.'

진용이 세르탄을 다독거리고 고개를 들려 할 때였다. 세르탄이 조그만 목소리로 말했다.

'살을 파보면 더 자세히 알 수 있을 텐데…….'

뭐? 살을 파? 멀쩡한 사람 살을?

'세르탄, 됐다니까.'

'파서 안에도 그러면 지문이 아닐 거 아냐.'

'됐다니까!'

진용이 강하게 말하자 세르탄의 목소리가 쏙 들어갔다.

마침 구양한이 신음을 흘리며 눈을 떴다.

"정신이 드십니까?"

진용이 나직이 물었다. 비록 눈을 떴다지만 공허한 눈이었다. 아무것도 보지 않는 그런 눈. 초점이 잡혀 있지 않은 그런 눈 말이다.

유태청이 고개를 저으며 말했다.

"아직 제정신이 아닌 것 같군. 조금 더 기다려 보세."

'마안을 써봐.'

세르탄이 다시 나섰다.

'아! 그렇게 하면 되겠군!'

진용은 마안에 생각이 미치자 세르탄을 다시 다독였다.

'알았어. 뭐… 또 다른 좋은 방법이 있으면 말해.'

'살을 파보면……'

'그거 말고!'

진용은 일갈로 세르탄을 침묵시키고 슬며시 마안의 능력을 끌어올렸다. 그리고 나직이 말했다.

"정.신.이. 드.십.니.까?"

"으으…… 누구……."

"당신을 구한 사람입니다. 이름이 어떻게 되시죠?"

"으으음……. 구… 양… 한……."

역시 자신들의 생각이 맞았다. 한구양은 구양한이었다.

"어쩌다 이렇게 되신 겁니까?"

"흑의…… 괴인들……. 쫓기다……. 괴… 물……. 붉은…
괴……."

"어디서 그 괴물을 만났습니까?"

"……동…백……."

순간 진용이 눈을 부릅떴다.

동백?! 동백산이다!

"동백산 말인가요?"

구양한의 고개가 미미하게 흔들렸다. 끄덕임이었다.

그걸로 끝이었다. 구양한이 다시 눈을 감았다. 그러더니
깊은 숨을 쉬며 혼수상태로 빠져들었다.

유태청이 의아한지 진용에게 물었다.

"왜 동백산이라는 말을 듣고 놀라는가?"

아직 모를 터였다. 자신조차 들은 지 얼마 되지 않은 말이
아니던가. 진용은 유태청을 바라보며 심각한 표정으로 말했
다.

"천혈교의 총단이 동백산에 있다 합니다, 어르신."

"뭐라고?"

유태청도 생각지 못한 듯 놀람을 감추지 못했다.

"오늘 아침에서야 정천무맹의 탕마단에 소식이 전해졌습니다. 그것도 천혈교가 직접 보낸 서신을 통해서요."

"어떻게 그런 일이……. 허! 모두 감쪽같이 속았구먼."

"그래서 문제가 생겼습니다."

진용은 자신의 생각을 말했다. 수경산장에서 있었던 탕마단 원로들과의 대화까지.

유태청은 얼굴을 굳히고 탄식을 터뜨렸다.

"이런, 어리석은 사람들!"

"그곳에 소요우사 이무령 어른도 계셨습니다."

"뭐라? 이무령이?"

경악성을 내지른 유태청이 눈살을 찌푸렸다.

"이상하군. 이무령은 결코 틀에 얽매이는 것을 좋아하는 사람이 아니거늘……. 아무리 탕마단이라 해도 그의 마음을 붙잡을 수는 없었을 텐데 말이야."

"어쨌든 그분으로 인해 탕마단에 상당한 힘이 실린 것은 분명한 것 같습니다."

"음, 그건 그렇지. 그래, 그가 뭐라던가?"

"기호지세라 생각하신 듯하더군요. 마도의 수작이 무서우면 뭐 하러 나서서 이곳까지 왔냐, 하시더군요."

"그가?"

유태청의 이마에 진 주름이 더욱 굵어졌다.

"평상시라면 그 말이 잘못된 말도 아니지. 하나 지금의 상황은 단순히 일개 마도 방파를 상대하는 것이 아니야. 그 사람, 일을 너무 쉽게 생각하는 것 같군."

진용이 곧바로 제갈민의 제안을 꺼내놓았다.

"해서 우리의 움직임을 다소 조정할까 합니다."

"차라리 아예 따로 가면 어떻겠나?"

"그리되면 갑작스런 경우를 당하게 되었을 때 대책이 늦어질 수밖에 없습니다. 탕마단의 상황을 모르고 있는 상태에서는 아무래도 적절히 움직이기가 힘들 테니까 말입니다. 일단은 그들의 곁에 있는 것이 나을 듯합니다."

"하긴……. 그럼 어떻게 할 생각인가?"

第五章

동백산(桐柏山) 천혈교(天血敎)

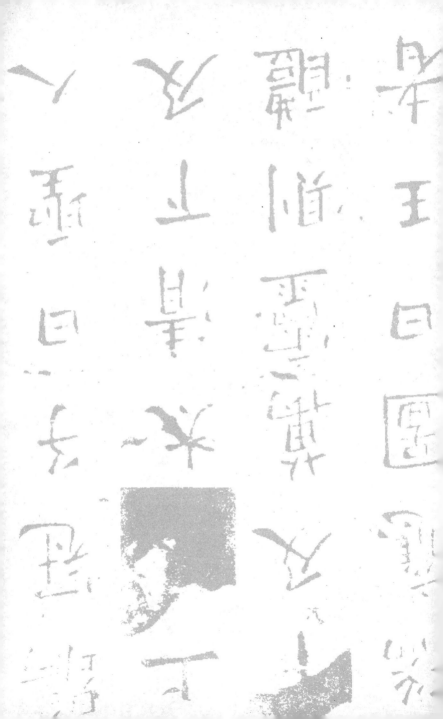

1

　진용은 정광과 율천기, 포은상만 데리고 정천무맹 탕마단과 동행하기로 했다. 그리고 나머지는 유태청이 지휘하기로 했다.

　정광을 포함시킨 이유는 다름이 아니었다. 변수가 생겼을 경우 연락을 취해야 하는데, 풍혼을 익힌 정광보다 더 적합한 사람이 없었기 때문이다.

　정광은 기고만장해서 돌아가는 사도굉을 놀려댔다.

　"음하하! 내가 말이오, 남경을 칠 일 만에 다녀온 사람이라오. 만일 중간에 벌어진 일만 없었다면 닷새도 걸리지 않았을 것이오. 도우는 그렇게 할 수 있겠소? 그러니 너무 섭하게 생각지 마시구려."

수경산장에서 동백산까지는 삼백 리 길.

정오가 지나자 제갈민이 탕마단의 출발 시각을 알려왔다.

"점심 식사가 끝나면 출발한다 합니다. 들려온 소식에 의하면 천제성에서는 한 시진 전에 출발했다 합니다."

한 시진 먼저 가나 두 시진 먼저 가나 차이가 있을 것은 없었다. 어차피 초청 날짜는 내일이니까.

그런데도 탕마단에서는 천제성의 출발에 은근히 신경을 썼다. 호승심 때문이었다. 아무짝에도 쓸모없는, 똥개도 안 물어갈 호승심 때문에.

"어떻게 하시겠습니까? 삼 단 중 한 곳을 택해 함께 움직여야 할 것 같습니다만."

제갈민이 물었다.

"삼단과 함께 가기로 하죠."

진용은 일단 일반 중소문파와 자원한 무사들이 모여 있는 제삼단에 편입되어 따라가기로 했다.

구파오가의 무사들과 함께 가기에는 껄끄러운 면이 많았다.

첫째는 견제하는 듯한 원로들의 눈빛이 은근히 신경을 건드렸기 때문이다. 유태청이 왜 탕마단에 합류하지 않으려 했는지 실감날 정도였다.

그리고 둘째 이유는 귀찮아서였다. 구파오가의 제자들이

나 장로들이 깔보는 눈빛으로 떠보듯이 기세를 쏘아내는데 일일이 상대할 수도 없는 일이지 않은가.

더구나 화인화가 진용을 위해 요리를 직접 해줬다는 소문이 돌면서 오룡의 눈빛은 먹잇감을 놓고 사투를 벌이는 늑대의 눈빛과 다르지 않게 되었다.

그들과 함께 하루를 보내느니 차라리 세르탄의 잔소리를 하루 종일 듣는 것이 나을 것 같았다.

제갈민도 제갈세가의 사람들과 부딪치는 것을 원치 않았기에 진용의 생각에 적극 찬성했다.

"좋은 생각이십니다. 그리고 제가 살펴봤습니다만, 삼단에 의외로 대단한 고수들이 몇 있습니다. 그들을 끌어들인다면 적지 않은 도움이 될 것 같습니다."

제갈민의 눈썰미는 이미 정무관에서부터 인정한 터였다. 얼굴 한두 번 보고 수백 명을 기억한다는 것은 결코 머리만 좋다고 되는 일이 아니다. 그만큼 분석력 또한 뛰어나야 한다는 말이다.

그런 제갈민이 대단하다고 평한 사람. 진용은 호기심이 생겼다.

"제갈 형은 그 사람들에 대한 정보를 조금 더 모아보세요. 지금은 무조건 믿을 수 있는 사람이 필요한 때입니다. 강한 사람보다 말입니다. 바로 제갈 형처럼."

진용이 장난처럼 말하며 싱긋 웃었다.

제갈민의 몸이 가늘게 떨렸다. 감격이었다.

"알겠습니다. 저… 그리고 앞으로는 그냥 이름으로 불러주십시오. 속하가 불편합니다, 주군."

마지막 한마디에 정광이 눈을 동그랗게 떴다.

"주군? 언제부터?"

율천기와 포은상도 진용과 제갈민을 번갈아 힐끔거렸다.

진용이 머쓱한 얼굴로 웃자 제갈민이 어깨를 떡 펴고 말했다.

"마음은 오래전부터, 몸은 오늘 아침부텁니다!"

'음, 조심해야 할 놈이군.'

정광은 긴장했다. 두충과는 비교가 안 될 정도로 말솜씨가 뛰어난 놈이었다. 머리는 말할 것도 없고.

그때 진용이 말했다.

"그렇다고 당장 이름으로 부르기는 그렇군요. 이렇게 하죠. 앞으로 제갈 형이 총관을 맡으세요. 제가 고가장의 장주니까 고가장의 총관, 어떻습니까?"

일단 삼단과 함께하기로 결정되자 진용은 제갈민을 석장진에게 보냈다. 한 가지 양해를 구할 게 있어서였다. 다른 대에 속한 사람을 마음대로 끌어들일 수는 없는 일이 아닌가.

석장진은 그러잖아도 원로들과의 일로 인해 미안한 마음을 가지고 있던 터에 잘되었다며 걱정 말라는 말을 전해왔다.

2

근 일천에 달하는 무사들이 움직이는 일이 결코 쉬울 리는 없었다. 양민들이 겁을 먹고 동요하면 관(官)이 움직이고, 관이 앞을 가로막으면 움직이는 데 막대한 지장이 따르기 때문이었다.

사실 진용이 자신의 정체를 만천하에 밝혀 버리면 아무것도 아닌 문제였다. 그러나 그럴 수는 없었다. 그리되면 천혈교가 어떤 식으로든 지금까지 세운 계획을 틀어버릴지 모르니까.

분명 좋지 않은 쪽으로 바뀔 거라는 것이 진용의 생각이었다. 그러니 조금 편하게 가기 위해 전체적인 흐름을 바꿀 수는 없었다.

맹주와 원로들로 이루어진 오십여 명의 정천무단은 그대로 놔둔 채, 탕마 삼단의 각 단(團)은 대(隊)당 일백 명씩 삼 대로 새롭게 구성이 되었다. 그리고 다시 일 대는 삼십여 명씩 삼 조(三組)로 나뉘었다.

삼단만 인원이 많은 관계로 사 대 사 조로 나뉘었다.

정천무맹은 탕마단이 새롭게 정립되자 각기 다른 색으로 된 띠를 하나씩 건네주었다.

"모두 팔에 차시오! 구별을 하기 위함이니 같은 편의 칼을 맞기 싫거든 잃어버려서는 안 될 것이외다!"

진용 일행은 삼단의 사대 사조를 청해 배정받았다.

자신들 역시 껄끄러운데 잘되었다고 생각했는지, 아니면 제갈민이 넌지시 한 부탁을 들어줘서인지 몰라도, 탕마단의 수뇌부는 별 이견 없이 진용의 청을 순순히 받아주었다.

건네받은 파란색 띠에는 삼사사(三四四)라는 숫자가 짙은 먹물로 쓰여 있었다. 어지간해서는 하루 이틀 땀에 절어도 지워지지 않을 것 같았다.

진용과 같은 숫자가 쓰인 띠를 받은 조원은 모두 삼십삼 명. 개중에는 일류 이상의 고수만도 반수에 가까웠다. 탕마단이 나름대로 신경을 써서 삼단을 조직했다는 것을 보여주는 대목이었다.

한데 대부분이 진용 일행에 대해 잘 모르는 눈치다.

진용으로선 바라던 바였다. 그만큼 신경이 덜 쓰일 테니까.

대(隊)별로 오 리 정도의 거리를 둔 채, 탕마 일단이 앞장서고 정천무단이 그 뒤를 따랐다.

탕마 제삼단은 맨 뒤로 처져 따라갔다. 숫자가 가장 많은 만큼 그 줄도 길었다. 멀리서 보면 안개가 밀려가는 것 같아 장관이었다.

삼단의 단주는 철검대협 위지강이었다. 천하십검 중의 한 사람인 위지강은 오십대 초반의 인물로 섬서 위지 가문의 주인이었다.

오대세가를 위협할 정도로 세력이 커진 네 개의 가문을 사람들은 신주사가라 불렀는데, 위지 가문은 신주사가에서도 첫손에 꼽히는 가문이었다. 머지않아 육대세가로 불릴 거라는 말이 돌 정도였다.

진용은 위지강을 보고 신주사가라는 이름을 새롭게 인식했다.

"미처 생각을 못했군요. 강호에는 구대문파와 오대세가만 있는 것이 아닌데 말입니다."

"신주사가는 근 백 년 사이에 일어난 가문들입니다. 그중에서도 섬서의 위지 가문은 본래 이름이 그리 알려지지 않은 가문이었는데, 이십 년 전부터 급격히 컸습니다. 삼십대의 위지강 대협이 가주로 취임하면서부터였지요. 벌써부터 십천존의 뒤를 이을 사람 중에 한 사람이라는 소문이 돌 정돕니다."

제갈민이 조용히 위지강에 대해 설명을 했다.

진용도 제갈민의 말에 고개를 끄덕였다.

위지강의 무공은 이미 절정의 끝에 다다른 듯 느껴졌다. 인품 또한 괜찮아 보였다. 삼단의 나이 먹은 노고수들이 군말없이 따르고 있지 않은가 말이다.

굳이 단점을 꼽으라면 자신감이 지나치다는 것, 그 정도였다.

3

석양이 지고 있었다.

붉게 타오르는 석양의 끝물이 왠지 을씨년스럽게 느껴지는 시각. 회하(淮河)의 강줄기를 거슬러 올라가던 중 강가에 넓은 초지가 나오자 행군이 멈췄다.

동백산까지 남은 거리는 이제 백여 리.

멈춰 선 사람들의 옆으로는 붉게 물든 회하가 굽이치며 탕마단이 지나온 길을 따라 흐른다.

"오늘은 이곳에서 쉬고 내일 새벽에 출발하겠소! 모두 편히 쉬시오! 단, 특별한 일이 없는 한 너무 멀리 이탈해선 안되오!"

삼단의 삼대주인 월혼장(月魂掌) 종리군이 삼대원들을 향해 소리쳤다.

제갈민의 말에 따르면, 그는 신주사가 중 하나인 산서 종리가의 사람이라 했다. 가주인 종리청의 바로 아래 동생으로, 산서에서는 내로라하는 장법의 고수로 알려졌다 했다.

하지만 그는 제갈민이 말한 '대단한 고수' 중에는 들지 못했다.

실력이 없어서가 아니었다. 대문파에 속한 자는 일단 제외했기 때문이다.

진용은 그의 말이 떨어짐과 동시, 초지 위 듬성듬성 놓인 바위 중 하나를 골라 등을 기대고 앉았다. 그러자 정광과 율천기, 포은상이 바로 옆에 자리를 잡았다.

제갈민은 보이지 않았다. 그는 진용의 명을 수행하기 위해 천천히 주위를 돌아다니며 정보를 모으는 중이었다. 그가 돌아올 때쯤이면 진용은 알지 못했던 몇 명의 강호고수에 대해 알게 될 터였다.

새삼 제갈민에게 고마움을 느끼며 진용은 품속에서 작은 주머니를 하나 꺼냈다. 일천 수백 명이 모두 가지고 있는 건량이 든 주머니였다.

마른 건포를 하나 꺼내 입에 문 진용은 그 자세 그대로 주위를 둘러보았다.

한데 그때다. 문득 기이한 느낌이 들었다.

진용은 느낌의 주인을 찾아 고개를 돌려보았다. 입에 건포를 문 채로.

주위에 수십 명이 있는데도 진용의 눈에는 오직 한 사람만이 보였다. 그는 십여 장 정도 떨어진 곳의 바위에 기대앉아 있었는데, 기이하게도 그의 주위에는 아무도 없었다. 느낌은 그에게서 흘러나오고 있었다.

삼십대? 아니면 사십대?

나이를 짐작키 힘들다.

입은 옷은 평범한 갈의. 조금 흐트러진 듯 보이는 머리카
락. 어디서나 쉽게 볼 수 있는 행색이다. 옆구리에 대충 끼워
져 있는, 완만하게 휘어진 폭이 좁은 기형도 한 자루만이 조
금 특이할 뿐.

마침 그가 고개를 돌린다.

두 사람의 눈이 마주쳤다. 진용은 그의 눈에 떠오른 이채를
놓치지 않았다.

'나의 눈길을 알아챈 건가?'

한줄기 전음이 들려온 것은 그때였다.

"왜 나를 보는 건가?"

전음은 일류 이상의 고수면 대부분이 펼칠 수 있다. 그러나
전음에도 격이 있다. 단순히 소리나지 않게 말을 하며 그 울
림을 진기에 실어 보내는 방법이 있는가 하면, 진기 자체에
진동을 줘 귀에 직접 전달하는 방법도 있다.

전자는 입술을 직접 달싹여야 하고, 후자는 입술의 떨림이
없이도 목적을 달성할 수 있다는 차이점이 있다.

그런데 갈의인의 전음은 둘 중 어느 것과도 달랐다.

그는 아예 아무런 진기의 파동도 없이, 마치 직접 머릿속에
새겨 넣듯이 전음을 구사하고 있었다. 육합전성(六合傳聲)이
나 소림의 혜광심어(慧光心語)처럼. 절정의 고수라 해도 할 수
있을까 싶은 전음이었다.

"뉘신지 알 수 있겠습니까?"

진용도 비슷한 방식으로 전음을 보냈다.

갈의인의 눈에 어린 이채가 더욱 짙어졌다.

"먼저 밝히는 것이 예의 아닌가? 서생의 옷을 입을 걸 보니 그 정도는 알 것 같은데 말이야."

"고진용이라 합니다."

"나는 독고무종이라 하네. 아직 처음 질문에는 대답하지 않은 것 같네만."

몇 마디 말을 나누는 사이, 진용은 자신이 느꼈던 그 느낌의 정체를 알 수 있었다. 진용이 말했다.

"사람이 가까이 오는 것을 싫어하시는 분이 이곳에는 무슨 일이십니까?"

순간 눈매가 가늘게 좁혀진 갈의인의 입술이 길게 늘어졌다. 진용은 그것이 웃음이라 생각했다.

"훗! 대단하군. 어떻게 알았나?"

"제가 남보다 감이 좀 예민하거든요."

"흠, 언제 그 감에 대해 이야기를 나눠봤으면 싶군."

"저도 조금 전에 대협이 행한 자연스럽게 사람을 밀어내는 방법에 대해 이야기를 나눠봤으면 합니다."

"그리 쓸모있는 재주는 아니네."

"저에게는 쓸모가 많을 것 같습니다. 요즘 귀찮은 일들이 많아서 말입니다."

"흠, 언젠가 기회가 오겠지."

그 말을 끝으로 갈의인의 고개가 돌아갔다.

묘한 대화가 끝이 났다. 하지만 진용은 쉽게 고개를 돌리지 못했다. 진용은 느낄 수 있었다.

'저자, 절대지경의 고수다! 결코 십천존에 뒤지는 자가 아니야! 누굴까?'

그런 놀라움은 진용만의 감정이 아니었다.

갈의인이 고개를 돌린 데는 이유가 있었다. 그는 상대, 진용에게 경악한 표정을 보이고 싶지 않았던 것이다.

'저 젊은이는 누군가? 천결(天決)의 도를 완성해 천하에 적수가 열은 넘지 않으리라 생각했거늘……. 더구나 곁에 있는 자들도 모두가 진정한 고수들이 아닌가.'

제갈민이 돌아온 것은 반 시진이 지나서였다.

그는 진용의 옆에 앉더니 나직이 입을 열었다.

"네 명 정도로 압축해 봤습니다. 지나가듯이 말을 걸어보기도 하고, 주위 사람들에게 들어도 봤습니다. 일단 제가 보기로는 상당히 마음이 곧은 사람들입니다. 개중에는 조금 외고집적인 성격도 있습니다만, 그리 걱정할 정도는 아닌 듯 보였습니다. 그래도 제 말을 들어주기까지 한 걸 보면 말입니다."

제갈민이 말한 네 사람은 모두가 대문파와는 관계가 없는 사람들이었다. 한 사람이 문파에 속해 있었지만, 이미 잊혀진 문파였다. 그는 이번 일을 계기로 잊혀진 자신의 문파를 바로 세우겠다는 생각을 갖고 있다고 했다.

제갈민이 그들에 대해 설명했다.

"소우상은 광동 사람입니다. 사람들은 그를 전검이라 부르고 있습니다. 서른 중반으로 개중에 가장 젊은 자인데, 무공은 족히 절정에 달했다 할 수 있습니다. 반천수 적수운이라는 자는 사천 사람으로, 한때 사천칠웅에 이름을 올렸던 자입니다. 부상을 입고 근 오 년간 강호를 떠나 있었는데, 마침 강서 남창에 들렀다 소문을 듣고 왔다 합니다. 그리고 백유현이라는 자가 있습니다. 지금은 이름조차 기억하는 사람이 없는 호남 장사 신룡문의 당대 문주입니다. 성격이 진중한 데다 생각이 깊어 보여서 사람은 딱 마음에 드는데, 무공 수준이 종잡기 힘듭니다. 엄청 강한 것 같기도 하고, 아닌 것 같기도 하고…… 아무튼 약하지는 않은 자입니다. 딱히 문파에 속하지 않은 사람 중 제법 많은 사람들이 이 세 사람을 따르고 있습니다."

제갈민은 이름을 들추며 일일이 설명을 이어가다 턱짓으로 독고무종을 가리켰다.

"마지막으로 저잡니다. 독고라는 성을 쓰는 자로 사람들과 잘 어울리지는 않지만, 그렇다고 남에게 해를 입히지는 않는 자입니다. 무공 수준은…… 저도 잘 모르겠습니다."

진용이 속으로 피식 웃었다.

'그의 무공은 십천존에 못지않습니다' 라고 말하면 제갈민이 어떤 표정을 지을까. 그런 생각을 하니 웃음이 나오지 않을 수 없었다.

"그의 이름은 독고무종입니다."

진용이 그의 이름을 말하자 제갈민이 눈을 크게 떴다.

"어떻게 아셨습니까?"

"조금 대화를 나눠봤습니다."

정광과 율천기, 포은상마저 관심이 있는 듯 고개를 돌려 독고무종을 쳐다보았다. 세 사람의 눈이 기이하게 빛났다.

'한 번 부딪쳐 보고 싶은 자군' 그런 눈빛이었다.

"일단 저 사람은 제외하고 제갈 총관이 나머지 사람들을 직접 만나 이야기를 나눠보세요. 그리고 마음이 있다고 하면 저에게 데려오세요."

고가장의 총관 제갈민이 고개를 숙였다.

"알겠습니다, 장주."

날이 어두워지자 여기저기 모닥불이 피워졌다.

하나둘 피어오른 모닥불이 수십 곳에서 동시에 피어오르자 초원 위가 환하게 밝아졌다.

진용 일행도 모닥불을 하나 피워놓고 둘러앉았다.

둘러앉은 사람은 모두 아홉 명이었다. 진용 일행이 다섯,

그리고 제갈민이 데려온 세 사람. 독고무종은 모닥불이 피어 오르자 스스로 알아서 곁으로 다가왔다.

그가 털썩 자리에 앉자 진용의 입가에 가느다란 웃음이 그어졌다.

"웬일이십니까?"

"자네가 불렀지 않은가?"

"제가요? 언제 말입니까?"

"이야기를 나눠보고 싶다 하지 않았나?"

툭툭 쏘는 듯한 말에 진용이 조용히 웃었다. 그때 율천기가 말했다.

"가까이서 보니 더하군."

독고무종이 굳은 눈으로 율천기를 쳐다보았다.

율천기가 눈에 힘을 주고 말했다.

"언제 한번 손을 나눠보지 않겠나?"

갑작스런 율천기의 말에 독고무종의 입술이 가늘게 늘어났다.

"쉽지 않을 겁니다."

"그건 나도 아네. 정말 오랜만에 느껴보는 긴장감이야."

두 사람의 대화에 서서히 날이 서는 듯하자 진용이 끼어들었다.

"나중에, 천혈교의 일이 끝나고 하시죠."

율천기가 한 번 더 독고무종을 바라보고는 모닥불로 시선을 돌렸다.

"아쉽지만, 고 공자가 그리 말하니 어쩔 수 없군."

독고무종의 눈에 놀람이 떠올랐다.

이름을 알지는 못하지만 율천기는 고수다. 중원에 들어와 처음 만나본 진정한 고수. 그런 율천기가 서생의 말 한마디에 뜻을 접는다?

'정말 사람 궁금하게 만드는 서생이군.'

독고무종이 곤혹한 눈빛으로 진용을 바라볼 때다.

타닥, 탁!

모닥불에서 요란한 소리를 내며 불꽃이 튀었다.

답답한지 적수운이 제갈민에게 물었다.

"우리를 부른 이유가 무엇인지 알고 싶네만."

소우상과 백유현도 제갈민을 바라보았다.

제갈민의 눈이 진용을 향했다. 진용이 먼저 이름을 밝히며 입을 열었다.

"저는 고진용이라 합니다. 세 분께선 천혈교에 대해 얼마나 알고 계십니까?"

적수운이 눈살을 찌푸리며 입을 열었다.

"그게 그렇게 중요한 것인가?"

"중요하죠. 적 대협의 목숨이 달려 있는 일이니까요."

"내 목숨이 달렸다고?"

불쾌감이 가득한 목소리다.

"적 대협뿐만이 아니라, 여기 있는 모두의 목숨이 달려 있다면 이해하시겠습니까?"

"천혈교가 강할 거라는 것 정도는 나도 짐작하고 있는 바네. 하지만 그렇다고 해서 그들이 탕마단과 천제성을 상대할 수 있을 정도라고는 생각하지 않네만."

"그리 생각할 것 같아서 부른 것입니다."

"나는 백유현이라 하네. 뭔가를 알고 있는 것 같은데, 자세한 것을 듣고 싶군."

백유현이 끼어들자 진용이 말했다.

"조금 수상한 정보를 얻었습니다. 맹주님과 원로들에게 이야기했습니다만, 그리 심각하게 생각하지 않는 눈치더군요. 해서 나름대로 대책을 세워보려는 겁니다."

"수상한 정보? 심각하게 생각지 않는다? 맹주님이나 원로들이 그리 생각했다면 따라야 하지 않겠나?"

"만일 제 생각이 맞다면 어떡하시겠습니까?"

백유현은 제갈민의 말대로 조용하면서도 생각이 깊은 자인 듯했다. 그는 한참을 생각하더니 조용히 입을 열었다.

"일단 그 정보가 뭔지 알고 싶군."

진용은 아침에 제갈민과 나눈 이야기를 간략하게 정리해서 이야기했다.

백유현이 굳은 얼굴로 말했다.

"기관이 설치되어 있을지 모른다?"

"그렇습니다. 문제는 정말 그들이 기관을 설치했을 시 그 정도의 준비를 해서 만들었다면 적어도 수백 명을 상대할 수 있다는 겁니다."

"개파대전을 열겠다는 자들이 정말로 기관을 작동시키는, 그런 미친 짓을 할 거라 생각하나?"

"자신들이 죽게 생겼으면 무슨 짓인들 못하겠습니까?"

"으음, 그러니까 함정이 있을지도 모르니 함께 대처하자 이 말이군."

백유현이 신음 소리처럼 나직이 말했다.

"그깟 함정으로 탕마단과 천제성의 힘을 막을 수 있겠소?"

소우상이 처음으로 입을 열었다. 별걱정 다 한다는 투였다.

참지 못하겠는지 결국 정광이 입을 열었다. '그렇다면 그런 줄 알지 뭔 말들이 이렇게 많아?' 꼭 그런 표정으로.

"천제성 놈들은 다른 꿍꿍이를 가지고 있고, 탕마단은 이전투구로 힘이 분산되어 있소. 솔직히 나는 그들이 급박한 상황이 되면 적절히 대응할 수 있을지 믿을 수 없소."

백유현의 이마에 주름이 그어졌다.

"그럼 우리가 힘을 합치면 할 수 있단 말이오? 천제성도 탕마단도 못하는 것을?"

진용이 나직하면서도 힘있는 목소리로 말했다.

"물론 완벽한 대처는 할 수 없겠지요. 하지만 하지 않는 것

보다는 나을 거라는 것이 제 생각입니다. 어떻게 하시겠습니까?'

할 말은 다 했다. 이제 결정은 본인들이 각자 알아서 해야 할 일이다.

진용은 입을 닫고 세 사람의 대답을 기다렸다.

모닥불이 약해지자 제갈민이 몇 개의 나무를 던져 넣었다. 꺼져 가는 듯하던 불길이 다시 서서히 살아나기 시작했다.

정광은 '저 불길에 고기를 구워 먹으면 얼마나 맛있을까?'를 생각하며 군침을 흘리고, 율천기와 포은상은 독고무종과 무언의 신경전을 벌이더니 표정이 굳어지고 있었다. 시간이 지나면서, 독고무종이 자신들의 생각보다 강함을 인식한 것이다.

그사이 진용은 커져 가는 붉은 불길을 보며 한 가지 의문점을 떠올렸다.

'구양한이 말한 그는 누구일까?'

아무리 생각해도 정보에 없는 자였다. 그런 자가 구양한을 단숨에 죽음 직전까지 내몰았다. 홍양마검을 일패도지시킨 구양한을.

적어도 십천존에 필적하는 자라는 말이다.

게다가 그가 나타난 곳은 동백산. 진용은 왠지 그자에게 자꾸만 신경이 쓰였다.

'덩치가 크다 했으니 아버지는 아닌 것 같은데……'

전음으로 대화를 나누던 세 사람이 진용을 바라본 것은 근반 각이 지나서였다. 백유현이 입을 열었다.

"사실 우리 세 사람만의 일이라면 쉽게 가부간을 결정할 수 있는 일이네만, 어쩌다 보니 우리를 따르는 사람들이 있어 신중할 수밖에 없었네. 어쨌든 결론은, 좋은 뜻으로 힘을 합하자는 것이니 함께하겠다는 거네. 우선 함께할 분들에 대해 알았으면 싶군."

정광이 맨 먼저 자신의 이름을 밝혔다.

"태산의 정광이오."

이어서 율천기가 담담히 입을 열었다.

"율천기라 하오."

"포은상이오."

포은상마저 이름을 밝히자 잠시 기억을 더듬던 세 사람의 눈이 휘둥그레졌다.

"혹시 십은(十隱)이라 불리시는, 벽월…… 북천산인……?"

율천기와 포은상이 동시에 고개를 끄덕였다.

그걸 보며 독고무종은 허리춤의 도병을 쓰다듬었다. 비록 이름은 모르지만, 십은이라는 말은 그도 들어본 것이다.

'좋군, 좋아! 진짜 적수다운 적수를 만났어!'

세 사람은 완전히 달라진 자세로 잠시만 기다려 달라는 말을 남기고 자신들 일행에게로 돌아갔다. 그러나 독고무종은 돌아갈 생각을 하지 않고 진용 일행에게 달라붙었다.

"혼자 다니니 심심하더군."

짧게 그 이유를 설명하고서.

그 말을 듣고 진용이 피식 웃으며 물었다.

"그런데 왜 사람들과 어울리지 않은 겁니까?"

그러자 독고무종이 준비라도 해둔 것처럼 곧바로 답했다.

"내가 원래 조용한 사람이라서 귀찮은 것은 딱 질색이거든."

글쎄, 과연 정말로 그런 이유 때문일까?

진용은 속으로 웃으며 몸을 일으켰다.

"그럼, 편히 이야기들 나누고 계십시오. 저는 잠시 위지 단주를 만나고 오겠습니다."

"제가 안내하겠습니다."

제갈민이 진용을 따라 후다닥 일어섰다. 그러잖고는 못 견딜 것 같았다. 꼭 호랑이 떼 사이에 낀 여우 같은 기분이었다.

그러자 남은 사람은 네 사람. 모닥불을 사이에 두고 네 쌍의 눈이 참았던 불길을 뿜어냈다. 금방이라도 도검을 빼 들고 한판 붙을 것 같은 표정들이었다.

"정말 좋은 밤이군. 안 그런가?"

율천기가 하얗게 웃으며 말했다.

"그렇군요."

"정말."

"내일이 기대되는군."

나머지 세 사람이 짜기라도 한 것처럼 동시에 대답했다.

아침이 되자 출발을 알리는 목소리가 초원에 울려 퍼졌다. 이미 탕마일단의 일대가 출발한 이후였다.

진용 일행이 포함된 삼단 사대 사조는 이각의 차이를 두고서 맨 나중에 출발했다.

사조의 면면은 하룻밤 사이에 대부분이 바뀌어 있었다.

종리군은 그것이 못마땅한 표정이었지만, 그렇다고 드러내 놓고 불평을 하지는 않았다. 위지강이 따로 불러 말한 데다, 그렇게 된 중심에 벽월과 북천산인이 있다는 말을 들었기 때문이다.

십은의 보호를 받고 있는 천뢰서생 같은 애송이야 그의 관심 밖이었다.

'십절검존의 후광이 좋긴 좋군. 십은이 보호하다니……'

종리군이야 어떻게 생각하든 말든, 동백산이 까마득히 보이는 지점에 이르자 진용의 눈에 이채가 떠올랐다.

'멀리서 우리를 주시하고 있는 자들이 있다.'

아직 오십 리 정도는 남은 듯하다. 그런데 자신들을 주시하는 눈길이 따라붙었다. 문제는 그것이 천혈교의 눈길이 아닌 것 같다는 것이다.

"실피나."

진용은 실피나를 불러냈다. 연녹색 하늘거리는 모습의 실피나가 오랜만에 밖으로 나와 상쾌하다는 표정으로 밝게 대답했다.

—불렀어? 왜? 시킬 일 있어? 뭐 할까?

그런데 어째 말이 많아졌다.

'말도 많네. 누가 덜떨어진 정령 아니랄까 봐.'

떠버리 세르탄이 있지도 않은 혀를 내두를 정도였다.

"숲에 숨어서 따라오고 있는 자들을 찾아봐."

—알았어.

막 날아가려던 실피나가 멈칫하더니 물었다.

—그런데, 그냥 찾기만 해?

왠지 어떤 상황을 기대하는 눈치다.

진용이 그 기대가 무엇인지 모를 리 없었다.

'쿵! 두들겨 패고 싶겠지!'

세르탄도 짐작한 듯 코웃음을 쳤다.

"일단은 찾기만 해. 싸우는 것은 나중에 실컷 시켜줄 테니까."

—음호호호! 알았어! 갔다 올게!

한줄기 연녹빛 바람이 진용이 바라본 방향을 향해 일직선으로 사라졌다.

일각이 조금 지나자 실피나가 돌아왔다.

실피나는 돌아오자마자 정신없이 떠들어댔다.

─빨간 놈들이 두 놈 있었거든? 그런데 주인이 간 쪽을 바라보더니 새를 날리잖아. 그래서 내가 냅다 발로 차버렸어. 새가 비틀거리면서 떨어지니까 두 놈 중 한 놈이 놀라서 정신없이 달려가는 거야. 오호호호! 가서 또 날리면 또 차버릴까?

'그냥 보고만 오라니까 말도 되게 안 듣네.'

'그러게 저 덜떨어진 정령은 믿지 말라니까.'

─실피나나 너나!

진용은 세르탄에게 한마디 하고 싶은 것을 꾹 참고 실피나에게 물었다.

"새가 어디로 날아갔지?"

─저쪽!

실피나의 손이 동백산을 가리켰다.

동백산인가? 그럼 천혈교?

'내가 잘못 알았나?'

동백산(桐栢山) 무자곡(霧自谷) 초입에 이르자 갑자기 천혈교의 사람들이 여기저기 보이기 시작했다.

그들은 질서정연한 모습으로 동백산에 들어서는 사람들을 안내하고 있었다.

보아하니 천제성은 조용히 안으로 들어간 듯했다.

아니라면 한바탕 싸움의 흔적이라도 남아야 했는데, 입구는 너무나 고요했다.

혹시 아직 도착하지 않았나 생각할 수도 있었지만, 입구의 우측에서 펄럭이는 깃발에 천제성이라는 글이 쓰여 있었다.

아마도 안으로 들어간 대문파의 이름을 깃발에 써서 걸어 놓고 있는 듯 수많은 문파의 이름이 깃발에 쓰인 채 펄럭이고 있었다.

입구를 십 리 남기고부터 정천무원이 탕마단의 선두로 나선 상태였다.

선두에 서서 무자곡 입구로 다가가던 남궁창훈은 펄럭이는 천제성의 깃발을 보고 이마를 찌푸렸다.

천제성이 입구에서부터 싸움을 벌일 것이라고는 생각하지 않았다. 그렇다고 버젓이 깃발이 걸리게 놔두었을 줄이야! 그도 미처 생각지 못한 일이었다.

일천이 넘는 엄청난 인원이 무자곡의 입구로 밀려가자 십여 명의 천혈교도가 선두를 향해 다가왔다.

그중 흑염을 길게 기른 초로인이 먼저 한 걸음 앞으로 나섰다.

그는 남궁창훈을 보고는 가볍게 포권을 취했다.

"동호양이 남궁 맹주를 뵈오."

그의 이름에 남궁창훈을 비롯해 정천무원의 원로들이 모두 눈을 부릅떴다.

"귀혼살마 동호양?"

동호양은 겉보기와 달리 칠십이 다 된 노마(老魔)로 혼세십팔마 중의 한 사람이다. 그러나 탕마단의 원로들이 놀란 것은 결코 그의 이름 때문이 아니었다.

혼세십팔마의 한 사람이 초입에서 손님 접대를 하고 있다는 것. 그것 때문에 놀란 것이다.

"동 선배가 이곳에 계신 이유는 본 맹을 맞이하기 위함이오?"

동호양이 흔들림없는 자세로 고개를 끄덕였다.

"허허허. 대정천무맹의 맹주를 맞이하는데, 어찌 소홀할 수가 있겠소?"

"본 맹이 좋지 않은 목적을 가지고 왔다는 것쯤은 이미 알고 있을 것이라 생각합니다만."

남궁창훈의 말에 동호양이 조용히 웃으며 말했다.

"싸울 때 싸우더라도 격식은 갖춰야 하지 않겠소이까? 천제성도 그 점을 인정했기에 순순히 안으로 들어간 것이외다. 설마 천제성에서도 지킨 격식을 정천무맹이 나 몰라라 하지는 않겠지요?"

꼭 그런 이유가 아니라도 입구에서부터 싸움을 벌일 수는 없었다.

천제성도 그냥 지나간 길을 정천무맹이 싸워서 뚫고 지나갈 수는 없는 일이다. 게다가 아직 안쪽의 상황도 모르는 상태가 아닌가.

남궁창훈은 예기치 못했던 천혈교의 급습에 표정을 굳히

고 천천히 고개를 끄덕였다.

첫 번째 싸움에서 졌다는 것을 인정하지 않을 수 없었다. 어쩌면 동백산에 총단이 있다는 전갈을 받았을 때부터였는지도 모른다. 하지만 싸움은 이제 시작일 뿐이었다.

남궁창훈이 뒤를 돌아보자 기세등등하던 원로들이 대부분 고개를 돌렸다.

맹주가 알아서 할 일이라는 식이었다.

남궁창훈은 차갑게 웃으며 동호양을 바라보았다.

"안내해 주시겠소?"

"물론이오. 그러기 위해 기다린 것이 아니겠소이까?"

동호양은 당연하다는 듯 머리를 약간 숙이고는 망설임없이 몸을 돌렸다. 돌아선 그의 입가에 비릿한 웃음이 슬쩍 매달렸다. 하지만 아무도 보지 못했다.

진용이 속한 삼단 사대 사조는 여전히 맨 뒤에 처져서 따라갔다. 덕분에 진용은 무심을 가장하지 못한 천혈교 무사들의 표정을 읽을 수 있었다. 그것은 비릿한 조소였다.

이들이 왜 조소를 보내고 있을까? 자신들을 함부로 못한다는 생각에? 아니면 탕마단이 생각보다 별 볼일 없다는 생각에?

아닐 것이다. 그렇다면 한 가지뿐이다.

호랑이 입속으로 들어가는 탕마단이 우습게 보였다는 것.

그럼 그만큼 자신들의 힘이 강하다 생각하는 것일까?

그것도 아닐 것이다.

저들은 확신하고 있다. 저 안쪽 천혈교의 총단에, 천제성이든, 탕마단이든, 그 누구라도 제압할 수 있는 무언가가 있기에 자신만만한 것이다.

진용도 확신했다.

저 안에 기관이 설치되어 있는 게 분명하다! 그것도 천제성과 탕마단에 치명타를 가할 수 있는 기관이!

그것이 아니라면, 무엇이 천제성과 탕마단을 제압할 수 있단 말인가.

"실피나!"

허공에 떠서 졸졸 따라오던 실피나가 휘리릭 날아 진용을 빤히 바라보며 앞에 섰다.

움찔한 진용이 실피나를 쳐다보았다.

그 어느 때보다 아름다워 보였다. 큰 싸움이 일어날 것을 예감이라도 하고 있는지 얼굴이 흥분으로 붉게 달아올라 있었다.

'어휴, 눈치는 세르탄처럼 빨라져서는.'

'왜! 그걸 나하고 비교해! 눈치하면 시르가 최고지!'

세르탄이 화난 목소리로 소리쳤다.

'그래, 내가 최고고 네가 두 번째다.'

'그야 당연히…… 응……?'

이상한지 세르탄이 말을 흐렸다. 세르탄이 말꼬리를 잡기 전에 진용이 재빨리 실피나에게 명령을 내렸다.

"실피나, 안으로 들어가서 상황을 살펴봐. 먼저 들어간 우리 일행들도 좀 찾아보고. 할 수 있지?"

―응? 응. 해보지 뭐.

"그걸 확실히 알아야 실피나가 싸울 수 있나 알게 되니까, 최대한 알아봐. 그리고 내가 안으로 들어가기 전에 나와서 알려줘. 알았지?"

―알았어!

역시 싸움을 시켜준다는 말이 최고의 효과를 발휘했다. 실피나가 휭 하니 사라졌다.

'이 싸움꾼 실피나야, 제발 많이만 알아와라.'

세르탄에게 장난까지 걸어가며 마음을 안정시켜 보려 했지만 점점 불안감은 커져만 간다.

아무래도 피를 많이 봐야 할 것만 같다. 진용은 마음을 다 잡았다.

'피를 봐야 한다면, 나도 마다하지 않겠어!'

마차가 한꺼번에 두어 대 지나갈 수 있을 정도로 정돈된 길을 따라 십 리를 들어갔다. 그런데도 천혈교의 총단은 나오지 않았다.

선두와는 십 리 정도 떨어져 있을 터. 그럼 이십 리라는 말이다. 선두가 총단에 들어갔으면 소식이 전해졌을 텐데 아직 전해진 소식은 아무것도 없었다.

생각보다 깊은 계곡의 양편은 깎아지른 듯한 절벽과 무너진 자갈들로 이루어진 급경사였다. 기호지세인지라 안으로 들어가고는 있지만, 선두도 초조한 마음이 있을 거라는 생각이 들었다.

사조의 사람들도 언제부턴지 진용 일행 주위로 모여들기 시작했다. 그들도 서서히 불안함을 느끼는 것 같았다.

그렇게 십여 리를 더 가자 갑자기 계곡이 넓어지기 시작했다.

다듬어놓은 길도 넓어졌다. 마차 서너 대가 비켜갈 수 있을 정도다.

그때였다. 앞쪽에서 누군가의 목소리가 메아리치며 들려왔다.

"천혈교의 총단이다!"

동시에 실피나가 날아오는 것이 보였다.

―주인아!

실피나가 빠르게 날아오더니 마침 진용의 앞을 걷고 있는 정광의 어깨에 사뿐하게 내려앉았다.

순간 정광이 고개를 좌우로 돌리다 말고 고개를 갸웃거렸다.

"이상하네……. 뭐가 내 어깨를 누른 것 같았는데……."

진용은 자꾸 웃음이 나오려는 것을 꾹 참고 실피나에게 물었다.

"말해봐. 뭐가 있지?"

—큰 건물들. 열 개 조금 넘어. 그리고 동굴이 많이 뚫려 있어. 인간들이 사는 동굴이야.

실피나의 말을 풀이하면, 건물은 열몇 개 정도이고, 동굴에서 주거하는 사람들이 많다는 말이다.

"다른 이상한 것은?"

—별것은 없는데…… 탑이 많이 서 있어.

"탑?"

—어, 건물 전체를 빙 둘러서 탑이 서 있어. 열 개가 다섯 개쯤 돼.

그럼 오십 개쯤 된다는 말.

'실피나가 신경을 많이 썼군. 그걸 다 세어 오다니.'

이번에는 세르탄도 반발하지 않고 순순히 인정했다.

어쨌든 수상한 일이었다. 탑이 왜 그렇게 많이 있단 말인가?

"또 다른 것은?"

갑자기 실피나의 얼굴에 홍조가 사라졌다. 파르스름한 얼굴로 실피나가 말했다.

—무서운…… 인간이 있어.

말도 떨려 나왔다. 처음 보는 모습이었다.

진용이 다급히 물었다.

"누군지 봤어?"

실피나가 고개를 저었다.

―보진 못했고… 땅속에 있는 것 같았어. 무서워서… 가보지는 않았어.

그러더니 진용을 힐끔거리며 더듬더듬 말을 이었다.

―꼭…… 주인의 속에 있는… 어…… 그… 것하고 비슷한 느낌이었어.

진용이 눈을 부릅떴다.

세르탄도 깜짝 놀라 억 소리를 냈다.

'억! 저 덜떨어진 정령이 설마 나를……'

왠지 불안한 목소리였다.

하지만 진용은 실피나가 세르탄을 눈치 챘다는 데 놀라 세르탄이 왜 불안해하는지 미처 생각할 겨를이 없었다.

"언제, 어떻게 알았지? 내 머릿속에 뭔가가 있다는 걸."

진용이 순순히 인정하자 실피나가 조금은 밝아진 표정으로 빠르게 말했다.

―저번에 이상하게 주인의 기운이 강해졌을 때부터. 왠지 주인 눈이 무섭게 보였어. 꼭 마계의 멍청한 마족들을 소환한 대마법사의 눈 같았거든. 근데… 주인아, 그게 뭐야? 정말 마족이야? 어떤 멍청한 마족이 인간의 머릿속에 들어가 있는 거야?

세르탄이 불끈 성질을 내려다 꾹 참았다. 공연히 진용의 심기를 건드려 봐야 좋을 것이 없었다. 자신의 꿍하니 숨겨온 비밀이 탄로날지도 모르기 때문이다.

　―정령 같지도 않은 것이 어디서 감히!

　그래도 열은 났다.

　하지만 진용은 깊게 생각하지 않았다. 그저 '멍청한 마족' 이
라는 말이 연이어 실피나의 입에서 나오자 세르탄이 열을 낸다
생각했다. 그 이상은 아무리 진용이라도 짐작하지 못했다.

　"후, 이름은 세르탄이라고 해. 좌우간 그것에 대해선 나중
에 알려줄 테니까, 혹시 다른 것이 없나 계속 살펴봐. 그리고
우리 일행들 중에 먼저 들어간 사람들 못 봤어?"

　―못 봤어. 괴상한 늙은 인간이 있으면 내가 금방 알아봤을
텐데.

　괴상한 늙은 인간?

　심각하던 진용조차 피식 웃음이 나왔다.

　정광이 흘끔 뒤를 돌아다본다.

　진용은 재빨리 정색을 하고서 실피나에게 말했다.

　"그분들 보거든 바로 나에게 알려줘. 알았지?"

　―알았어! 그럼 그다음에는 싸우는 거야?

　"그럼! 단, 때가 되면. 가봐."

　이해하기가 힘든지 고개를 모로 꼰 실피나가 정광의 어깨
에서 날아올랐다. 그리고는 순식간에 허공으로 날아갔다.

　진용은 실피나가 사라지는 모습을 끝까지 바라보다 굳은
표정으로 말했다.

"모두 대열을 이탈하지 말고 철저히 함께 움직이세요. 천혈교의 총단에 들어가더라도 다른 조에 휩쓸리지 말기 바랍니다."

귀를 기울여도 들릴 듯 말 듯 나직이 흘러나온 음성이었다. 하지만 듣지 못한 사람은 없었던 듯 스물두 명의 무인이 일제히 고개를 끄덕였다.

순간, 본래의 진용 일행을 뺀 대부분이 무엇 때문인지 갑자기 놀란 표정을 짓고는 진용을 응시했다.

그들의 눈에는 경악이 일렁이고 있었다. 그 작은 소리를 모두가 함께 들었다는 것을 알았기 때문이다.

그제야 어렴풋이 들었던 소문이 그들에게 현실로 다가왔다.

─천뢰서생이 스무 명도 안 되는 인원으로 적혈문을 비롯해 다섯 개 방파를 단 며칠 사이에 봉문시켰다고 한다!

지금까지는 그저 십절검존이 존재하고, 십은이 함께했기에 그런 소문이 돌았다 생각했다. 그래서 자신들을 이끌기로 한 고진용이 그 소문의 주인공임을 알고도 그러려니 했다. 그런데 어쩌면 사실일지도 모르겠다는 생각이 들었다.

사람들의 발걸음에 힘이 붙었다.

눈빛도 보다 강렬해졌다.

진용을 바라보는 눈길에도 서서히 믿음이 싹텄다.

4

천혈교의 총단을 본 순간, 진용은 감탄을 금치 못했다. 진용뿐만이 아니라 모두가 그랬다.

양쪽에는 깎아지른 듯한 절벽이 백 장 높이로 치솟아 안개구름을 뚫고 있고, 그 가운데는 무려 수만 평에 이르는 평지가 거짓말처럼 존재하고 있다.

십여 채의 거대한 건물이 흐르는 계곡물과 수십 그루의 고목들을 품은 채 그 평지에 조화를 이루며 지어져 있다.

거기에 실피나가 말한 석탑이 그 조화로움에 편안함을 더해준다.

입구 주위의 인공 가산에 만발한 이름 모를 꽃들. 향기를 찾아 날아온 온갖 나비들. 천혈교라는 피 냄새 나는 이름만 아니라면 가히 지상낙원 같은 풍경이었다.

가까이 다가가자 이미 안으로 들어간 선두의 웅성거리는 소리가 들렸다. 그들도 당황한 듯했다.

진용은 굳은 안색으로 걸음을 옮겼다. 진용을 따라 사조의 사람들도 정문의 문턱을 넘었다. 드넓은 연무장이 나타났다.

문득 안쪽 깊숙한 곳에 천제성의 사람들이 보였다.

그들의 인원수도 탕마단에 못지않았다. 근 일천은 족히 되어 보인다. 이미 놀람이 지나갔는지 그들은 차분히 정렬한 채 뭉쳐 있었다.

언뜻 팽기한을 비롯한 팽가의 무인들이 보였다. 그들은 천제성과 나란히 서 있다가 탕마단이 자리를 잡자 탕마단과 합세하기 위해 자리를 옮기고 있었다.

'같이 왔나 보군.'

마침 팽기한이 진용을 발견하고는 미미하게 고개를 끄덕였다.

"팽 노선배님, 가셨던 일은 잘되셨습니까?"

진용이 전음으로 묻자 팽기한도 전음으로 답했다.

"자신도 잘 모르는 일이라고 하더군. 그러면서도 완전히 부인하지는 않았네. 이번 일이 끝나고 나서 다시 이야기하자고 하더군. 우리도 상황이 상황인지라 일단 수락하고 이곳으로 온 것이네."

모른다? 그럴 리가 없다.

'흥! 간교한 자!'

어쨌든 그 일은 팽기한이 알아서 할 일. 그리고 당장 중요한 것도 아니었다.

"조심하십시오. 아무래도 상황이 좀 이상하게 흘러가고 있으니까요."

"알겠네."

그 말을 끝으로 두 사람은 대화를 끝냈다. 그리고 얼마나 되었을까, 커다란 북소리가 계곡을 울렸다.

둥! 둥! 둥!

웅성거리던 사람들은 약속이라도 한 것처럼 입을 닫고 연무장 끝에 지어진 단을 쳐다보았다.

단상에는 어느새 한 노인이 서 있었다. 언제 나타났는지 보고도 믿을 수 없을 정도로 홀연한 등장이었다. 진용조차 뿌연 안개가 어리는 것만 보았을 정도였다.

단상의 노인은 길고 가느다란 백염을 가슴에 휘날리며 오연한 표정으로 이천에 달하는 군웅들을 쓸어보았다.

여기저기서 그를 알아본 정파의 명숙들이 웅성거렸다.

그때 그가 천천히 손을 들어 포권을 취하고는 힘있는 목소리로 입을 열었다.

"본인은 야율립이라 하오. 이렇듯 방문해 주신 분들께 감사드리는 바요."

유령신마 야율립. 바로 그였다!

그의 목소리가 울려 퍼지자 여기저기서 놀란 탄성이 터져 나왔다.

"저자가 유령신마 야율립?"

"정말이었군. 유령신마가 천혈교에 있었어."

웅성거림은 야율립이 손을 듦과 동시에 잦아들었다.

"특히 천제성의 성주님과 정천무맹의 맹주께서 수많은 분들을 이끌고 본 교의 개파대전에 참석해 주셨으니, 이는 본 교의 홍복이외다."

그때 누군가가 소리쳤다.

"야율립, 헛소리하지 마라! 누가 천혈교의 야욕을 모를 줄 아는가! 우리가 온 것은 네놈들을 축하해 주기 위해서 온 것이 아니다!"

야율립의 눈이 한곳으로 향했다.

천제성의 무사들이 모여 있는 곳에서 장한 하나가 소리를 지르다 말고 황급히 입을 닫았다.

야율립이 가느다란 살소를 지으며 장한을 향해 말했다.

"오늘은 좋은 날이니 한 번은 용서하겠다."

자신도 모르게 입을 닫은 것이 부끄럽게 느껴졌는지, 장한은 야율립의 말에 코웃음을 쳤다.

"흥! 누가 무서워할 줄 알고?"

그때다. 이십 장의 거리를 두고 야율립의 손이 흔들렸다 싶은 순간, 뿌옇게 흐려진 장영(掌影)이 빗살처럼 장한을 향해 쏘아졌다.

몇 사람이 그것을 간파하고 경고성을 발했다.

"헛! 조심해! 유령장(幽靈掌)이다!"

진용도 보긴 했지만 관여하지는 않았다.

대신 천제성 쪽에서 두 사람이 장한의 앞으로 나섰다. 삼십 대 중반 정도로 보이는 눈빛이 날카로운 자들. 비천검단의 고수들이었다.

"타앗!"

그들은 동시에 쌍장을 내밀며 밀려오는 암경에 마주쳐 갔다.

콰르릉!

일순간 천둥소리가 울렸다.

"크윽!"

"커억!"

마주쳐 갈 때보다도 빠르게 뒤로 밀려난 두 사람. 그들의 입에서 격한 신음이 새어 나왔다.

비칠거리며 겨우 중심을 잡은 두 사람을 향해 야율립이 말했다.

"더 이상은 용서하지 않는다. 백리 형의 얼굴을 봐서 오늘은 그만 하겠다."

오만한 말인데도 오만하게 들리지가 않았다.

그는 바로 십천존의 일인, 유령신마인 것이다.

진용은 내심 감탄하며 유령신마를 직시했다.

'십천존! 과연 명불허전이다. 비천검단의 두 사람을 단 일장으로 곤란지경에 빠뜨리다니.'

천제성 쪽에서 한 사람이 나섰다.

"야율 선배, 손속에 사정을 봐줘서 고맙소만 굳이 더 말을 할 필요가 있겠습니까?"

적유였다. 그가 나서자 천제성의 무리에서 작은 움직임이 일었다. 극히 미미해서 쉽게 알아볼 수 없을 정도의 움직임이었다.

하지만 처음부터 천제성에 신경을 쓰고 있던 진용은 그 움직임의 정체를 알 수 있었다.

'괴인들! 천제성의 무사들 틈에 숨어 있던 그들이 적유를 에워싸고 있다. 무슨 뜻이지?

백리성을 중심으로 움직이는 듯 보이지만 사실은 그렇지가 않다. 그것이 이상한 것이다.

진용이 의아해하고 있는 사이 유령신마가 적유를 향해 말했다.

"천제성에 인물이 있긴 있었군. 하지만 너무 나대지는 마라. 아직 내 말은 끝나지 않았으니까."

"하하하! 야율 선배가 교주는 아닐 것 아니오? 우리는 천혈교의 교주를 만나 따지러 왔지, 야율 선배와 말다툼하려고 온 것이 아니외다!"

적유가 호탕한 웃음을 터뜨렸다. 군웅들이 그 말에 웅성거리기 시작했다.

그랬다. 자신들은 싸우러 왔지 야율립의 웅변을 감상하러 온 것이 아니다.

"야율 도우! 교주를 나오라 하시오! 이곳에 본 맹의 맹주께서 오셨는데, 왜 교주는 얼굴도 비치지 않는 것이오?"

화산의 우진자가 우렁우렁한 목소리로 소리쳤다.

야율립이 얼굴을 찡그리며 말했다.

"조금 있으면 개파대전이 시작될 것이오. 조금만 기다리시오, 결코 실망시키지는 않을 테니까."

"흥! 우리는 개파대전에 관심있어서 온 것이 아니외다! 교주를 불러내시오!"

우진자가 기세를 올리며 소리쳤다.

야율립이 하얗게 웃었다.

"지금 남의 잔칫집에 와서 시비를 걸자는 건가?"

그 말이 떨어진 순간, 진용은 불길한 느낌을 받았다. 어쩐지 야율립이 상황을 이상하게 몰아가고 있었다. 마치 서서히 불길을 키워가는 형국이 아닌가.

한데 그 불길에 종남의 정호 진인이 기름을 끼얹었었다.

"야율립! 종남의 제자들을 죽인 것이 천혈교가 아니었더냐? 그래 놓고 무슨 개파란 말이냐!"

그때다!

"갈! 누가 그러던가! 본 교의 제자들이 종남의 제자들을 죽였다고!"

갑자기 벼락같은 목소리가 단상 뒤쪽의 건물에서 터져 나왔다.

사람들의 눈길이 일제히 목소리가 들려온 곳을 향했다.

한 사람이 허공을 걷듯이 단상을 향해 날아오고 있다. 동시에 단상의 좌우로 사십여 명 정도 되는 혈의인들이 늘어선다.

노인을 본 진용은 유태청의 말이 떠올랐다.

"작은 키, 긴 눈썹, 바짝 마른 몸, 눈빛이 푸른빛이거든 그가 바로 공야무릉이라 생각하게나."

한데 단상에 내려서고 있는 노인. 노인의 눈빛이 푸른빛이다. 확신이 섰다.

'저 노인이 공야무릉이다.'

단상에 내려선 공야무릉이 정호 진인을 향해 소리쳤다.

"다시 말해보게! 본 교의 제자들이 정말 종남의 제자를 죽였단 말인가?"

서슬 퍼런 공야무릉의 말에 정호 진인은 식은땀을 흘렸다. 눈이 마주치면서부터 꼼짝할 수가 없었다.

정호 진인은 억지로 입을 열어 악을 쓰듯 외쳤다.

"강호의 모든 사람이 알고 있는 사실이외다!"

"누가 알고 있단 말인가? 그대가? 그대가? 아니면 그대가?"

공야무릉의 손끝이 탕마단의 원로들을 무작위로 가리켰다.

얼굴이 시뻘게진 원로들이 이를 악물고 공야무릉을 노려보았다. 하지만 그뿐이었다. 이미 공야무릉의 기세에 눌린 그들은 입을 열지 못했다.

"적어도 남궁세가를 친 것만큼은 분명한 일이 아니오!"

보다 못해 남궁창훈이 나섰다.

공야무릉의 눈이 남궁창훈을 향했다.

"그건 인정하겠소, 남궁 맹주!"

말투가 존대로 바뀌었다. 정천맹주에 대한 예의로 보였다. 하지만 좋아하지 않는 자들도 있었다. 그 말을 듣더니 원로들의 악다문 입에 힘이 들어간다.

진용은 그 미미한 변화를 눈치 채고 주먹을 움켜쥐었다.

'젠장! 능구렁이 같은 노인이 자중지란을 유도하고 있다! 도대체 어쩌자는 걸까? 이 상황에서 한바탕하겠다는 걸까?'

어차피 싸울 거라 생각은 했다. 그런데 아무리 봐도 지금은 아니다. 천혈교의 사람들은 기껏해야 백수십 명밖에 보이질 않는 것이다.

그들이 제아무리 절정지경을 넘어선 고수들이라 해도 이런 상황에서의 싸움은 말도 되지 않는다.

물론 기관이 있을지도 모른다. 하지만 기관을 이용하려면 폐쇄된 공간이어야 하는데, 정천무맹과 천제성의 고수들은 모두 연무장에 있다.

진용이 곰곰이 공야무릉의 태도를 분석하고 있을 때다. 남궁창훈이 분노의 일갈을 내지르며 단상을 향해 걸어갔다.

"교주를 나오라 하시오! 본 가를 쳤을 때는 그만한 대가를 각오했을 터!"

"대가? 왜 대가를 치러야 한단 말이오?"

"그걸 그대가 모른단 말이오?!"

공야무릉이 갑자기 낄낄거리며 웃었다.

"킬킬킬! 대가라! 그럼 정천무맹이 죄없는 마도의 방파를 칠 때도 대가를 주고 쳤는가?"

갑작스런 변화에 남궁창훈의 표정이 딱딱하게 굳었다.

대답은 다른 곳에서 나왔다.

"절대 그렇지 않았지요!"

늘어선 혈의인들 뒤에서 한 사람이 걸어나왔다.

그를 본 남궁창훈의 눈이 부릅떠졌다.

"혈마 육두상?"

그는 오십 초반의 장년인이었는데, 눈이 하나 없었다. 게다가 팔도 하나 없었다. 눈 대신 보석을 박고, 팔 대신 쇠갈퀴를 몸에 매단 육두상이 냉랭한 코웃음을 날리며 남궁창훈에게 말했다.

"흥! 우리 혈마방이 무슨 잘못을 했는지 말해봐라! 잘못도 없는 혈마방을 치고도 대가로 무엇을 줬는지 말해봐라, 남궁창훈!"

남궁창훈의 얼굴이 딱딱하니 굳었다.

남궁세가는 십이 년 전 장강의 혈마방을 쳤다. 이유는 하나, 안휘를 지나는 장강의 패권을 차지하기 위해서. 오직 그 이유뿐이었다.

"그 일에 대해선 미안하게 생각하오. 몇몇 사람들이 욕심에 젖어 저지른 일이었소."

"하! 욕심이었다? 그래서, 그들은 벌을 받았는가? 내가 알기로는 상을 받아 떵떵거리고 잘살았다던데?"

남궁창훈의 입이 꾹 다물렸다.

자신들은 저들을 쳤다. 저들도 자신들을 쳤다.

변명을 할 답이 없었다.

"그 일에 대해선 더 논할 게 없을 것 같군."

그때 공야무릉이 입을 열었다. 그는 남궁창훈을 흰자위가 거의 없는 눈으로 직시하고는 천천히 천제성 쪽을 바라보았다.

"백리성, 그대 역시 우리를 칠 이유가 없어. 내 말이 무슨 뜻인지 잘 알 게야. 오히려 빚은 우리가 받아야 하지. 안 그런가?"

백리성이 어깨를 펴고 공야무릉을 노려보더니 천천히 입을 열었다.

"그건 아무런 상관이 없소. 우리는 마도의 힘을 결집시키려는 천혈교를 치러 왔을 뿐이니까."

백리성의 말이 끝나자 천제성의 무사들이 물결처럼 좌우로 퍼졌다. 동시에 정천무맹의 무사들도 눈에 힘을 주고 단상을 쳐다보았다.

그렇다. 말싸움할 이유가 없다. 자신들은 천혈교의 개파대전을 막고 마도를 응징하면 그뿐!

"남궁 맹주, 저들과 말을 나눌 이유가 없을 것 같구먼."

이무령이 조용히 말하며 나섰다.

남궁창훈은 하늘을 한 번 올려다보고는 천천히 고개를 내리고 끄덕였다.

"선배님의 말씀이 옳습니다. 어차피 여기까지 온 마당에 무얼 망설이겠습니까?"

"으하하하하!"

갑자기 공야무릉이 대소를 터뜨렸다. 계곡 안이 공야무릉의 대소에 우르릉거리며 뒤흔들렸다.

공야무릉은 한바탕 대소를 터뜨리고는 이무령과 남궁창훈과 백리성을 차례로 응시했다.

"그래, 그렇게 나와야 나도 덜 미안하지! 아주 멋진 개파가 되겠어!"

진용의 예감이 극도의 불길함을 예지했다.

그때 실피나가 날아왔다. 왠지 당황한 표정이다.

—주인아! 주인하고 같이 다니던 인간들이 죽어가!

뭐라고?

"그게 무슨 말이야!"

—빨간 옷을 입은 사람들에게 들켰나 봐. 도망치고 있는데, 상처가 심해.

"실피나! 빨리 가서 도와줘! 나도 곧 갈 테니까!"

—알았어!

실피나가 힘차게 고개를 끄덕이더니 셩 하니 날아간다.

진용은 황급히 율천기와 포은상에게 전음을 보냈다.

"아무래도 주위를 탐색하던 사람들이 들켜서 위험한 것 같습니다. 제가 가봐야……."

진용의 말이 끝나기도 전이었다.

우르르르르르……

기이한 울음소리가 계곡을 뒤덮었다.

동시에 단상의 공야무릉이 야율립에게 말했다.

"이제 시간이 됐군. 시작해라, 숙야명! 손님들도 다 온 것 같은데!"

공야무릉의 뒤에서 실눈을 한 중년인이 걸어나왔다. 숙야명이었다. 그가 짙은 웃음을 머금은 채 허공을 향해 손을 들어 올리고는 외쳤다.

"지금부터 개파대전을 시작하겠소! 수석장로께서 환영사를 해주시지요!"

느닷없는 선언에 사람들의 눈이 단상을 향했다.

뒤이어 야율립이 쾡량한 목소리로 환영사를 읊었다.

"강호 동도들께서 본 교에 왕림하신 것을 환영하는 바외다!"

쿠르르르르…….

울음소리는 점점 더 커지고 있었다. 천제성과 정천무맹의 무사들도 느꼈는지 당황한 표정을 지었다.

"무슨 짓을 하는 거냐, 야율립!"

우명자가 당황한 목소리로 외쳤다.

"무슨 짓은! 개파대전을 시작하는 것이지! 대천혈교의 개파대전을 말이외다! 우하하하하!"

"모두 조심하시오! 놈들이 허튼수작을 부리지 못하도록 주위를 경계하시오!"

석장진이 외치며 검을 빼 들자 다섯 명의 호법이 남궁창훈의 앞을 가로막았다.

천제성에서도 움직임이 빨라졌다. 백리성이 뒤로 빠지고, 비천검단이 앞으로 나섰다.

적유는 복면을 한 열두 명의 괴인을 이끌고 백리성을 따라 움직였다.

바로 그때였다!

진용의 눈에 총단의 외곽에 우뚝 솟은 탑이 보였다.

한데, 탑이 돌고 있었다. 자세히 보지 않으면 알아보지 못할 정도로 미미한 변화였다.

"서, 설마……? 맙소사……. 말도 안 돼!"

문득 곁에 있던 제갈민이 넋이 빠진 목소리로 중얼거리는 소리가 들렸다. 그의 눈도 돌고 있는 탑을 향해 있었다.

"제갈 형! 짐작 가는 바라도 있습니까?!"

진용이 다급한 마음에 총관이라 부르지 않는데도 제갈민은 그걸 따질 정신이 없었다.

제갈민이 갑자기 두 손을 모으더니 정천무원의 장로들이 모여 있는 곳을 향해 소리쳤다.

"숙부님! 아무래도 천망회회살관(天網回回殺關) 같습니다!"

제갈세가에서 기관과 진세에 가장 정통하다는 천기수사 제갈운진이 휙 고개를 돌려 제갈민을 바라보았다. 그런 제갈운진의 눈은 믿을 수 없다는 듯 거센 떨림이 일고 있었다.

"그게 무슨 소리냐! 이곳은 지상이다!"

지상?

그럼 밖에 있는 인공 가산의 흙이 혹시……?

진용이 급히 제갈민에게 물었다.

"그 천망회회살관이라는 것이 지하에 설치하는 겁니까?"

"예, 장주. 그것은 지하에……."

진용은 제갈민의 말을 들으며 남궁창훈에게 전음을 보냈다.

"맹주! 고진용입니다! 즉시 탕마단을 이곳에서 철수시키십시오!"

"무슨 소린가?!"

"설명할 시간이 없습니다! 어서……."

쿠구구구…….

이제 울음소리뿐이 아니다. 은은히 느껴지는 진동.

남궁창훈도 진동을 느끼고는 주위를 향해 창룡후를 터뜨렸다.

"맹주령으로 명한다! 일단 이곳을 빠져나가라!"

난데없는 명령에 사람들이 일제히 남궁창훈을 쳐다보았다.

"맹주! 그게 무슨 말씀이오! 놈들을 쳐도 모자랄 판에 후퇴라니요!"

"그렇습니다! 놈들의 건물로 쳐들어갑시다! 분명 안에 숨어 있을 겁니다! 여기서 물러설 수는 없습니다!"

당가의 대표인 당상명이 말도 안 된다는 듯 눈을 부릅뜨고 소리쳤다.

"일단 내가 먼저 공야무릉이라는 늙은이를 상대하겠네!"

이무량도 물러설 수는 없다는 듯 짧고 뭉툭한 섭선(攝扇)을 꺼내 들었다.

그러자 그러잖아도 공야무릉의 기세에 눌려 수치감을 느끼고 있던 우명자가 눈살을 찌푸리며 남궁창훈을 노려보았다.

"맹주, 갑자기 무슨 소리요? 마도를 멸하러 왔거늘 물러서자니?"

"일단 물러서야 할 것 같소. 놈들의 수작이 심상치 않소이다! 땅이 진동하고 있단 말이오!"

"정 그렇다면 맹주나 물러서시오! 우리는 싸울 테니까!"

우명자와 구대문파의 사람들이 남궁창훈의 눈치를 살피며 이무량을 중심으로 모여들었다.

누구도 남궁창훈의 명에 따르는 자가 없었다. 석장진을 비롯한 다섯 명의 호법조차 의아한 얼굴로 남궁창훈을 쳐다보았다.

얼굴이 일그러진 남궁창훈이 석장진에게 말했다.

"고 공자의 말이네. 그리고 조금 전에 제갈가의 아이가 한 말을 들었겠지?"

"맹주, 하나……."

"일단 내 말을 따라주게. 바닥의 진동이 심해지고 있어!"

그제야 석장진의 얼굴이 급격한 변화를 일으켰다. 단순히 사람들이 많아 그런 것으로 알았는데, 남궁창훈의 말을 듣고 보니 심상치가 않은 것이다.

한편 진용은 탕마단의 움직임을 처음부터 끝까지 지켜보

다 조급한 마음에 일단 주위 사람들을 먼저 움직였다.

'안 되겠어. 더는 기다릴 시간이 없어!'

"저를 따라오세요!"

정광과 제갈민이 즉시 움직이고, 율천기와 포은상이 뒤를 따랐다.

망설이던 사조의 무사들도 뒤에서 비웃는 소리가 들리든 말든 이를 악물고 몸을 돌렸다.

경고를 발하고 결정을 하기까지, 숨을 열 번 쉴 시간도 걸리지 않았다.

하지만 그 짧은 시간이 지옥과 천당을 결정했다.

쿠르르릉!

진동이 급작스럽게 거세지는가 싶더니, 천천히 돌던 석탑이 갑자기 빠르게 돌았다.

그와 동시!

야율립의 입에서 터져 나온 계곡을 뒤흔드는 목소리!

"천혈교의 교도들이여! 지옥으로 가려는 자들을 위해 환영사를 시작하라!"

목소리의 여운이 사라지기도 전!

덜컹! 덜컹!

마흔아홉 개의 석탑이 수천 개의 구멍을 드러냈다.

"뒤로 물러서요!"

진용이 불길한 예감을 느끼고 대경해 소리쳤다. 나아가던 사람들이 일제히 걸음을 멈추고 머뭇거렸다.

"물러서라니까요!"

진용이 그들 앞을 가로막으며 넓게 실드 마법을 펼쳤다. 그
와 동시였다.

쐐쐐쐐쐐!

수천 발의 화살이 석탑에서 쏟아져 하늘을 까맣게 물들였다.

순간 가소롭다는 목소리가 여기저기서 터져 나왔다.

"뭐야? 화살이잖아?"

"난 또 뭐라고. 기껏 화살로 우리를……."

하지만 촌음의 시간도 지나지 않아 공포에 찬 비명이 이어
졌다.

화살은 철시(鐵矢)였다. 그것도 강력한 노(弩:쇠뇌)에서 쏟
아진 철시!

철시의 위력은 소름이 돋을 정도였다. 청석을 한 치가량 파
고드는 철시라니!

숨 쉴 틈도 주지 않고 철시가 날아들자 군웅들의 안색이 시
꺼멓게 죽었다.

검으로 쳐내면 부러지지 않고 옆으로 날아간다.

자신이 쳐낸 화살이 동료의 몸에 박혀든다.

동료가 쳐낸 화살이 자신에게 날아온다.

정신이 없었다.

"으악!"

"크억! 어디다 쳐내는 거야!"

멀리서 날아온 철시는 웬만하면 다 쳐낸다. 하지만 옆에서 꺾어져 날아온 철시는 피할 수가 없다. 기껏 피하면 또 다른 곳에서 날아온다.

앞에도 철시, 옆에도 철시, 뒤에도 철시. 피할 곳이 없다.

순식간에 수백 명이 철시에 꿰인 채 바닥을 뒹굴었다.

"모두 한곳으로 모여 대응하라!"

적유가 대갈을 터뜨렸다.

천제성의 사람들이 각자의 뽑아 든 무기를 쳐들고 한곳으로 모였다.

"우리도 저들과 함께 뭉쳐라! 흩어지면 위험해! 뭉쳐서 날아드는 화살을 허공으로 쳐내라!"

탕마단의 간부들이 아우성을 쳐대며 제자들을, 사형제들을 독려했다.

쓰러진 자들은 어쩔 수 없었다. 쓰러진 몸에 철시가 날아와 꽂히는 것을 보면서도 구할 방법이 없었다.

백리성이 계곡을 뒤흔들 정도로 내공을 담아 버럭 소리쳤다.

"야율립! 이 더러운 놈! 네놈이 어찌 강호인이란 말이냐!"

"당당히 겨루자, 이놈들!"

이무령이 웅혼한 내력이 담긴 쌍장으로 철시를 쳐내며 외쳤다.

아무리 그래도 야율립과 공야무릉은 웃을 뿐, 묵묵부답이다.

애초에 강호의 법을 따지며 천혈교를 상대하려 한 것이 잘못이었다.

이천에 달하는 무사를 믿고 자만에 차 별다른 경계를 하지 않은 것이 잘못이었다.

진용의 말을 듣고도 기관을 무시한 것이 잘못이었다.

그러나 이제 와서 후회해 봐야 아무런 소용이 없었다.

"개 같은 놈들! 죽여 버리겠다!"

천제성과 탕마단에서 악에 받친 고수 몇 명이 철시를 쳐내며 단상을 향해 달려들었다.

일순간, 그들을 향해 수백 발의 철시가 한꺼번에 쏘아졌다.

절정의 고수들이라 해도 좌우 사방에서 날아오는 철시를 막아낼 수는 없었다.

몸을 날리면 허공을 향해, 몸을 굴리면 땅을 향해 철시가 날아들었다.

호신강기를 펼칠 수 있을 정도의 절정고수들조차 안색이 창백하게 굳은 채 나아가지 못했다. 그만큼 철시의 위력은 강했다.

결국 그들마저 호신강기가 흔들리면서 피를 토하고 물러서야만 했다.

그 와중에도 두어 명이 철시의 공격권을 뚫고 단상을 향해 신형을 날렸다. 화산의 우명자도 그중에 한 사람이었다.

하지만 그것이 다였다.

야율립도, 공야무릉도 아닌 도열해 있던 혈의인들 몇 명이 달려들자 오 초도 견디지 못하고 우명자의 목이 허공으로 떠올랐다.

"사부!"

"사숙!"

화산의 제자들이 경악성을 토해내며 부르짖었다.

정신없이 철시를 쳐내는 와중에도 사람들은 그제야 한 가지 사실을 인식했다.

─맙소사! 저 사십여 명의 혈의인이 모두 절정의 고수들이다!

십천존의 한 사람인 야율립, 신비의 공야무릉, 그리고 수십 명의 절정고수들.

설사 십천존이라는 이무령을 비롯해 백리성이나 남궁창훈이라 해도 단상에 올라가 몇 초를 버틸지 아무도 짐작할 수가 없는 상황이었다.

더구나 담장 위가 서서히 벌겋게 변하고 있었다.

지붕 위도 어느새 시뻘게진 상태였다.

몇 명인지도 모를 혈의인들로 인해서였다.

'제기랄, 당장에는 방법이 없다.'

진용은 자신이 펼친 실드 마법에 튕겨져 나가는 철시를 보며 이를 악물었다.

"모두 뒤로 물러서요, 빨리!"

빠져나가려 하던 중이었기에 남보다 가까웠다. 그만큼 철시의 위력도 강했다.

자신이 실드 마법을 펼쳐 막고 있기는 하지만 언제까지 막을 수 있을지 자신도 알 수가 없었다.

다행히 자신의 명령이 먹혔는지, 아니면 두려움 때문인지는 몰라도 사조의 조원들이 재빨리 뒤로 물러선다.

정광과 율천기와 포은상과 독고무종만이 좌우에서 견뎌내고 있을 뿐.

"물러섭시다!"

뒤에서 백유현이 소리쳤다.

진용은 앞으로 치고 나갈까 생각했지만, 곧 포기하고 뒤로 물러섰다.

자신이 치고 나가면 석탑 몇 개 정도는 부술 수 있을 것이다. 대신 시간이 걸린다. 그럼 동료가 된 사조의 조원 중 반 이상은 죽을 게 분명하다. 그들이 가장 가장자리에 있으니까.

진용이 망설인 순간, 갑자기 안쪽에서 수십 명의 비명이 한꺼번에 터졌다.

"이놈들이! 커헉!"

"적이다! 죽여!"

난데없이 벌어진 상황이었다.

군웅들 속에 숨어들었던 천혈교의 고수들이 공격을 시작한 것이다.

밖에선 철시가, 안에선 적들이 공격한다.

누가 같은 편인지 분간하기도 힘들 지경이다.

양수겸장, 내우외환. 최악의 상황!

순식간에 백여 명이 쓰러지자 탕마단과 천제성의 장로 급 고수들이 안쪽으로 파고들었다.

"제자들은 뒤로 물러서서 철시를 막아라!"

"그들은 우리가 맡겠다!"

그들이 달려들자 안쪽의 혼란은 빠르게 진정되어 갔다.

하지만 그사이에도 철시는 계속 쏟아졌다.

비명도 끊이지 않았다.

혼란을 야기한 적들의 숫자는 불과 이십여 명. 광기에 젖은 놈들이 죽어가면서도 웃는다.

그걸 본 군웅들의 표정이 더욱 암울해졌다. 공포였다.

그러기를 반 각이 지났을 즈음이다. 갑자기 철시의 공격이 뜸해져 간다.

이제 다 떨어진 건가?

공포에 질려 있던 탕마단과 천제성 무사들의 눈에 희망이 떠오른다.

"화살이 다 떨어진 것이냐, 야율립! 흥! 그렇다면 이제부터 우리가 네놈들을 죽여주마!"

"저놈들을 죽여 죽어간 사람들의 원혼을 위로하자!"

"죽이자! 죽여!"

분노에 찬 함성이 둥글게 모여 있는 연무장 가운데서 폭발하듯 일었다.

그때다.

공야무릉이 손을 들어 올렸다. 그리고 허공에 대고 외쳤다.

"분노는 힘있는 자만이 가질 수 있음이니! 지옥을 열어라!"

순간!

쩌저저적!

청석으로 된 바닥이 그물처럼 갈라지며 초겨울 강가의 살얼음이 꺼지듯 푹 꺼져 버렸다.

"뭐, 뭐야! 으아악!"

"바닥이 꺼진다!"

"으아아! 안 돼!"

처절한 비명!

연무장의 청석과 돌기둥이 무너져 내리는 소리!

철시가 나는 하늘, 붕괴되는 땅!

천혈교의 총단은 지옥의 아수라장이 되어버렸다.

第六章

혼돈(混沌), 그리고 지옥(地獄)

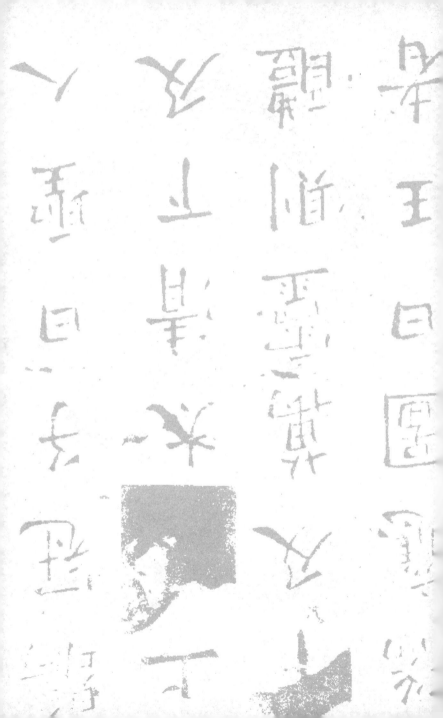

1

"크윽! 뭐 이런 놈들이 다 있어! 씨발! 개 같은 새끼들! 오뉴
월에 거시기 말라비틀어져 죽을 놈들!"

사도굉의 입에서 거친 숨소리와 쌍욕이 쉬지 않고 터져 나
왔다.

처음에는 계획대로 되는 듯했다.

놈들의 경계를 뚫고 들어가는 것은 그리 어렵지 않았다. 자
신들이 너무 심각하게 우려한 것이 아닌가 하는 생각이 들었을
정도였으니까. 한데 괴상한 탑에 관심을 가진 것이 문제였다.

대체 왜 저렇게 많은 탑들이 서 있는 걸까? 이곳은 절도 아
닌데.

궁금함을 참을 사도굉이 아니었다.

사도굉은 일행들과 함께 조심스럽게 탑에 접근했다. 그때만 해도 설마 탑을 지키는 사람이 따로 있을 줄은 꿈에도 몰랐다.

괴상한 탑에 접근해서 탑 안을 살펴보려는데 검이 불쑥 눈앞에 다가왔다.

깜짝 놀란 사도굉은 재빨리 검날을 낚아채고 검을 들이민 놈의 면상에 주먹을 선물했다. 그러고는 뒤로 넘어지는 놈은 보지도 않고 뒤로 물러섰다.

그래도 완전히 허탕을 친 것은 아니었다.

물레에 감긴 용도를 알 수 없는 쇠줄 수십 가닥. 그리고 어둠 속에 도사린 커다란 노(弩)가 스치듯 눈에 들어온 것이다.

사도굉은 탑의 용도를 깨달았다.

'기관이다.'

일반 화살이라면 걱정할 것도 없다. 그러나 노라면 이야기가 달라진다. 더구나 철시를 쏘는 노라면 더욱 그렇다.

마흔아홉 개의 탑에서 일제히 쏟아지는 철시.

사도굉은 마음이 다급해졌다.

다행히 달려드는 놈들이 그리 강한 것 같지가 않다.

겁없이 달려드는 두 놈의 머리를 두들겨 쓰러뜨리고 나니 자신이 넘쳐흐른다.

'놈들을 다 때려눕히고 기관을 부숴야겠어!'

사도굉은 이십여 장을 물러서다 다시 앞으로 나아갔다. 북리종과 섬전쌍객 조씨 형제, 그리고 광호도 전후상이 뒤를 받쳐 주고 있었다.

　사도굉의 주먹이 불끈 쥐어졌다.

　'이 정도면 충분해! 우리가 해내는 거야!'

　하지만 일각도 지나지 않아 그딴 생각은 머릿속에 티끌만큼도 남지 않았다. 그저 도망가야 한다는 생각만이 온통 머리를 지배했다.

　정말 지독한 놈들이다.

　팔이 꺾여도 비명을 지르지 않는 놈. 이빨이 다 빠지도록 강한 일권을 맞고도 눈에 불을 켜고 달려드는 놈. 하나같이 제정신인 놈이 없다.

　말 그대로 죽기 살기로 달려든다. 마치 절대신의 부름이라도 받은 놈들처럼.

　게다가 점점 더 강한 놈들이 달려든다.

　고수다. 장난이 아니게 강한 놈들.

　함께 일행이 되었던 다섯 명의 고수 중 전후상은 이미 목이 잘려 죽었다. 죽기 전에 열 놈 이상을 베었지만, 죽은 이상 그것은 아무런 의미가 없었다.

　섬전쌍객 조씨 형제가 도와주지 않았다면 사도굉은 동백산을 벗어나지도 못하고 한 많은 인생을 꺾었을지도 몰랐다.

　양손이 적들의 피로 벌겋게 물든 사도굉은 미칠 것만 같왔다.

빨리 돌아가서 알려야 하는데… 놈들의 꿍꿍이를 알리지 못하면 무슨 일이 벌어질지 모르는데.

젠장! 정말 개 같은 경우다!

그때다. 어느 순간 물레 도는 소리가 들렸다.

기관이 움직이기 시작한 것이다.

"저희가 막겠습니다! 선배는 빠져나가서 유 노사께 이 사실을 알리세요!"

조관이 재빨리 말하며 검을 잡은 손에 힘을 줬다.

혼자 도망가라고?

그럴 수는 없다. 그렇다고 이곳에서 함께 싸울 수도 없다.

사도굉이 이러지도 못하고 저러지도 못한 채 망설이자 북리종이 버럭 소리쳤다.

"뭘 망설입니까! 어서 가요!"

잠시 망설인 시간은 촌각.

광장 쪽에서 허공이 갈가리 찢기는 소리가 났다. 화살이 쏟아지는 소리다. 그러더니 곧이어 비명과 고함 소리가 계곡을 뒤흔든다.

마침내 일이 터졌다, 그렇게 우려했던 일이.

"망할! 알았다구! 내 먼저 갈 테니 바로 뒤따라오게!"

"걱정 말고 먼저 가요!"

사도굉은 이를 악물고 뒤돌아섰다.

그때다. 한줄기 광풍이 사도굉의 앞을 쓸고 지나갔다.

2

놈들이 노리는 것이 바로 이것이었다. 중앙으로의 집결.

연무장의 중앙이 동시에 바닥으로 함몰되고 있었다.

개중에 진정 고수라 할 수 있는 자들 수백 명이 무너져 내리는 청석을 박차며 허공으로 몸을 띄운다. 하지만 거기까지가 한계였다.

수십 장을 한 번에 날지 못하는 한 다시 바닥에 내려설 수밖에 없었다.

더구나 무너지는 청석에선 반동력을 얻기도 힘들었다.

백리성과 적유와 흑의괴인들을 비롯한 천제성의 고수들, 남궁창훈과 이무령을 비롯한 탕마단의 원로들 역시 신형을 날렸지만 소용이 없었다.

어느새 나타났는지, 함몰된 구덩이 주위는 피처럼 붉은 혈의를 입은 수백 명의 고수들로 둘러싸여 있었던 것이다.

그들 중에는 절정의 고수들만도 수십 명. 허공에 뜬 채로 그들의 연수합격을 받으며 신형을 유지할 수 있는 사람은 극소수에 불과했다.

더구나 공야무릉과 야율립을 비롯해 혼세십팔마 중 몇 명이 가담해 손을 쓴다.

소요우사 이무령조차 견디지 못하고 튕겨나거늘 누가 버틸 수 있을 것인가.

그나마 가장자리에 있던 자들이 석벽에 무기를 틀어박고 매달려 봤지만, 그들의 신세는 더욱 비참했다. 수백의 혈의 무사들이 그들을 향해 암기를 날린 것이다.

온갖 암기가 하늘을 새카맣게 메운 채 우박처럼 쏟아졌다.

심후한 공력이 실린 암기는 시위를 떠난 강전보다도 더 빠르고 강했다.

전신에 암기가 박힌 무사들이 한겨울 말라비틀어진 낙엽처럼 떨어져 내린다.

겨우 빠져나간 자들도 대부분이 도륙된 채 다시 함몰된 구덩이 속으로 떨어진다.

하늘에서 피 비가 내렸다.

진용도 그들과 함께 바닥으로 떨어져 내렸다.

혼자라면 빠져나갈 수도 있을 것이다. 하지만 일행들을 놔둔 채 나 몰라라 혼자 빠져나갈 수는 없는 일이다.

하긴 빠져나간다 해도 문제였다.

수백 명의 천혈교 무사들을 자신과 몇 명이서 상대할 수는 없었다. 야율립과 공야무릉은 물론이고, 그 외에도 진정 고수라 할 수 있는 자들이 부지기수다.

바닥에 떨어진다 해도 당장 죽지는 않을 상황. 어쩌면 뒷일을 기약하는 게 더 나을 거라는 생각이 들었다.

그나마 다행이라면 자신과 율천기, 포은상 등이 늦게 떨어지며 우박처럼 쏟아지는 암기를 막아낸 덕에 사조의 조원들은 대부분이 무사하다는 것이다.

진용은 바닥에 내려서자 재빨리 상황을 살펴봤다.

수백 개의 돌기둥이 함께 무너진 연무장의 아래는 처참지경이 펼쳐져 있었다.

무너진 돌기둥에 깔리고, 떨어져 내린 청석에 얻어맞아 죽어간 자만도 수백에 달했다.

잔해들 사이에 끼어 으깨진 시신들과 부상자들. 그들의 비명과 신음이 통곡처럼 들려왔다.

"으으으…… 살려줘!"

"끄악! 나 좀 꺼내줘!"

이곳이 바로 지옥이었다.

그나마 무사한 사람들이 자신들의 동료들을 구하려 동분서주했다.

그러나 일이 워낙 갑작스럽게 벌어진데다, 조금만 잘못 움직여도 깔린 자들이 비명을 지르니 쉽지가 않아 보였다.

다행히 우박처럼 쏟아지던 암기는 멎어 있었다.

함몰된 바닥의 깊이는 근 삼십 장. 깎아지른 듯한 석벽이지만, 올라가려면 못 올라갈 것도 없었다. 적어도 수십 명 정도는 두어 번의 도약으로 올라갈 수 있을 것 같았다. 방해만 없다면 말이다.

진용이 그렇게 생각하는 사이, 십여 명이 석벽을 차고 올라갔다. 그리고 몇 번의 격렬한 격돌음에 이어 그들의 몸이 힘없이 떨어져 내렸다.

놈들이 죽은 자의 시신을 고의적으로 구덩이에 던져 넣는 것 같다. 올라와 봐야 죽을 뿐이라는 것을 알려주기라도 하려는 듯.

"지독한 놈들이군! 이런 악독한 짓을 하다니!"

율천기가 이를 갈며 으르렁거렸다.

"개 같은 놈들! 무인들이면 무공으로 겨뤄야지 이게 뭔 짓이야?"

정광이 위를 쳐다보며 욕을 해댔다.

진용도 굳은 얼굴로 위를 올려다봤다.

수백 명의 혈의인이 빙 둘러서서 내려다본다.

여전히 단상 위에 서서 바라보는 공야무릉과 야율립이다.

진용이 올려다보자 공야무릉이 말했다.

"개파는 이제 시작이니 너무 섭섭해하지들 마시게!"

이게 시작이라고?

제갈민이 부르르 떨며 말했다.

"천망회회살관은 폐쇄된 곳에 설치하는 기관입니다. 지하가 가장 알맞다 할 수 있죠. 우리가 바닥으로 떨어진 것은…… 겨우 입구 앞에 섰다는 것을 의미할 뿐입니다."

진용에게 다가오던 사조 조원들의 얼굴이 창백해졌다.

어느 누가 그렇지 않으랴. 지옥으로 가는 길이 이제 시작이라는데.

'젠장! 기관이 있을 거라는 주장을 좀 더 강력히 폈어야 하는데! 가만? 그런데 실피나는 왜 안 오는 거지? 실피나! 너라도 제발 빨리 좀 와라!'

실피나의 도움이 절실한 상황이었다.

언제 위에서 뭐가 쏟아질지 몰랐다.

실피나만큼 그러한 공격을 효과적으로 막아낼 수 있는 적임자는 천하 어디에도 없었다.

'실피나! 대체 어디 있는 거야!'

그냥 소리쳐 불러볼까? 정신없는 판에 누가 관심이나 있겠어? 거기다 다른 사람 눈에는 보이지도 않잖아.

진용은 실피나를 소리쳐 부르기로 작정했다. 잘하면 실피나가 자신의 목소리를 들을 수 있을지도 몰랐다.

바로 그때, 제갈민이 다급한 목소리로 말했다.

"곧 또 다른 공격이 있을 겁니다. 일단 이곳을 피해야 합니다."

피한다고? 어디로?

"까짓것 암기를 던지면 무너진 돌 사이로 숨지 뭐."

정광이 그까짓 것은 문제가 아니라는 것처럼 말했다. 그러나 제갈민은 고개를 저었다.

"독을 뿌려대면 소용없습니다."

"그럼 어디로 가지?"

정광이 당황한 표정으로 묻자 제갈민이 손을 들어 한곳을 가리켰다.

"저길 보십시오."

커다란 동굴 세 개가 나란히 뚫려 있었다. 사람들이 그곳을 향해 새카맣게 몰려간다. 천제성의 무사도, 탕마단원도 부상당한 자신들의 동료들을 부축하고서.

개미 떼처럼 동굴 앞에 모여 있는 자는 무려 일천여 명. 하지만 모두 주춤거릴 뿐 막상 안으로 들어가는 사람은 없었다.

진용이 굳은 얼굴로 물었다.

"저곳이 안전한 곳이라 생각합니까?"

"아닐 겁니다. 저 안쪽 역시 천망회회살관의 일부일 테니까요."

"그런데 왜 저곳으로 들어가자는 거죠?"

그에 대한 대답은 위에서 들려왔다.

"던져라!"

번쩍 고개를 든 사람들의 눈에 혈의인들이 뭔가를 던지는 것이 보였다.

펑! 펑!

허공에서 터진 폭발음.

뒤이어 붉고 검은 구름이 하늘을 뒤덮었다.

"독이다!"

누군가가 경악에 찬 외침을 토해냈다.

제갈민이 빠르게 말했다.

"시간이 없습니다. 다음에는 또 무슨 짓을 할지 모릅니다. 기름이라도 쏟아 붓고 불을 지른다면 어떡하시겠습니까?"

하늘에선 독 가루가 쏟아지고, 이미 사조의 조원 중에도 동굴 입구로 달려가는 사람이 있는 상황.

"갑시다."

진용이 결정을 내렸다.

일행들이 일제히 동굴을 향해 신형을 날렸다. 하지만 신음하며 절규하는 손짓이 일행의 발길을 붙잡았다.

동료였던 자들, 동료는 아니었지만 그렇다고 적이라 할 수도 없는 자들. 상대가 누군지 알지도 못하고 무조건 손을 내민다.

"살려줘! 누가…… 제발!"

"으으으! 내 발이……."

"날 좀 빼내줘……."

"크어어…… 대협, 제발……!"

그냥 지나칠 수가 없었다. 그들의 몸을 짓누르고 있는 바윗더미를 치워주기만 해도 상당수가 움직일 수 있을 터였다.

그러나 그마저도 잘못하면 옆 사람에게 피해가 가니 쉬운 일이 아니었다.

잠깐 사이, 진용 일행이 동굴로 달려가다 말고 조심스럽게 돌덩이를 치워 구해낸 사람만도 십여 명에 달했다. 그사이 독 가루는 점점 더 아래로 가라앉았다.

그때 진용이 두 손을 허공에 대고 휘둘렀다.

천천히 가라앉던 붉고 검은 독 가루가 밀려 올라간다. 옆으로 퍼지지도 않고 밀려 올라가는 광경에 사람들의 눈이 휘둥그레졌다.

"서둘러요!"

진용이 소리쳤다.

그제야 정신을 차린 사람들이 다급히 달려들어 몇 사람을 더 구해냈다.

하지만 진용의 내력이 미치지 않는 오 장 반경 밖에선 처절한 몸짓으로 사람들이 죽어갔다.

눈 뜨고는 못 볼 광경에 사람들이 고개를 돌렸다.

사방에서 비명 같은 탄식이 쏟아졌다.

반 각, 결국 더 이상 구해낼 만한 사람이 없자 진용도 내력을 거두어들이고 동굴로 신형을 날렸다.

세 개의 동굴 중 하나에는 탕마단이, 다른 하나에는 천제성이, 그리고 나머지 하나에는 소문을 듣고 구경 왔던 무인들이 그들대로 모여 머뭇거리고 있었다.

그러다 독탄이 터지면서 독연과 독 가루가 쏟아지자 모두가 일제히 안으로 들어갔다.

진용이 동굴로 다가갔을 즈음에는 그 많던 사람들 대부분이 동굴 안으로 들어간 이후였다.

비명을 지르고 있는 형제를, 스승을, 제자를, 동료를 놔둔 채.

남은 사람들은 각파의 수장들을 비롯해 이백여 명. 그들이 남은 이유는 하나였다. 천혈교의 마수에 함께 대처할 방법을 생각해 보자는 것. 그리고 혹시라도 동굴이 무너지면 몰살을 당할 위험이 있기 때문에 나누어 들어가고자 한 것이었다.

진용이 들어가자 백리성이 우측 동굴 입구에서 싸늘한 눈빛으로 바라보았다.

"이곳에서 보게 될 줄은 미처 몰랐군."

진용은 백리성과 말도 나누기 싫었다. 처한 상황만 아니라면 한판 싸움이라도 벌이고 싶은데, 그러지 못하는 것에 화가 날 정도였다.

진용은 대꾸도 하지 않고 남궁창훈을 향해 물었다.

"왜 안 들어가시는 겁니까? 곧 독 가루가 밀려들어 올 텐데요."

남궁창훈이 악다문 이 사이로 말을 내뱉었다.

"가슴이 아파서 발걸음이 떨어지지 않았네. 그리고 솔직히, 저 안이 이곳보다 안전하다는 법도 없고 말이야."

"그런데 왜 들어가는 사람들을 말리지 않은 겁니까?"

남궁창훈이 이마에 주름을 그으며 말했다.

"그들이 원했으니까. 나로선 그들을 막을 힘이 없었네."

백리성이 또 나섰다.

"그렇다고 저 안이 더 위험하다는 법도 없잖은가?"

진용이 홱 고개를 돌리고는 쏘아붙이듯이 말했다.

"관을 봐야 눈물을 흘린다더니, 그리 생각한다면 할 수 없지요."

"건방진 놈! 감히 성주께 그따위로 말하다니!"

백리성의 옆에 서 있던 백리양이 진용에게 대뜸 소리쳤다.

"저 빌어먹을 놈이! 네가 뭔데 어른들 말씀에 함부로 나서?"

정광이 지지 않고 소리를 질렀다.

백리양이 붉어진 얼굴로 정광을 노려보았다.

정광이 코웃음 치며 마주 쏘아보았다.

"흥! 이제는 전처럼 쉽게 안 될걸?"

"운 좋게 살아나간 말코 놈이 말이 많군!"

"겁먹은 강아지 새끼, 여기는 너희 집 앞이 아니란 걸 알라고!"

한 치도 물러서지 않는 두 사람. 금방이라도 불이 붙을 것만 같다.

하지만 진용은 두 사람의 말다툼에 신경 쓸 겨를이 없었다. 백리성과 같이 있을 거라 생각했던 적유가 보이지 않았던 것이다.

"적 대협과 그 괴물들은 보이지 않는군요. 백리 소협도 보이지 않고. 모두 안으로 들어갔나요?"

"그런 것 같군."

남궁창훈이 대신 대답했다. 백리성은 진용만 쏘아볼 뿐 입을 열지 않았다.

'흥! 괴물의 존재에 대해 인정하기가 껄끄러운가?'

진용은 내심 코웃음을 치며 수많은 사람들을 삼킨 동굴 안쪽을 바라보고 조용히 말했다.

"천혈교에선 우리가 저 안으로 들어가기를 바라고 있습니다. 그래서 독을 쓴 것이고요. 왜 그랬을까요? 설마 모르시는 것은 아니겠지요?"

백리성도 모르지 않았다. 다만 대화에 끌려가기가 싫었을 뿐.

"하지만 위험하다고 해서 들어가지 않을 수도 없는 상황이잖은가?"

"한 가지만 묻죠."

"물어보게."

"적 대협이 마공을 익히고 있다는 사실을 알고 계십니까?"

백리성의 이마에 진 주름이 깊어졌다.

"무슨 말을 하고 싶은 건가?"

"적유라는 사람에 대해 얼마나 알고 계시느냐, 이 말입니다."

"적 형은 외숙부의 제자였네."

"귀명조 유승이라는 분 말이죠? 한데 과연 그게 사실일까요?"

백리성이 같잖다는 듯 짧게 웃었다.

"훗! 우습군. 적 형에 대해서 나보다 더 잘 아는 것처럼 말하다니."

"유승의 제자는 반시명이라는 분 한 분밖에 없었다고 알고 있습니다. 적어도 돌아가시기 삼 년 전까지는 말입니다."

"적 형은 외숙부께서 나중에 받아들인 제자네."

"삼 년을 배워 남의 눈에 띌 정도로 강해졌다는 말이군요. 아주 대단한 천재였나 봅니다. 한데, 유승이라는 분의 무공이 마공이었나요?"

"무슨 말인지 모르겠군. 외숙부도 그렇지만 적 형도 마공을 익히지 않았네."

"아닙니다. 비록 가려져 있긴 하지만, 분명 마공을 익혔습니다. 그것도 성주의 무공에 결코 뒤지지 않을 정도로 강한 마공을."

백리성은 강렬해진 눈빛으로 진용을 노려보았다.

"그 말에 책임질 수 있나?"

진용도 백리성을 마주 노려보았다.

"천하에는 아무도 모르는 세력이 있습니다. 혹시 알고 계십니까? 혈신을 추앙하는 무리에 대해서 말입니다."

"그게 무슨 말인가?"

"그냥 그렇다는 말입니다. 세상에는 우리가 잘 모르는 일도 많다는 뜻이지요. 한데 괴물을 만든 것이 성주입니까, 아니면 적유입니까?"

"그, 그건……."

"만일 적유와 성주, 두 사람이 동시에 다른 명령을 내리면 괴물들이 누구의 말을 들을 거라고 생각하십니까?"

백리성의 표정이 와락 일그러졌다. 미처 그것에 대해선 생각해 보지 않은 듯했다.

"한번 깊게 생각해 보시기 바랍니다. 괜히 믿었던 도끼에 발등이 찍힌 후에 후회하시지 말고 말입니다."

진용이 싸늘한 어조로 말을 맺었다.

이를 악다문 백리성이 진용을 뚫어져라 직시했다.

그러자 반쯤 몸을 돌리다 만 진용이 다시 입을 열었다.

"그날의 일은 잠시 묻어두지요. 하지만 잊지는 않을 겁니다. 잊기에는 너무 큰 아픔이었으니까요."

더는 못 참겠는지 천제성의 추혼검단주 윤자평이 노성을 질렀다.

"듣자 하니 정말 무례한 놈이로구나! 네놈이 감히!"

"감히라고!"

순간 진용이 홱 몸을 돌리고는 일권을 내쳤다.

콰릉! 쩌적!

꽹음이 일더니 삼 장의 거리를 두고 시퍼런 번개가 작렬했
다.

쾅!

"크억!"

단 일 권에 윤자평이 피를 토하며 뒤로 튕겨졌다.

난데없는 상황에 모두가 진용을 바라보았다.

얼이 반쯤 빠진 표정들, 분노한 표정들.

진용은 자신을 노려보는 천제성의 간부들을 훑어보며 냉
랭히 소리쳤다.

"마냥 참지만은 않을 것이야! 죽고 싶다면 얼마든지 덤벼!"

뇌리를 하얗게 얼리는 차가운 음성. 절대음이 섞인 목소리
다.

천제성의 간부들은 부르르 몸을 떨고는 바닥에 다리가 달
라붙은 것마냥 아무도 움직이지 못했다.

백리성마저 입술을 깨물며 눈을 부릅뜰 뿐이었다.

'전과 비교되지 않을 정도로 강해졌다! 어떻게 된 놈
이……!'

진용은 얼어붙은 그들을 쓱 훑어보고는 남궁창훈을 향해
몸을 돌렸다.

"저희는 안으로 들어갈 겁니다. 어떡하시겠습니까?"

남궁창훈이 어두운 표정으로 천천히 고개를 끄덕였다.

"우리도 들어가겠네. 밖은 이미 독으로 뒤덮여서 나갈 수

가 없는 상황. 방법이 그뿐이라면 할 수 없지."

탕마단의 사람들 중 남은 사람은 백여 명에 불과했다.

삼십여 명의 남궁세가의 무사들을 중심으로 남궁창훈을 따르는 사람들만이 남았을 뿐이었다.

나머지는 이무령과 원로들을 따라 모두 안으로 들어갔다. 최대한 조심해야 하니 개별 행동을 하지 말라는 그의 말도 무시한 채. 팽기한마저 그들을 따라간 듯 보이지 않았다.

남궁창훈의 표정이 어두운 이유였다.

"앞으로는 맹주라 부르지 말게나. 허허허……. 아랫사람도 다스리지 못하는 사람이 맹주는 무슨……."

남궁창훈이 돌아서며 말했다.

진용은 씁쓸한 표정으로 남궁창훈을 바라보고는 일행들을 향해 고개를 돌렸다.

밖에서 독연이 밀려오고 있었다. 이제 들어가야 할 때가 된 것이다.

3

사도굉이 빠져나온 것은 그나마 천행이었다.

갑자기 불어온 광풍 덕분이었다. 항거할 수 없는 광풍이 사도굉에게 달려들던 자들을 휩쓸어 버린 것이다. 어이없는 일이었지만, 왜 그런 일이 벌어졌는지 생각할 겨를이 없었다.

그저 죽어라 달리기만 했다.

그렇게 달리기를 이각, 겨우 동백산을 빠져나온 사도굉은 약속 장소로 방향을 틀었다.

유태청 등이 기다리고 있는 곳은 동백산에서 이십여 리 떨어진 곳이었다.

사도굉은 숲과 바위 사이에 교묘하게 감춰진 마차가 보이자 그렇게 반가울 수가 없었다. 눈물이 나올 것만 같았다.

"유 선배!"

사람들이 모두 숨어 있던 곳에서 튀어나왔다.

사도굉의 이야기는 두서가 없었지만, 듣는 사람들을 경악시키고도 남았다.

그러다 어느 한 부분에 이르자 앉아 있던 유태청이 눈을 부릅떴다.

"뭐라고?!"

"기관이 작동되는 소리가 들리더니 갑자기 건물 무너지는 소리가 들렸습니다. 그리고 수백 명의 비명이……."

사도굉이 부르르 몸을 떨었다. 지금까지는 도망치느라 정신이 없어서 미처 생각할 겨를이 없었지만, 가만히 생각해 보자 몸이 떨려오는 것이다.

유태청이 굳은 얼굴로 물었다.

"빠져나온 사람들은?"

"그게… 보지 못했습니다."

"무슨 말인가? 아무리 기관이 움직였다고 해도 그렇지, 거기에 간 사람만 이천이 넘네."

"저희가 도망치느라 그런 것도 있습니다만, 어쨌든 제가 본 사람은 없었습니다."

"그럼 그 많은 사람들이 천혈교의 기관에 갇혔다는 말인가? 대체 얼마나 범위가 큰 기관이기에 그 많은 사람들을 가둔단 말인가?"

그제야 생각이 난 듯 사도굉이 말했다.

"총단을 빙 둘러서 기관을 작동하는 탑이 설치되어 있었습니다. 만일 그것이 모두 한꺼번에 작동했다면……."

다시 한 번 부르르 몸을 떤 사도굉이 멍한 눈으로 말을 이었다.

"군웅들이 모여 있는 연무장이 폭삭 가라앉았을 수도……. 맙소사……."

자신이 말하고도 두려운지 사도굉이 탄식을 내뱉었다.

같은 마음이었다. 모두가 한동안 말을 잃었다.

군웅들이 모두 연무장에 모여 있었다 한다.

그런 연무장이 가라앉았다. 절정의 고수들을 빠져나오지 못하게 할 정도의 깊이라면 얼마나 깊어야 할까? 아마 적어도 이십 장 이상의 깊이여야 했을 것이다.

그래도 다 가둘 수는 없었을 것이다. 그곳에는 그 정도만으로 가둘 수 없는 고수가 못해도 수백 명은 될 테니까.

그런데 아무도 빠져나온 사람을 보지 못했다 한다.

"고 공자님은 어떻게 되셨습니까?"

비류명이 다급히 물었다. 사도굉이 고개를 저었다.

"못 봤네."

"모르긴 몰라도 고 공자는 빠져나오지 않았을 거네."

유태청이 미간을 찌푸린 채 말했다. 그러자 사도굉이 물었다.

"무슨 말입니까?"

"어휴, 고 공자가 다른 사람을 놔두고 혼자 빠져나올 사람으로 보입니까?"

두충이 답답하다는 듯 가슴을 치며 말했다. 모두가 고개를 끄덕였다.

그래, 그 사람이라면 그렇게 했을 거야, 하는 표정이었다.

그때 유태청이 눈을 빛내며 빠르게 입을 열었다.

"시간이 없네. 고 공자를 믿기는 하지만 아무것도 모르는 상황이야. 사도굉, 위도경과 다른 사람들은 어디로 갔나?"

"동굴 쪽을 살펴본다고 갔는데, 그 이후로는 잘 모르겠습니다."

"음, 그렇다면 그들의 도움을 바라기는 힘든 상황이군. 어쩔 수 없지. 일단 우리라도 움직여 보는 수밖에."

"어떻게 할 생각이십니까?"

"놈들이 두려워할 만한 사람들은 모두 안에 있네. 분명 놈들은 모든 힘을 내부에 집중시켜 놓았을 게야. 그러니 우선은 위험에 처한 북리종 등을 구하고 보세. 그러고 나서 도와줄 수 있는 방법을 찾아보도록 하지."

"외부에 알려야 하지 않겠습니까? 아직 아무것도 모르고 있을 텐데요."

서문조양의 말에 유태청이 고개를 끄덕였다.

"사도굉, 자네와 아영은 지금 즉시 이곳을 떠나서 정천무맹과 천제성의 분타에 이 사실을 알리게."

"할아버지."

운아영이 걱정스런 표정으로 유태청을 바라보았다. 하지만 유태청의 표정은 한 점 변화도 보이지 않았다.

"시간이 없다. 네가 한 걸음 늦추면 그사이 몇 사람이 죽어갈지 아무도 모르는 상황이야. 어서 가거라, 어서!"

운아영이 그렁거리는 눈으로 유태청을 바라보았다. 그녀라고 해서 모르는 바는 아니었다. 단지 유태청의 몸이 걱정되어서일 뿐.

사도굉이 운아영의 소맷자락을 잡아당겼다.

"말씀을 듣지 않았나? 어서 가세."

운아영은 유태청에게 큰절을 올리고는 몸을 일으켰다.

"다녀올게요. 그동안 몸조심하세요, 할아버지."

유태청은 말없이 고개만 끄덕였다.

운아영은 떨어지지 않는 발걸음을 옮겨 숲을 빠져나가다 말고 두충을 쳐다보았다.

"오라버니, 할아버지 부탁해."

"어? 어. 그럼! 걱정 말고 빨리 가."

두충은 막상 대답을 하긴 했지만 아무런 정신도 없었다.

멍하니 떠나가는 운아영의 뒷모습을 바라보던 두충이 입술을 깨물고 입을 열었다.

"저는…… 어차피 고 공자와 함께 가지 못하면 죽은 목숨입죠. 제가 할 일을 말씀해 주십쇼."

"자넨 비류명하고 서문조양과 함께 움직이게. 그리고 벽력탄은 함부로 사용하지 말아야 하네. 아주 중요하게 쓰일지도 모르니까."

"알겠습니다요. 죽기 전까진 꼭 품고 있습죠."

씨발, 내가 무슨 천하고수라고……. 이놈의 주둥이가 방정이지……. 그냥 운 소저를 따라간다고 할걸 그랬나?

에라, 나도 모르겠다! 한 번 죽지 두 번 죽냐!

4

"무운을 비네. 나중에 술이라도 한잔했으면 싶군. 그리고 자네 말을 강력하게 밀어붙이지 않은 것, 정말 미안했네."

남궁창훈이 무거운 표정으로 말하고는 가운데 동굴로 들어갔다.

백리성이 먼저 진용을 한 번 쏘아보고 오른쪽 동굴로 들어간 후였다.

남은 동굴은 왼쪽 동굴뿐.

진용이 왼쪽 동굴로 발을 옮기자 사조의 대원들을 비롯해 적지 않은 삼단의 단원들이 진용의 뒤를 따랐다.

조금 전에 보여준, 어려운 상황에서도 부상자들을 구하던 진용 일행의 행동에 마음이 움직인 것이다.

넓이가 십여 장에 이르는 동굴 안은 제법 환했다. 사방에 꽂힌 횃불 때문이었다. 먼저 들어간 사람들은 보이지 않았다.

"무너지면 어떡하지?"

동굴을 살펴보던 정광이 불안해하는 목소리로 물었다. 제갈민이 동굴의 내부를 훑어보고는 제법 큰 소리로 말했다, 모두 들으라는 듯이.

"보다시피 아주 튼튼한 석동입니다. 자연동을 개조한 곳도 있고, 인공적으로 더 넓힌 곳도 보입니다."

그러더니 동굴의 벽을 쓰다듬으며 말을 이었다.

"그리고 돌의 흐름으로 봐서 입구는 본래 이곳이 아닙니다. 갈수록 넓어질 수도 있고 좁아질 수도 있지만, 제 생각으로는 넓어지는 곳이 많아질 것 같습니다. 보다시피 넓이만도 오 장에 달합니다. 아마 이곳을 완전히 무너뜨리려면 엄청난 폭약이 있어야 할 것입니다. 더구나 한 곳도 아니고 세 곳을 완벽하게 무너뜨리려면, 조금 과장해서 이 나라의 폭약을 모두 동원해야 할 것입니다. 어설프게 무너뜨리려 했다가는 오히려 엄청난 돈을 들여서 설치한 기관만 고장날 뿐이니까요."

제갈민은 진용을 바라보았다.

"그리고 제아무리 돈을 많이 써도 구하는 데 한계가 있는 물건 중 하나가 바로 폭약이라는 물건이지요. 천하에서 그 정도의 폭약이 있는 곳은 오직 한 곳, 황궁뿐입니다. 그러니 그 정도의 폭약이 움직였다면 나라의 눈을 피할 수 없을 거라는 것이 제 생각입니다. 어찌 생각하십니까?"

진용이 고개를 끄덕였다. 정확한 판단이었다.

토굴도 아닌 오 장 넓이의 석동을 십 장 길이로 무너뜨리려면 천 근의 폭약이 필요할 것이다. 연무장을 함몰시킨 것과는 또 다르다. 그런데 그렇게 십 장에 걸쳐 무너져도 완벽하지가 않다. 고수 한두 명만 힘을 써도 하루 이틀이면 빠져나올 테니까.

그럼 전체를 무너뜨려야 한다는 말인데, 백 장 길이면 만 근의 폭약이 필요할 것이 아닌가. 세 군데면 삼만 근, 이백 장의 길이면 육만 근이다.

한마디로 말도 안 되는 소리다.

그 정도의 폭약이 움직였다면 황궁에서 모르고 있었을 리가 없다. 아무리 삼왕이 반역을 생각했어도 그건 마찬가지였다. 폭약을 빼돌리는 일이 몰래 반역을 계획하는 것보다 훨씬더 위험하다는 것을 누구보다 그가 잘 알고 있었을 테니까.

그리고 아마 도독이라면, 삼왕의 반역을 눈치 챘을 때 폭약 반출에 관한 것을 제일 먼저 조사했을 것이 분명했다. 행여 황궁이 날아갈지도 모르는 일이니까.

진용은 장담할 수 있었다. 대량의 폭약은 반출되지 않았다. 그러니 이곳에도 동굴이 무너질 정도의 폭약은 없다.

"황궁에서 폭약이 빠져나간 적이 완전히 없는 것은 아니지만, 우려할 만큼은 아닙니다. 저라면 확실하지도 않은 것에 그렇게 많은 폭약을 쓰지 않을 것입니다. 도화선이라도 발견되면 무용지물인데다 오히려 상대만 도와주는 꼴이 될지도 모르니까요. 우리의 적은 그렇게 멍청한 짓을 할 자들이 아닙니다."

그제야 사람들의 표정에 안도의 빛이 떠올랐다.

폐쇄된 곳에 들어가면 가장 걱정하는 것이 무너지는 것이 아니던가. 어찌 보면 당연한 걱정이었다.

제갈민이 진용을 향해 미미하게 고개를 끄덕이고는 앞장을 섰다. 기관에 대해 그만큼 아는 사람이 없는 까닭이었다.

바로 뒤엔 진용이, 진용의 좌측엔 율천기와 포은상이, 우측엔 정광과 독고무종이 따라붙었다.

그리고 백유현을 비롯한 세 사람이 그 뒤에서 대열을 이끌었다.

총 백여 명에 달하는 대규모 인원이었다.

"정지!"

앞장서 가던 제갈민이 손을 들며 소리쳤다.

사람들이 일제히 걸음을 멈췄다.

스무 걸음 정도 앞에 십여 명이 쓰러져 있었다. 별다른 상처는 보이지 않았지만, 표정은 고통으로 얼룩져 있었다.

"독에 당한 것인가?"

정광이 물었다.

"독은 아닌 것 같습니다. 잠시만 기다려 보십시오."

제갈민이 대답하고는 천천히 앞으로 다가갔다.

쓰러진 사람에게서 대여섯 걸음 남겨둔 채 걸음을 멈춘 제갈민이 무릎을 꿇었다.

그러고는 바닥을 손바닥으로 쓸어가던 제갈민이 손가락으로 뭔가를 잡아당기는 시늉을 했다. 팽팽히 당겨진 실이었다.

순간!

동굴 벽에서 눈에 잘 보이지도 않을 정도의 가느다란 침이 튀어나왔다.

"아!"

사람들의 입에서 짧은 탄성이 터졌다.

"평소였다면 당하지 않았을 것입니다. 모두가 일류 이상의 고수들이니까요. 하지만 당황한 상태에다가 빠져나가기에 급급한 바람에 당한 것입니다."

제갈민이 뒤를 바라보고 말했다.

시간이 없는데도 제갈민이 당시의 상황을 일일이 설명하는 데는 이유가 있었다.

"잊지 마십시오. 당황하거나 서두르면 눈먼 칼에도 당할 수 있습니다. 하물며 이곳의 기관은 눈먼 칼보다 무섭습니다. 보시지요. 이런 작은 침에도 독이 묻어 있지 않습니까?"

행여나 두려움 때문에 함부로 움직이는 사람이 있을까 봐서였다. 그런 사람 하나 때문에 많은 사람이 위험에 처할 수가 있는 것이다.

아마 이 시간 이후로는 함부로 움직이는 사람이 최소한으로 줄어들 것이 분명했다.

제갈민은 몇 번 더 실을 잡아당기고는, 더 이상 침이 튀어나오지 않자 그제야 자리에서 일어났다.

"무슨 독이라 생각합니까? 몇 걸음 옮기지도 못하고 죽은 걸로 봐서 지독한 극독인 것 같은데."

진용이 물었다.

갑자기 동굴 안이 침 넘어가는 소리가 들릴 정도로 조용해졌다.

"이 정도 독한 독은 그리 많지 않습니다. 어떤 독인지 정확하지는 않지만, 응혈독류(凝血毒類)가 아닌가 생각합니다."

제갈민이 신중히 자신의 생각을 말하고는 걸음을 옮겼다.

그때부터는 누구도 걸음을 재촉하지 않았다.

주위를 살피는 것도 게을리 하지 않았다.

쓰러져 죽은 사람은 모두 스물두 명. 사람들은 그들을 그대로 놔둔 채 동굴 안으로 더욱 깊숙이 들어갔다.

극독에 중독된 사람을 잘못 만지면 만진 사람도 중독된다는 것을 알고 있었기 때문이다.

그렇게 이십여 장을 들어가다 옆으로 꺾어졌을 때였다.

앞장서 걸어가던 제갈민이 주춤거리더니 창백한 표정으로 황급히 물러섰다.

동시에 천장이 덜컹 열리며 강전이 쏘아졌다.

너무도 갑작스런 상황. 미처 소리 지를 틈도 없었다.

제갈민이 주춤거릴 때부터 이상함을 감지한 진용은 표정이 변한 제갈민이 물러서자 재빨리 두 손을 휘저었다.

따다다당!

콩 볶는 소리와 함께 수십 발의 강전이 제갈민의 머리 한 자 위에서 사방으로 튕겨졌다.

바닥을 두어 바퀴 구른 제갈민은 해쓱하니 질린 표정으로 진용을 올려다보았다.

"괜찮습니까?"

"예? 예……."

"뒤로 물러서세요. 이곳은 제가 앞장서겠습니다."

"위험합니다. 미처 예상치 못했던 기관이 설치되어 있습니다."

"그러니 제가 앞장서야 합니다. 걱정 마세요."

진용이 조용히 말하고는 앞으로 걸어갔다. 그러자 정광을 비롯해 율천기와 포은상, 독고무종이 바짝 옆을 따랐다.

진용은 그들을 향해 고개를 저었다.

"물러서세요. 저에게 방법이 있습니다."

멈칫하는 그들을 향해 가볍게 웃은 진용은 두 손을 들어 올리고 제갈민에게 물었다.

"보아하니 누르던가, 아니면 충격을 받아야 발동되는 기관 같습니다. 맞습니까?"

"예, 맞습니다."

"그럼 다 눌러 버리든지 부수면 되겠군요."

"예?"

제갈민이 의아한 표정을 지을 때다. 진용이 어느새 시퍼렇게 물든 두 손을 떨쳤다.

수십 가닥의 뇌전이 바닥에 낮게 깔린 채 퍼져 나갔다.

콰르르릉……

일순간 동굴 바닥이 들썩였다.

천장의 수십 군데가 덜컹거리면서 열렸다. 수백, 수천 발의 강전이 한여름에 소나기 쏟아지듯이 새까맣게 쏟아졌다.

한참을 쏟아지던 강전이 모든 것을 토해내고 멈추자 그제야 진용이 손을 거두고 천천히 앞으로 걸어갔다.

"겁나게 쏟아졌군."

정광이 질린다는 투로 말했다. 하지만 다른 사람은 그런 말조차 하지 못하고 진용의 뒤만 바라보았다.

그럴 만도 했다. 단 몇 번의 손짓에 십 장에 달하는 동굴 바닥이 두 치 정도 완전히 뒤집어져 있었던 것이다.

독고무정이 도를 만지작거리며 중얼거렸다.

"생각보다 더하군."

율천기가 포은상을 바라보며 물었다.

"전에 말이야, 정말 자네가 먼저 싸워보려고 날 말렸던 건가?"

포은상이 한숨을 내쉬며 말했다.

"후우, 보고도 모르겠나?"

"그래, 그랬군. 그랬어……. 제기랄……."

그 이후로도 죽어 있는 시신이 수십 구나 더 발견되었다.

어쩌다 아는 사람을 보면 고개를 숙여 죽은 자의 명복을 빌어주는 정도가 그들이 할 수 있는 모든 일이었다.

그리고 그곳에는 당연하다는 듯이 기관이 설치되어 있었다.

그럴 때마다 진용이 나서서 기관을 해체시켰다. 아니, 아예 부숴 버렸다.

그것이 세 번 네 번 계속되자, 사람들은 이제 당연하다는 표정으로 기관을 부수는 진용을 지켜보았다.

두려웠던 마음은 어디로 갔는지, 사람들의 눈엔 불 구경, 싸움 구경하는 사람들의 눈빛과도 같은 눈빛이 떠올라 있었다.

"와! 굉장하군."

"진짜 멋진데! 역시 천뢰서생이야!"

환호성을 올리는 사람까지 생겨날 정도였다.

하지만 그런 마음도 잠시뿐이었다. 오십여 장을 들어가자 물에 잠긴 통로가 나타난 것이다.

젠장, 물을 부숴 버릴 수는 없잖은가 말이다.

"그리 깊지는 않은 것 같은데……."

정광이 호수를 바라보고는 고개를 갸웃거렸다. 잘해야 무릎 정도 닿을 것 같았다.

"그래서 더 문젭니다. 분명 걸어서 건너가라고 물을 받아 놓지는 않았을 테니까요."

물에 잠긴 통로의 거리는 십 장이 조금 넘어 보였다. 문제는 동굴의 높이가 이 장이 못 되는지라 날아서 건널 수 있는 사람이 소수에 불과하다는 것이다. 더구나 날아가는 중에 공격을 받기라도 한다면 물에 빠질 수밖에 없었다.

만일 물에 뭔가 수상한 짓을 해놨다면? 꼼짝없이 당할 수밖에 없다.

"내가 먼저 건너가 보겠네."

그때 정광이 굳은 표정으로 나섰다.

풍혼을 익힌 정광이라면 십 장 정도의 거리는 문제될 것이
없었다. 설령 어떤 공격을 받는다 해도 물에 빠지지는 않을
터였다.

"제가 혹시 모를 위험은 막지요."

진용이 뒤를 받쳐 주겠다고 하자 정광은 더욱 용기가 솟았
다.

"알겠네. 그럼 자네 그거 있지? 그거더러 날 좀 밀어주라
하게나."

그거?

'실피나는 지금 없는데. 끄응…….'

"지금은 없는데요."

"없…어? 그럼 할 수 없지 뭐."

정광의 목소리에 힘이 빠졌다. 진용은 다시 정광의 용기를
북돋아줬다.

"대신 제가 도와드리죠."

그럼 좀 낫지.

정광의 표정이 다시 펴졌다.

"험, 알겠네. 그럼 가네!"

정광이 쇠 신발을 손에 들더니 바닥을 차고 호수를 향해 몸
을 날렸다, 마치 제비처럼.

정광이 호수 위로 몸을 띄우자 진용은 속으로 실드 마법을

캐스팅하고는 앞을 주시했다.

다행히도 정광이 거의 끝에 가도록 아무런 일도 일어나지 않았다.

그 광경을 지켜보던 사람들이 안도의 숨을 내쉬며 호숫가로 다가왔다.

"물러서요!"

제갈민이 소리쳤다. 멈칫했던 사람들이 제갈민을 바라볼 때다.

"별일없는데?"

건너편에 내려선 정광이 쇠 신발을 든 손을 흔들며 말했다.

"이번에는 내가 가보겠네."

율천기가 나섰다.

"나랑 함께 가지."

포은상이 곤을 뽑아 들고 동시에 나섰다.

두 사람이 건너가기까지 아무런 일도 일어나지 않았다. 그러자 뒤에 있던 사람들 중 다섯 명이 앞으로 나왔다.

"저희도 신법에는 자신 있습니다. 저희가 건너가 보죠."

"조심하세요. 상황이 어떻게 될지 모르니까요."

"알겠습니다."

자신있게 대답한 다섯 명이 한꺼번에 몸을 날렸다.

반쯤이나 날아갔을까. 그중 한 사람이 검으로 천장을 찍었다. 나름대로 반동을 얻기 위함인 듯했다.

한데 바로 그때였다.

천장의 갈라진 틈에서 시뻘건 불길이 쏟아졌다.

화르륵!

"으아악!"

공포에 질린 비명이 동굴을 흔들었다.

쏟아진 불길이 두 사람을 집어삼킨 것은 순식간이었다.

그뿐이 아니다. 삽시간에 번진 불길이 나머지 세 사람의 머리 위로도 쏟아진다.

진용이 재빨리 좌수로 허공을 갈랐다.

순간 우수가 갈라진 틈을 휘저었다.

화악!

머리 위로 떨어지던 불길이 좌우로 갈라지며 세 사람을 비켜 나갔다.

하지만 갑작스런 일로 인해 이미 진기가 끊어진 세 사람이다. 그들의 날아가던 속도가 뚝 떨어졌다.

진용이 다시 손을 뻗었다.

"조심하고 다시 도약하세요!"

두 사람이 진용의 장력에 추진력을 받아 건너편으로 날아갔다. 그러나 한 사람만은 당황한 나머지 그냥 물속에 내려섰다.

사람들의 눈이 초조함을 감추지 못한 채 그를 주시했다.

물속에 내려선 이는 호북 진양문의 부문주인 양추란 자였다. 물은 그의 허리 어름까지 올라 차 있었는데, 창백하게 질린 양추의 얼굴에는 절망이 내려앉아 있었다.

촌각이 영원처럼 느껴지며 흘렀다.

비록 숨 한 번 쉴 시간에 불과했지만, 누구도 그 시간을 짧다고 느낀 사람은 없었다.

서서히 양추의 얼굴이 밝아졌다.

"뭐야? 그냥 물인 건가?"

누군가가 어이없다는 투로 말했다. 통로의 물이 보통 물이면 지금까지 헛짓을 했다는 말이 아닌가 말이다.

천장만 건들지 않는다면 아무런 이상이 없다는 말인가?

"이봐! 괜찮아?"

"괜히 놀랐네. 후우······."

양추가 안도의 숨을 내쉬며 몸을 돌린다. 두어 걸음 걸어가는데도 이상이 없다.

그걸 보며 동굴 안이 안도의 목소리로 소란스러워졌다.

그때 뒤쪽에서 누군가가 소리쳤다.

"독연(毒煙)이 안으로 밀려들어 온다!"

사람들의 눈이 뒤로 향했다. 붉은 연기가 횃불에 반사되어 불길함으로 다가온다.

겁을 집어먹은 사람들이 앞사람을 밀며 악을 썼다.

"뭐 해! 이상없으면 빨리 건너가! 안 갈 거면 비키던가!"

그러자 성질 급한 사람 몇이 신형을 날렸다. 그러더니 중간에 이르러 기운이 빠지자 물속으로 뛰어들었다.

미처 진용과 제갈민이 말리고 자시고 할 시간도 없었다.

하긴 독연에 밀려 달려드는 사람을 무슨 이유로 막을 것인가.

순식간에 이십여 명이 물속으로 뛰어들었다.

바로 그때였다.

"이봐! 왜 안 가는 거야?"

"어어어? 이상해! 발이 말을 안 들어!"

양추의 목소리였다.

진용은 입구 쪽에서 밀려드는 독연을 보며 상대할 방법을 찾고 있다가, 그 말에 고개를 홱 돌려 물속을 바라보았다.

물은 양추의 가슴까지 차 올라 있었다.

"모두 물속에 들어가지 말고 나와요!"

진용이 소리치고는 땅을 박찼다.

'비마법(飛魔法:플라이)!'

흐르듯이 물 위를 날아간 진용이 양추의 옷자락을 잡아챘다. 허공에 떠 있는 중인데도 진용의 몸은 아래로 떨어지지 않았다.

비마법을 펼친 덕분이었다.

양추의 뒷목 옷깃을 잡아챈 진용은 양추를 들어 정광이 있는 곳으로 내던졌다.

순간 진용의 행동을 주시하던 사람들의 입에서 경악성이

터져 나왔다.

"으헉! 양추의 발이……!"

"으아! 내 발!"

뒤이어 또 다른 자가 비명을 질렀다.

사람들의 눈이 일제히 비명을 지른 자에게로 향했다.

양추를 집어 던지고 밖으로 나온 진용도 그를 바라보고는 눈을 부릅떴다.

이미 양추의 흐물흐물 녹아내린 발을 본 터였다. 한데 자신의 경고를 듣고 물속에서 나온 자의 발도 부글거리며 거품이 인다. 발아래 흥건한 벌건 물, 살이 녹아 흘러내린 물이다.

진용은 조금 전 물 위를 지나올 때 본 물속의 광경이 떠올랐다.

'희미하지만 분명 뼈였어. 수십 명은 되어 보이는……. 악마 같은 놈들!'

옷으로 덮인 데다 물이 뿌옇게 흐려서 정광이나 율천기 등은 미처 보지 못한 듯했다. 하지만 진용은 볼 수 있었다.

물속에는 살이 녹고 남은 뼈들이 수북했다.

신법이 달린 자들이 적어도 수십 명은 죽었다는 말이다. 이곳에 남아 있는 사람이 없다는 말은 건너간 자만 살고, 나머지는 모두 죽었다는 말과도 같았다.

괴이한 정적이 다시 동굴 안을 잠식했다.

공포가 극한에 이르자 비명조차 나오지 않는 듯했다.

사람들은 차마 물속에 들어가 있는 사람들을 쳐다보지 못했다.

　바로 나온 사람도 저럴진대…….

　하지만 그것도 잠깐이었다.

　극한을 넘어선 공포에 정적이 깨지고, 귀청을 찢을 듯한 비명이 동굴 가득 울려 퍼졌다.

　"끄아악! 살려줘!"

　"아, 안 돼! 나 좀 꺼내줘!"

　"움직일 수가 없어! 고 대협! 제발!"

　손으로 물을 저었던 사람들은 손마저 거품이 일며 살이 녹아든다.

　"내 손! 내 손이……! 으아아!"

　광란이다! 혼돈이다!

　하지만 시간이 지날수록 점차 잦아드는 비명.

　밖으로 기어나온 사람들의 신음 소리.

　비감에 젖은 채 사람들은 고개를 돌렸다.

　그들에겐 고통에 울부짖는 사람들을 도와줄 방법이 없었다.

　만지면 자신들의 살도 녹을 것이 아니겠는가.

　그래도 두고 볼 수 없는지, 아니면 자신들의 사형제들이기 때문인지 몇 사람이 옷을 찢어 손에 감고 부상자들에게 달려들었다.

하지만 이미 녹아들기 시작한 살점을 되돌려 놓을 방법이 없는 이상, 그들이 해줄 수 있는 일은 부상자들을 위로할 수 있는 말 몇 마디뿐이었다.

"참게! 곧 나갈 거야! 그때까지만 참아!"

"다리 하나 없다고 죽진 않아! 용기를 내게!"

설상가상, 일행이 장시간 멈춘 사이 독연마저 밀려들기 시작했다.

진용은 이를 악물고 밀려드는 독연을 바라보았다. 자신의 능력으로 저 독연을 얼마나 막아낼 수 있을지는 알 수 없었다. 그래도 일단은 독연을 몰아내는 것이 급선무였다.

진용은 일단 최대한 넓은 반경으로 실드 마법을 펼쳤다. 굳이 강력할 필요가 없는 만큼, 진용이 펼친 실드의 넓이는 오 장에 이르렀다.

문제는 언제까지나 마법을 펼친 채 기다릴 수 없다는 것이었다.

더구나 동굴의 넓이는 십 장. 반은 막았지만 벽을 타고 몰려드는 독연은 일일이 장력을 펼쳐 밀어내야 할 상황이다.

"그쪽에 계신 분들은 이쪽으로 다시 건너와서 사람들이 건너갈 수 있게 도와주세요! 그리고 장법에 조예가 있으신 분들은 독연을 밀어내는 데 도와주시고요!"

십여 명이 진용의 옆으로 나섰다.

진용이 그들을 향해 빠르게 말했다.

"독연이 한곳으로 밀려갈 겁니다. 너무 강하게 치려 하지 말고 넓고 부드럽게, 밀어낸다 생각하고 장력을 펼치세요!"

모두가 일류 이상의 고수들이었다. 벽공장을 펼치는 것에 무리가 없다는 말이다. 그러나 단순히 싸우기 위해 펼치는 장력과 연기를 밀어내기 위해 펼치는 것은 차이가 있을 수밖에 없었다.

열 명의 장법 고수는 신중한 표정으로 장력을 쳐내기 시작했다.

그들의 장력에 독연이 전진을 멈추고 제자리에서 맴돌았다.

그 일각을 백유현이 담당하고 있었다.

그는 미처 생각지도 못했던 장법의 고수였다. 진용이 내심 놀랄 정도였다.

'제갈민이 정확히 판단하지 못한 것도 무리가 아니군. 저 정도면 우리 일행 중 율 대협과 포 대협을 빼고는 누구도 승부를 장담할 수 없겠는걸?'

그러는 사이 뒤에서 웅성거리는 소리가 들렸다.

정광과 율천기 등이 건너온 듯했다. 그들이 사람들을 재촉하는 목소리가 들렸다.

"자, 부상당한 부위를 마른 옷으로 감싸고 조심스럽게 업히게."

"우리가 도와줄 테니 한 사람씩 건너가도록 하지."

그런데 자존심이 상하는지 머뭇거리는 것 같다. 정광이 비꼬듯 소리친다.

"시간이 없어! 내력이 달리는 사람은 쪽팔리다는 생각 말고 미리 말해. 일단 살아야 하잖아!"

─주인아!

그때! 실피나가 나타났다.

"실피나!"

어찌나 반가운지 진용이 큰 소리로 실피나를 불렀다. 사람들이 쳐다보든 말든.

그러자 실피나가 환해진 얼굴로 말했다.

─부를 때 오려고 했는데, 주인이 그 사람들을 도와주라고 해서 그 사람들을 구하느라고 늦었어.

"잘했어! 지금이라도 와서 다행이야!"

'싸우느라고 늦었겠지. 뻔해!'

세르탄이 조금은 질시하는 투로 말했다.

'시끄러! 지금이 투덜댈 때야!'

진용은 세르탄의 투정을 단칼에 잠재우고는 실피나에게 명령을 내렸다.

"저 독연부터 밖으로 밀어내, 실피나!"

─알았어!

실피나가 자신있게 대답하더니 양팔을 넓게 펼쳤다. 푸르스름한 옷자락이 넓은 동굴을 가득 메웠다.

―오호호홋! 더러운 것들! 어디서 대기의 숨결을 더럽히는 거야! 모두 밖으로 나가 버려!

과연 바람의 정령 실피나다.

실피나의 푸르스름한 옷자락이 휘저어진 순간, 밀려들던 독연이 썰물처럼 빠져나간다.

쏴아아아…….

생각지도 못했던 상황. 신중한 표정으로 장력을 펼치던 사람들이 어정쩡하니 손을 든 채 멍청히 앞만 바라보았다.

진용도 설마 그렇게까지 될 줄은 몰랐던지라 조금은 머쓱한 표정으로 사람들을 다그쳤다.

"독연이 물러갔습니다. 이제 저곳을 건너는 데 전력을 다해주세요!"

아직 갈 길이 멀었다. 얼마나 더 가야 할지도 몰랐다.

첩첩산중이라도 언젠간 끝이 있게 마련이지만, 가지 않고는 그 끝을 볼 수 없었다.

사람들은 더 생각할 것도 없이 힐끔 진용을 바라보고는 일제히 통로를 막은 물 앞으로 다가갔다. 그리고 몸이 굳어졌다.

물속에 반쯤 녹은 동료들의 시신이 가라앉아 있었다.

그들의 비명이 아직도 귓가에 들려오는 듯했다.

"시간이 하염없이 있는 게 아닙니다. 언제 무슨 일이 벌어질지 모릅니다. 도와줄 테니 모두 최선을 다해서 건너가세요."

겁에 질려 건너편을 바라보던 한 장한이 말했다.

"꼭 건너야 할 필요가 있습니까? 독연도 물러갔으니 뒤돌아서 동굴 밖으로 나가도 되지 않겠습니까?"

어쩌면 당연한 의문이었다. 꼭 이렇게 죽음의 관문을 통과해서 건너야 할 필요가 있을까?

사람들이 진용을 바라보았다. 제갈민이 나서서 말했다.

"그럴 거면 저들이 굳이 이런 관문을 설치할 필요가 없었겠지요. 이런 관문이 있다는 것은, 통과하지 않으면 살 수 없다는 말과도 같습니다."

조금은 역설적이다. 하지만 사실이 그랬다.

―통과해라. 아니면 죽을 것이다.

적들이 원하는 것이 그것이며, 또한 적들이 그렇게 하게끔 만들어놓은 것이다.

또 다른 자가 말했다.

"확실한 것은 아니지 않소이까?"

진용은 투정 부리듯 하는 말에 지금까지와는 다르게 강한 어조로 말했다.

"돌아가시겠다면 막지는 않겠습니다. 다만 한 가지만 명심하세요. 앞으로 가면 그나마 살 수 있는 길이 일말이라도 있지만, 뒤로 가면 반드시 죽습니다. 독이 자연 정화되려면 오랜 시간이 필요할 텐데, 그러기 전에 놈들이 몰려 내려올 테니까요."

웅성거림은 잠시였다.

"어리석은 사람들이구만! 저분 공자가 여태 지켜주니까 이제 배가 부른 건가!"

백유현이 나서서 일갈을 토해내자 불만스런 표정이던 자들이 슬며시 고개를 돌린다.

때마침 실피나가 독연을 몰아내고는 진용 앞에 얼굴을 내밀었다. 묻고 싶은 말이 많다. 그러나 지금은 때가 아니다.

진용은 억지로 궁금함을 깊숙이 밀어 넣고 눈앞의 일을 먼저 처리하기 시작했다.

"실피나, 사람들이 몸을 날리면 뒤에서 밀어. 물에 빠지지 않게 말이야. 그리고 천장에도 충격을 주면 안 돼. 불이 쏟아지니까. 알았지?"

ㅡ그 정도야 뭐. 걱정 마!

진용은 실피나의 자신에 찬 대답이 떨어지자 다른 사람을 돕고 있는 사람들에게 즉시 뒤로 물러날 것을 지시했다.

"일단 뒤로 물러서세요. 제가 할 테니까요. 여러분들은 한 번에 다섯 명 정도씩 몸을 날리세요."

그러고는 깜박 잊었다는 듯 말을 이었다.

"아! 혹시 너무 세게 날아갈 수 있으니까, 내려설 때 조심하세요."

그 말에 한 사람을 도와 건너편에 내려주고 돌아온 정광이 획 고개를 돌려 진용을 바라보았다.

"온 건가?"

"예. 그러니 혹시라도 위험에 처하는 사람이 있나만 봐주세요."

정광이 씩 웃었다. 걱정 말라는 표정이다.

진용이 앞줄에서 잔뜩 긴장한 채 대기하고 있는 사람들에게 말했다.

"지금이에요. 건너가세요!"

다섯 명이 일제히 몸을 날렸다. 개중에는 칠팔 장을 날아가는 사람도 있었고, 채 오 장을 넘기지 못하고 밑으로 떨어지려는 사람도 있었다.

휘이잉!

강풍이 그들을 집어 던진 것마냥 날려 버린 것은 바로 그때였다.

막 밑으로 떨어지던 사람들은 뒤에서 강력한 바람이 등을 밀자 최대한 몸을 가볍게 하고 다시 앞으로 나아갔다.

진용이 도와주는 것이라 생각하고 있었기에 당황하는 사람은 한 사람도 없었다.

'됐어!'

진용이 내심 만족하며 주먹을 움켜쥐었다.

예전과 다르게 이제는 제법 힘 조절도 할 줄 아는 실피나였다.

한두 사람 사오 장 정도 더 날아간 사람이 있긴 했지만, 석벽에 몸을 처박을 정도로 무식하게 날아간 사람은 없었다.

정광은 그게 불만인지 입맛을 다신다.

진용은 속으로 피식 웃으며 다음 조를 앞으로 나오게 했다.

第七章

공포의 혈신(血神)

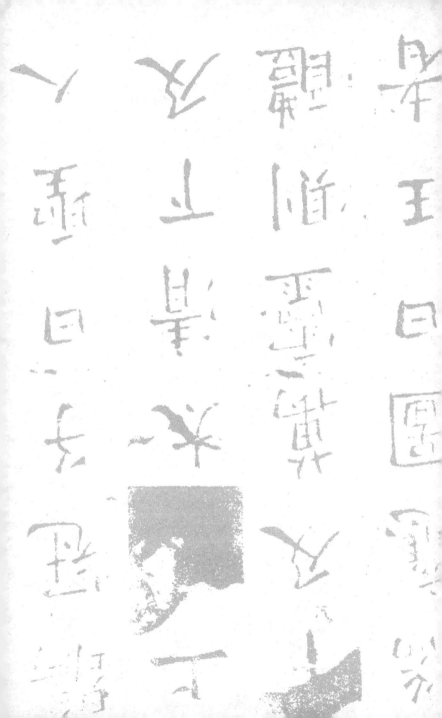

1

앞에 선 사람이 정말 자신이 알고 있는 그 사람인가?

백리군청은 아연한 눈으로 적유를 바라보았다.

"당신이 어떻게… 이런 짓을……."

적유가 조소 띤 입으로 말했다.

"어리석은 놈. 세상은 가끔씩 거꾸로 돌아가기도 하는 법이다. 네가 보고 있는 지금 상황처럼 말이다."

백리군청은 일그러진 표정으로 천천히 주위를 쓸어보았다.

찢기고 부러진 채 선혈이 뭉클거리는 시신들이 뒤엉켜 목불인견(目不忍見)이다. 흘러나온 피가 동굴 바닥을 흥건히 적시고도 모자라 독수 속으로 흘러들어 간다.

무려 백 명에 가까운 사람들이 흘린 피다. 적유가 이끄는
흑의괴인들에 의해 단 일각 만에 처참하게 죽어간 사람들의
피.

그뿐이 아니다. 이곳 독수에 몸을 담근 백여 명 중 사십여
명은 독수에 잠겨 죽어갔고, 겨우겨우 건너편에 도착한 사람
들은 비명과 신음을 지르며 지금도 죽어가고 있다.

이곳까지 오면서 기관에 걸려 죽은 사람까지 합하면 무려
삼백여 명이 죽었다는 말이다.

백리군청은 귀를 막고 싶었다. 눈도 감아버리고 싶었다.

악몽이었다. 지독한 악몽!

'그래, 나는 지금 꿈을 꾸고 있는 거야!'

하지만 눈앞에서 벌어지고 있는 일이 현실이라는 것을 누
구보다 그 자신의 의지가 잘 알고 있었다.

"대체 왜 이러시는 겁니까?"

적유가 허공에 눈을 두고 경건한 어조로 말했다.

"신혈의 세상을 위해 혈신께 바치는 제물이다."

백리군청이 악을 쓰며 외쳤다.

"신혈? 혈신? 그게 어떤 개자식인데! 이 악마! 곧 아버님께
서 도착하실 거다! 결코 네놈을 용서하지 않을 것이야! 감히
천제성을 배반하고 무사들을 도륙하다니!"

적유의 눈이 천천히 아래로 내려오더니 겁에 질려 처절히

일그러진 백리군청을 향했다.

적유가 붉게 타오르는 눈으로 말했다.

"백리성이 온다 해도 이미 늦었어. 이미 세상은 혈신을 중심으로 움직이기 시작했으니까. 네 아비도 곧 뒤따라갈 테니 걱정 말아라. 후후후후."

"이, 악마 같은 놈!"

백리군청이 악을 쓰며 적유를 향해 달려들었다.

검을 들어 막무가내로 휘둘렀다.

미칠 것만 같았다. 그렇게라도 하지 않으면 머리가 터져 버릴 것만 같았다.

"악마! 이 악마! 죽어!!"

"끝까지 어리석은 놈."

비릿한 조소를 흘리며 적유의 손이 올라갔다. 한순간!

퍽!

백리군청의 머리가 백 장 절벽에서 떨어진 호박처럼 터져 버렸다.

2

가슴이 찢긴 채 심장이 부서진 시신이 수십 구.

광기에 젖어 날뛰다 목이 잘리고서야 움직임이 멈춘 광인이 근 이십. 그들을 죽이려다 거꾸로 죽어간 사람들이 삼십.

동굴 안이 온통 시신들로 뒤덮였다.

"네놈을 선배라 부른 내가 한탄스러울 뿐이다!"

석장진은 검으로 땅을 짚고서, 후들거리는 다리를 억지로 지탱한 채 광인을 노려보았다.

"조금만 늦었어도 간악한 네놈들에게 모두 죽을 뻔했구나."

울컥이는 피를 뱉어내며 남궁창훈이 이를 갈았다.

"끌끌끌, 대단한 놈이야. 감히 나의 가슴에 검을 꽂다니."

광인은 자신의 가슴을 내려다보며 시뻘게진 눈을 희번덕거렸다.

광기를 다스렸어야 하거늘, 오랜만에 피 맛을 본 것이 광기를 부채질했다. 그렇게 한 번 피어오른 광기는 쉬이 가라앉지 않았다.

탕마단을 뒤따르며 뒤처진 자들을 베는 재미에 잠깐 정신을 놓은 것이 실수였다.

결국 그 작은 실수가 이런 결과를 가져왔다.

탕마단에 합류했다 본성을 드러낸 혈신의 아들들이 광분할 때 말렸어야 했는데, 오히려 그들과 함께 죽인 놈의 심장을 꺼내 들다가 그만 뒤따라온 놈들에게 덜미를 잡히고 만 것이다.

그것도 하필이면 남궁창훈과 석장진에게.

사실 그때만 해도, 경악으로 일그러진 남궁창훈과 석장진의 합공을 그리 걱정하지 않았다.

남궁창훈이 비록 정천무맹의 맹주이긴 하나 그다지 인정받고 있지 못한 자. 게다가 석장진은 그런 남궁창훈을 따르는 자다.

가소로웠다.

자신이 누군가!

소요우사 이무령이 아닌가 말이다!

혼자서도 두 사람 정도는 충분히 상대할 수 있으리라 생각했다. 나머지 오십여 명은 혈신의 아들 스물이 맡으면 될 터였다.

하지만 십여 초도 지나기 전에 이무령은 자신의 생각을 바꿔야만 했다.

남궁창훈의 실력은 생각했던 것 이상이었다. 십천존에 비해 별다른 차이가 없을 정도였다. 더구나 석장진의 검 역시 남궁창훈 못지않게 강했다. 하지만 자신은 광기에 젖어 있는 상태.

두 사람의 합공을 받은 지 이십 초. 결국 자신의 가슴에 남궁창훈의 검강이 번뜩이는 검이 꽂혔다. 정확히 심장을 꿰뚫으며!

"크, 크, 크, 신혈의 세상이 도래했거늘……."

이무령은 가슴에 꽂힌 검을 움켜쥐고 시뻘게진 눈으로 남궁창훈을 쳐다보았다.

피 분수가 그의 가슴에서 솟구쳤다.

"사람들이 그동안 네놈을 너무 모르고 있었구나."

이무령의 시뻘건 눈을 마주 보며 남궁창훈이 말했다.

"당신을 모르고 있었던 것보다는 그래도 낫다."

"큭! 내가 죽는다고 해서 모든 일이 끝난 것은 아니다. 곧 혈신께서 나오실 터. 네놈들은 아직 지옥의 맛을 더 봐야만 할 것이다."

"글쎄, 그건 두고 봐야 하겠지. 그만 죽어라, 이무령!"

남궁창훈은 손을 비틀며 검을 잡아 뺐다.

이무령의 심장이 통째로 부서지며 피 분수가 솟구쳤다.

동시에 석장진이 땅을 짚고 있던 검을 사선으로 쳐올렸다.

파앗!

이무령의 이마에 가느다란 실금이 그어지고, 서서히 광기 어린 눈빛이 꺼져 간다.

십천존의 일인, 소요우사 이무령이 그렇게 죽어간다.

남궁창훈은 이무령이 쓰러질 때까지 꼼짝도 하지 않고 앞만 바라보았다.

털썩!

결국 이무령이 쓰러지자 남궁창훈이 한 사발도 넘을 것 같은 핏덩이를 토해냈다.

"십천존…… 역시 엄청난 고수…… 넘을 수 있을까 했는데……."

석장진은 주저앉아 남궁창훈을 올려다보았다.

"고 공자나 천제성은 어떻게 되었는지 모르겠군."

그들이 다른 두 곳의 상황을 걱정하고 있던 그 시각.

십여 장을 사이에 두고 상처 입은 사자가 포효하고 있었다.

"으아아! 적유, 네놈이 감히!!"

3

진용 일행은 독수담(毒水潭)을 건너고 나서도 백 장 정도를 더 간 이후에야 다른 사람들을 볼 수 있었다.

공포에 질린 채 앞에 펼쳐진 광장을 바라보고 있는 사람들. 그들의 수는 삼십여 명에 지나지 않았다. 적어도 백 명은 넘게 들어왔을 테니 죽은 자가 칠십이 넘는다는 말이었다.

그들은 진용 일행의 팔에 둘러진 띠를 보고는 허탈한 표정으로 도검을 늘어뜨렸다.

진용은 굳이 다른 사람에 대해 묻지 않았다. 어떻게 독수담을 건너왔는지도 묻지 않았다. 어렴풋이 짐작할 수 있었기 때문이다.

그래도 참을 수 없는지 한 사람이 떨어지지 않는 입을 열어 말했다.

"모두 죽었소. 기관에 죽고, 이상한 물속에 빠져 죽고……. 우리는… 우리는……. 크윽! 그들의 머리를 밟고, 그들의 몸을 징검다리 삼아 여기까지 왔소."

죽어가는 동료들의 머리를 밟고 왔다고?

강호의 도리를 생각한다면 용서할 수 없는 짓이다.

하지만 누구도 그들을 뭐라 하지 못했다. 설령 화가 나도 입 밖으로는 말이 되어 나오지 않았다. 슬며시 고개를 돌릴 뿐이었다.

뭐라 하겠는가.

죽어가는 동료들을 쳐다만 본 것은 자신들도 마찬가지거늘. 만일 고진용이라는 사람의 일행이 아니었다면, 자신들도 그들의 머리를 밟고 건넜을 것이 아닌가 말이다.

그들을 향해 진용이 말했다.

"아직 길은 끝나지 않았습니다. 지나온 길을 되돌아 생각하며 자책하기에는 앞길이 너무 멉니다. 그들의 원한을 대신 갚아주면 되지 않겠습니까? 가시죠."

원한을 대신 갚는다. 그 말에 축 처져 있던 사람들이 검을 움켜쥐었다.

"그래, 어차피 이렇게 된 걸 어떡하겠어. 악마 같은 놈들을 죽여서 그들의 원한을 갚아주자고!"

"맞아. 그러면 그들의 원혼도 조금은 편안해질 거야."

"그리고 우리의 죄책감도 덜어지겠지……."

자위하는 말이다. 그렇게 말할 수밖에 없다.

진용은 독백하듯 소리치는 그들을 스쳐 앞으로 나아갔다.

광장이 눈앞이었다.

넓이만도 직경이 이십 장은 됨직한 광장이었다.

아무도 없어 을씨년스럽게까지 느껴지는 동굴 광장. 벽에 매달아놓은 열 개 정도의 등잔만이 희미하게 광장을 밝히고 있다.

진용은 조심스럽게 광장으로 빠져나오면서 실피나를 시켜 사방을 둘러보게 했다. 아무도 없었다.

진용을 따라온 사람 중 살아남은 사람이 육십여 명. 이곳에서 만난 사람이 삼십여 명. 백오십 장 정도를 빠져나오면서 백여 명이 죽임을 당했다.

살아남은 사람들 대부분의 눈에는 짙은 공포가 깊게 침잠돼 있었다.

눈에 보이는 건 다섯 개의 동굴.

은은히 울리는 소리가 여기저기서 들린다. 사람의 말소리도 섞여 있다. 그리 멀지 않은 곳에 있는 듯하다.

진용은 일단 사람들을 쉬게 만들었다.

"아무래도 동굴들이 이곳으로 모이는 것 같습니다. 다른 사람들이 곧 올 것 같으니 기다려 보죠."

사람들은 흩어지지 않았다. 오직 진용의 곁에 있는 것만이 살길이라도 되는 것처럼.

진용은 정광의 머리 위를 쳐다보았다.

실피나가 정광의 머리 위에 앉아서 머리를 쓸어 올리고 있었다. 인간들의 죽음이야 자신과는 아무런 상관이 없다는 듯 뭔지 모를 소리를 흥얼거리는 실피나다.

'하긴, 아무리 감정을 가진 정령이라고 해도 인간들의 고통과 슬픔까지 알 리는 없겠지.'

진용은 씁쓸한 고소를 지으며 실피나를 향해 말했다.

"실피나, 동굴들을 조사해 봐. 사람들이 어디까지 왔는지, 어떤 사람들인지."

입구를 찾는 것보다는 사람이 우선이었다.

—전부 다?

"소리가 들리는 곳을 우선적으로 조사해."

—알았어!

실피나가 다시 날아가더니 곧장 돌아왔다.

—두 군데서 사람들이 오고 있어. 근데 한 곳은 주인 편이야. 팔에 띠를 둘렀어.

탕마단인 듯싶다.

아니나 다를까, 동굴에서 나오는 사람들의 팔에 형형색색의 띠가 둘러져 있다. 탕마단의 무사들이다.

한데 행색들이 결코 좋지 않다. 게다가 사람들의 수도 백명이 조금 넘는 정도에 불과하다. 들어간 사람들의 수가 삼백이 넘거늘… 게다가 상당수가 부상자다.

남궁창훈이 석장진과 함께 그들을 이끌고 있었다.

둘 다 창백한 얼굴. 남궁창훈의 입가에는 핏자국마저 보였다.

'부상을 입었나?'

뒤따르는 사람들의 표정은 광기와 허탈, 묘한 대조를 이루고 있었다.

'이무령은 어딜 갔지?'

광장으로 나오던 남궁창훈과 석장진이 진용을 보고는 곧장 다가왔다. 뒤따르던 사람들이 머뭇거리며 그 뒤를 따랐다.

"먼저 와 있었군."

"조금 전에 도착했습니다."

남궁창훈의 눈매가 잘게 떨렸다. 뭔가를 말해야 하는데 차마 말하기가 힘든 듯한 표정이다.

진용이 물었다.

"이무령 노선배가 보이지 않는군요."

갑자기 남궁창훈이 씹어뱉듯이 말했다.

"그 작자가! 그 악마 같은 놈이……!"

주먹을 쥐고 부들거리는 남궁창훈. 한데 그뿐이 아니다. 석장진도, 그 뒤에 서 있는 탕마단의 사람들도 시뻘게진 얼굴로 분노의 화염을 토해낸다.

진용은 곧바로 무슨 일이 벌어졌음을 짐작했다. 얼마나 지독한 일이 벌어졌으면 저런 반응이겠는가.

남궁창훈이 숨을 깊이 들이쉬고는 이를 갈며 말을 이었다.

"그놈이, 그 악마 같은 놈이 적의 주구였네. 놈이 탕마단에 자신의 수하들을 심어놓았어. 피에 미친 마귀들을……. 그리고는 동굴에 들어와서 뒤처진 탕마단의 단원들을 사냥했다네. 무려 백 명이 넘는 형제들이 그놈들의 손에 죽임을 당했어. 처참하게……. 말할 수 없을 정도로 처참하게 말이야……."

진용은 딱딱하게 굳은 눈으로 남궁창훈을 바라보았다.

세상에! 소요우사 이무령이 천혈교의 주구였다니!

그때 남궁창훈이 분노 속에 의아함을 담고 말했다.

"한데 한 가지 자네에게 물어볼 것이 있네."

"물어보세요."

"자네가 혈신이라는 말을 했었지?"

남궁창훈의 물음에 진용이 눈을 부릅떴다.

"혹시……?"

"이무령이 그러더군, 혈신이 나왔다고. 신혈의 세상이 도래했다고 말이야."

이무령이, 십천존의 한 사람인 이무령이 혈신의 추종자였다는 말이다.

무서운 일이었다. 대체 얼마나 많은 사람들이, 얼마나 많은 고수들이 혈신의 추종자란 말인가.

문득 한 가지 생각이 뇌리를 스쳤다.

"적유! 그렇다면… 그도?"

그때 누군가가 소리쳤다.

"천제성이다!"

다른 쪽 동굴에서 백리성이 일행들을 이끌고 광장으로 나오고 있었다.

진용은 홱 고개를 돌려 그들을 살펴보았다.

'없다! 적유도, 괴인들도!'

그뿐만이 아니라 천제성의 인원이 반도 되지 않는다. 나머지는 어떻게 되었을까. 죽었을까, 아니면 적유를 따라갔을까?

백리성의 표정은 분노를 참지 못해 벌겋게 달아올라 있었다.

"고진용! 잠깐 나하고 이야기 좀 하지!"

감정을 이기지 못한 백리성이 진용을 큰 소리로 불렀다.

진용은 그와 다시는 말을 섞고 싶지 않았지만, 상황이 상황인 만큼 백리성의 요구에 답했다.

"말씀하시지요. 지금 이 상황에서도 가릴 것이 있습니까?"

백리성이 안광을 폭사시키며 진용을 노려보았다. 그러더니 할 수 없다 느꼈는지 진용이 있는 곳으로 다가왔다.

"어떻게 알았는가, 적유가 수상하다는 걸!"

보다 더 답답한 사람은 백리성이었다. 진용은 느긋이 물었다.

"왜 그러십니까? 적유가 배반이라도 했습니까?"

"놈이! 놈이 군청을 죽였다! 본 성의 무사들 이백여 명까지! 말해라! 나는 그리 참을성이 강하지 않다! 지금은 눈에 보이는 누구라도 죽이고 싶은 심정이다!"

금방이라도 덮칠 것 같은 표정이다.

분노의 불길이 온몸을 삼킨 상태다.

진용은 한없이 깊어진 눈으로 분노에 사로잡힌 백리성을 직시했다. 마안의 발현이었다.

지금은 한 사람의 힘이라도 절실한 때. 천제성이 따로 움직이면 그만큼 불리해진다. 죽이고 싶을 정도로 싫은 사람이긴 하지만, 지금은 개인적인 감정을 드러낼 때가 아니다.

두 사람의 눈이 마주친 순간 불길이 뿜어질 것 같던 백리성의 눈빛이 조금씩, 서서히 누그러졌다.

진용이 말했다. 마안에 절대음마저 더했다.

"흥분해서 득될 것이 있다고 생각하십니까? 놈들이 바라는 대로 하시고 싶은 것입니까? 그나마 남은 사람들을 모두 죽음으로 내몰고 싶으신 겁니까?"

백리성이 처절하게 일그러진 표정으로 이를 갈았다. 반쯤 쳐들린 손을 움켜쥔 그가 번쩍 고개를 쳐들고는 말했다.

"나는, 나는… 도저히 참을 수가 없다. 아들을, 동생을 이곳에서 잃었다. 그것도 가장 믿었던 사람에게. 네 말대로 믿었던 도끼에 발등이 아니라 심장이 찍혔단 말이다! 내가 무엇을 더 어찌해야 한단 말이냐!"

"좀 더 냉정해지시죠. 복수를 하기 위해선 차가운 가슴을 가져야 한다지 않습니까."

"복수, 차가운 가슴……. 크크크크, 으하하하! 참으로 비참하구나! 나 백리성이 어린 너에게 훈계를 들어야 하다니."

백리성이 광소를 터뜨렸다.

진용은 그대로 놔두었다.

백리성은 천제성의 성주. 결코 쉽게 허물어질 사람이 아니란 것을 알기 때문이다.

보다 못하겠는지 남궁창훈이 나섰다.

"지금 여기에 있는 사람 중 비참하지 않은 사람이 어디 있겠소! 아시오? 소요우사 이무령이 탕마단 단원들의 심장을 뽑아 먹었소. 우리들의 제자와 형제들의 심장을 말이오!"

뜻밖이었는지 백리성이 놀라 눈을 부릅떴다.

"뭐라고? 이무령이?"

"그렇소. 그 작자는 처음부터 놈들의 주구였소."

"허면 이무령도 이 안 어딘가에 있단 말이구려."

"아니오! 그는 죽었소!"

"죽었다? 누가 그를 죽였단 말이오?"

소요우사 이무령은 십천존의 일인. 누가 그를 죽였단 말인가?

의아해하는 백리성의 귀에 남궁창훈의 싸늘해진 목소리가 파고들었다.

"나와 석 형이 함께 손을 썼소. 다행히 놈이 광기에 젖어 있어 죽일 수 있었소."

광기에 젖었어도 그는 십천존의 한 사람이다.

백리성의 눈이 경악으로 홉떠졌다.

"맹주가……?"

그때다.

쿠르르르…….

어디선가 바위 끌리는 소리가 들렸다. 한데 멈췄다 들리다 하는 것이 규칙적인 소리가 아니다. 마치 누군가가 바위를 밀어내는 듯한 소리다.

"실피나, 어디서 나는 소린지 찾아봐."

진용은 재빨리 실피나에게 명령을 내리고는 남궁창훈과 백리성을 향해 말했다.

"누군가가 동굴의 입구를 건드린 것 같습니다. 일단 출구를 찾아보도록 하지요. 제가 앞장서겠습니다."

이번에는 누구도 이견을 달지 않았다. 할 수가 없었다.

조금 전의 소리가 정말 동굴의 입구에서 들려온 소리라면 출구가 지척에 있다는 말이다.

그것은 절망한 사람들에게 힘을 불어넣어 주기에 충분한 말이었다.

4

"어떻게 되었는가?"

공야무릉의 질문에 바로 옆에 서 있던 숙야명이 공손히 고개를 숙였다.

"아마 들어간 자 중 반 이상은 죽었다 봐야 할 것입니다."

"반이라……. 그럼 남은 사람이 삼백도 안 된다는 말이군. 클클클……."

비릿한 살소가 공야무릉의 입가에 피어난다. 그러자 야율립이 고개를 두어 번 끄덕이고는 차갑게 입을 열었다.

"살아 있는 사람들도 결코 과거의 그들이 아닐 겁니다."

"아무래도 그렇겠지. 좋아, 아주 좋아. 계획대로 되어가고 있어."

공야무릉은 만족한 미소를 지으며 야율립에게 말했다.

"곧 교주가 나올 것이야. 교도들을 동굴 입구로 모으도록 하게. 그들에게 교주의 위대함을 보일 것이네."

야율립이 말했다.

"걱정 마시지요. 혈신께서 강림하시는 자리인 만큼 최선을 다할 생각입니다."

"흠, 그래. 최선을 다해서……."

말끝을 흐린 공야무릉은 고개를 들어 야율립을 바라보았다. 야율립의 말뜻이 이상하게 느껴진 것이다.

"혈신? 교주가 아니라 혈신? 무슨 말인가?"

순간 야율립의 입술이 가늘어졌다. 웃음, 냉소가 피어났다.

"그렇습니다. 혈신. 그분께서 강림하실 겁니다."

"무슨 말이냐고 묻지 않았는가?"

"별다른 뜻은 없습니다. 그냥 그렇다는 거지요. 그건 그렇고, 태상호법께 한 가지 빌릴 물건이 있습니다만."

공야무릉의 눈빛이 차갑게 가라앉았다.

왠지 말투가 귀에 거슬린다.

조금은 흥분한 듯, 조금은 자신을 무시하는 듯한 말투. 야율립이 아닌 다른 사람의 말을 듣는 것만 같다.

공야무릉은 만약을 대비해 은밀하게 내력을 끌어올렸다. 그러고는 태연한 표정으로 야율립을 뚫어지게 응시했다.

"뭘 빌린다는 거지?"

야율립이 말없이 빙그레 웃었다. 대답은 공야무릉의 옆에 시립해 있던 숙야명이 대신했다.

"바로 그대!"

찰나!

콰직! 숙야명의 손가락이 공야무릉의 옆구리를 뚫고 갈비뼈를 으스러뜨렸다.

"크억! 네, 네놈이!"

고통에 찬 경악성!

대경하며 몸을 튕긴 공야무릉의 옆구리에서 선혈이 뭉클거리며 쏟아졌다.

공야무릉은 황급히 옆구리를 움켜쥐고 거센 소용돌이가

이는 눈으로 두 사람을 쳐다보았다.

믿을 수가 없었다.

그동안 숙야명을 군사로만 생각하다 보니, 숙야명의 무공에 대해서 깊게 생각해 본 적이 없었다. 자신의 관심을 끌 정도가 아니었기 때문이다.

잘해야 일류 수준? 그렇게 생각했다.

하지만 아니다. 그 정도의 실력으로 도검조차 뚫지 못하는 자신의 육신을 파헤칠 수는 없다. 절정, 그것도 초절정의 실력이다.

"네놈들이 왜……?"

푸들거리며 입을 여는 공야무릉의 입에서 주욱 흘러내리는 시뻘건 선혈.

숙야명이 말했다.

"믿지 않았었소. 혈천마신에 대한 전설, 다 헛소리라 생각했소. 하지만 아니더이다. 진정 그러한 분이 있다 하더이다. 해서 선택하기로 했소. 어느 분이든 혈천마신이 된 분을 따르기로. 그러니 나를 원망 마시구려, 태상."

야율립의 눈에서도 붉은 광채가 은은히 피어오른다.

"혈신께서 강림하실 때가 되었기 때문이지. 제물이 필요하거든, 혈신께 바칠 제물이."

그것은 광기였다. 피를 갈구하는 광기!

"아직 끝나지 않았다, 야율립! 곧 내 아이들이 몰려와 네놈들의 피와 살을 발라낼 것이다!"

공야무릉은 광기가 차 오르는 야율림을 향해 한에 사무친 외침을 토해내고는 방문을 향해 전력으로 몸을 날렸다.

도망가야 한다는 것 자체가 부끄럽고 치욕이었지만, 일단은 이곳을 벗어나는 것이 급선무였다.

와장창!

분루를 삼킨 공야무릉의 손짓에 방문이 터져 나갔다.

하지만 그가 갈 수 있는 곳은 거기까지였다.

공야무릉은 방문을 나서보지도 못하고 다시 방 안으로 밀려들어 와야만 했다.

비록 일수에 옆구리가 뚫렸다 해도 유태청이 인정한 고수가 바로 공야무릉이다. 삼비처 중 한 곳인 명옥의 옥주(獄主).

그런 공야무릉을 방 안으로 밀어 넣은 사람은 짙푸른 장삼을 걸친 초로인, 바로 적유였다.

적유는 자신이 이끄는 흑의괴인들과 함께 방문을 틀어막고 공야무릉을 바라보았다.

"날뛰지 마라, 공야무릉. 날뛰면 날뛸수록 그대만 더욱 비참해질 뿐이다."

공야무릉의 전신이 푸들푸들 떨렸다.

더욱 비참해진다고? 여기서 얼마나 더 비참해진단 말인가!

움켜쥔 옆구리에서 점점 더 많은 피가 쏟아진다. 동맥이 끊어진 것 같다. 게다가 공력마저 흩어지고 있다.

'이놈들! 조금만 기다려라! 곧 교주가 나올 것이다! 교주만 나오면 내, 네놈들을 모두 갈가리 찢어 죽일 것이다!'

공야무릉의 악다문 입술 사이로도 뭉친 핏덩이가 새어 나왔다.

그때까지는 버틸 수 있을 것 같았다. 아니, 버텨야 했다. 그래야 배신자들을 찢어 죽일 수 있을 테니까.

그때였다.

"크하하하하하!"

어디선가 대지를 떨어 울리는 광소가 터져 나왔다.

땅속이다. 자신이 딛고 선 땅속이 광소의 근원지다.

자신의 유일한 혈육이자, 천혈교의 교주가 될 조카가 있는 곳.

공야무릉이 이 사이로 씹어뱉듯이 말을 내뱉었다.

"교주가 나왔다. 찢어 죽일 놈들. 크흐흐흐……."

하지만 상대의 반응은 그가 생각했던 것과 조금 달랐다.

야율립과 적유와 숙야명의 얼굴이 경건하게 굳어진다.

"혈신께서… 당신의 능력을 되찾으셨다."

야율립이 떨리는 목소리로 말했다.

무슨 말이지?

문득 공야무릉은 불길한 생각이 들었다.

조카가 있는 곳에서 광소가 들렸는데 왜 저놈들은 혈신을 말한단 말인가?

숙야명이 비릿한 조소를 흘리며 공야무릉에게 말했다.

"교주는 혈신께 모든 능력을 물려주고 죽었을 것이오. 괜한 희망은 품지 않는 게 나을 것이외다."

"뭐, 뭐라?!"

그럼 저 광소의 주인이 조카가 아니라는 말?

공야무릉의 창백한 안색이 흙빛으로 물들었다.

"우웩!"

충격을 받은 그는 검붉은 선혈을 한 사발도 넘게 토해냈다.

그때 밖에서 커다란 외침이 들려왔다.

"혈! 신! 재! 림!"

마지막 희망이 무너지는 소리였다.

공야무릉의 뇌리도 하얗게 탈색되었다.

그 순간이었다.

"제물을 마련할 시간이 됐군."

적유의 차가운 목소리가 들리는가 싶더니, 사방에서 가공할 기운이 그의 몸을 옥죄어왔다.

찰나! 서늘한 기운이 망연히 공야무릉의 목을 스치고 지나갔다.

서걱!

5

광소를 토해내고 나니 속이 답답한 마음이 조금 가셔졌다.

그는 그제야 고개를 돌려 한쪽에 널브러진 중년인을 바라보았다.

자신에게 모든 힘을 뺏긴 자였다.

한데 괴이하게도 평온한 표정이다. 이해할 수 없는 모습.

"과연 나 신도율단의 반쪽을 얻은 자답군. 모든 것을 잃고도 저리 평온한 모습이라니. 후후후후!"

신도율단은 나직한 웃음을 흘리며 가볍게 손을 저었다.

쓰러진 효망의 몸이 둥실 떠올랐다.

"그대는 나의 반쪽을 지녔던 자, 죽이지는 않을 것이다. 어차피 다시는 힘을 얻을 수 없을 터이니……."

그는 말을 흐리며 신형을 돌렸다. 효망의 몸은 여전히 허공에 뜬 상태였다.

그가 걸어가자 허공에 뜬 효망의 몸도 그를 따라 둥실 떠갔다.

그리고 잠시 후, 비밀 통로를 따라간 신도율단이 뇌옥에 모습을 드러냈다. 허공에 뜬 효망과 함께.

그러자 뇌옥 안에 들어가 있던 장한이 신도율단을 알아보고는 뇌옥의 바닥에 바짝 엎드렸다.

금면의 수라탈은 그의 눈에 들어오지도 않았다.

그가 본 것은 단 하나, 은은한 빛을 발하는 피처럼 붉은 장포. 그것을 입을 사람은 하늘 아래 오직 한 분뿐이다.

"혈신께 영광을! 신혈의 세상을 위해!"

신도율단의 눈이 그의 몸을 쓸었다.

그걸 느꼈는지 장한의 몸이 가늘게 떨렸다.

"이자는 나의 반쪽이었던 자. 살아서 숨 쉴 자격이 있는 자다. 안에 가두어두도록 해라."

"혈신의 명에 따르겠나이다!"

장한이 대답하자 신도율단의 손이 뇌옥의 문을 향해 저어졌다.

우지끈!

팔뚝 굵기의 쇠로 된 자물쇠가 힘없이 부서지더니 뇌옥의 문이 저절로 열렸다. 그러자 효망의 몸이 바람에 흐르는 구름처럼 스르르 뇌옥 안으로 들어갔다.

장한은 효망이 뇌옥 안에 내려앉은 이후에야 조심스럽게 몸을 일으켜 뇌옥 밖으로 걸어나왔다. 그리고 다른 뇌옥의 자물쇠를 빼서 효망이 갇힌 뇌옥의 문을 걸어 잠갔다.

그러고는 반쯤 허리를 숙인 채 뒤돌아섰다.

순간 그의 눈이 더할 수 없이 커졌다.

아무런 느낌조차 없었거늘, 어느새 뇌옥 어디에도 혈신의 모습이 보이지 않는 것이다.

6

북리종을 비롯한 천탁의 조원들은 동굴을 반쯤 가로막은 바위를 치우고 조심스럽게 동굴 안으로 들어갔다.

오 장 정도를 들어가자 어둠이 그들의 앞에 장막처럼 펼쳐졌다.

'젠장, 아무것도 보이지 않는군.'

북리종은 눈살을 찌푸리며 한참 동안 움직이지 않았다. 조씨 형제와 소진후 등도 그의 뒤에 서서 움직이지 않았다.

그렇게 시간이 지나자 사람들의 눈이 조금씩 어둠에 익어 갔다.

그제야 확실하게 알 수 있었다. 자신들이 들어온 곳은 커다란 동굴에서 뻗은 지맥인 듯했다. 약간 경사진 아래쪽에 커다란 동굴이 가로질러 보이는데, 그 동굴이 생각보다 훨씬 넓은 것이다.

"이거 숨으려다가 거꾸로 놈들의 아가리 속으로 들어가는 거 아냐?"

"재수없는 소리 하지 말게."

북리종의 재수없는 말에 소진후가 차갑게 대꾸했다.

조천기가 천천히 동굴을 둘러보고는 걸음을 옮겼다.

"일단 들어가 보세. 적의 아가리든 아니든 이제 어쩔 수 없잖은가."

한데 그때다. 북리종이 손을 뻗어 조천기의 앞을 가로막았다.

"잠깐! 무슨 소리가 들린 것 같은데?"

잠시 침묵이 어둠에 묻혀 흘렀다. 네 사람의 눈이 서로를 향했다.

누군가의 발자국 소리 같았다. 사각거리는 듯한 소리. 그만큼 몸을 가볍게 날린다는 말이다.

북리종이 속삭이듯이 말했다.

"일단 피하고 보지, 적인지도 모르니까."

네 사람은 재빨리 동굴 벽의 틈바구니에 몸을 숨기고 자세를 낮췄다.

그사이 발자국 소리는 그들이 있는 곳을 향해 점점 다가왔다. 한두 사람의 발자국 소리가 아니었다. 미미한 소리긴 하지만 적어도 수십 명의 발자국 소리다.

게다가 은은히 밀려오는 기운. 강호의 고수라 불리는 자신들조차 숨이 막힐 지경이다.

북리종은 와락 일그러진 얼굴을 내밀고 동굴 안쪽을 뚫어지게 바라다 봤다.

안쪽에서 바람 한줄기가 불어온다.

그는 자신도 모르게 전신을 부르르 떨었다.

'씨팔! 호랑이 굴속에 제대로 들어온 것 같군.'

하지만 그는 몰랐다.

―어마? 여기 있었네?

실피나가 자신의 머리 위를 맴돌며 반갑게 웃고 있다는

것을.

─호호호! 가서 주인에게 알려야지.

진용은 맨 앞에서 미끄러지듯 나아가다 실피나가 날아오
는 것을 보고 뭔가를 직감했다.

실피나의 얼굴이 환하게 밝아져 있었다. 누군가 반가운 사
람을 보기라도 한 것처럼.

진용은 손가락을 하나 세워 허공을 향해 뻗었다.

찰나, 뇌전 한줄기가 동굴을 환하게 밝히며 뻗어갔다.

나가야 하나, 아니면 계속 숨어 있어야 하나. 그냥 지나쳐
가지 않을까? 아니지 혹시 우리 편이 아닐까?

수없는 갈등이 북리종의 머릿속을 스쳐 지나갔다.

한데 그때였다.

번쩍! 뇌전이 동굴 안을 환하게 밝혔다.

북리종이 벌떡 일어섰다. 조씨 형제와 소진후도 틈바구니
에서 빠져나와 희열에 찬 얼굴로 말했다.

"고 공자다!"

네 사람은 누가 먼저랄 것 없이 경사진 아래쪽으로 몸을 날
렸다.

수많은 사람들이 저만치서 다가오고 있었다.

어둠 속이라 잘 보이지는 않지만 그들의 생각은 확고했다.

―그다! 고 공자가 이곳으로 오고 있다!

네 사람은 그것만으로도 가슴이 두근거렸다.

다가오는 사람들의 기척이 피부로 느껴질 때쯤엔 자신들도 모르게 얼굴에 웃음이 떠오르고 있었다.

그렇게 잠시의 시간이 지나자 맨 앞에서 달려오는 사람이 보였다.

북리종은 눈물이라도 나올 것 같은 표정으로 크게 소리쳐 불렀다.

"고 공자, 우리외다!"

진용은 재빨리 북리종에게 다가갔다.

"북리 대협, 어찌 된 일이십니까?"

북리종은 차마 울지는 못하고 억눌린 목소리로 말했다.

"세 사람이 죽었소, 고 공자. 우리도 하마터면 죽을 뻔했는데, 갑자기 돌풍이 불면서 적들을 날려 버리는 바람에 도주할 수 있었소."

진용은 힐끔 실피나를 바라보았다. 실피나가 환하게 웃고 있었다.

"잘했어, 실피나."

―오호호호! 뭐, 그 정도야…….

실피나가 세르탄처럼 말하는 사이, 남궁창훈과 백리성이 다가왔다.

그제야 진용이 북리종에게 물었다.

"한데 입구로 들어오셨습니까?"

"입구인지는 잘 모르겠소. 바위로 막힌 구멍이 보이기에 바위를 치우고 들어왔더니 여기였소."

조관이 나서서 북리종의 말을 보강했다.

"지맥인 것 같았소. 이 정도 크기의 동굴이라면 결코 입구가 그렇게 작지는 않았을 테니 말이오."

입구든 아니든 그것이 중요하지는 않았다. 나갈 수 있다는 것, 그것이 중요할 뿐.

그리고 그것은 또 하나의 가능성을 의미했다.

'잘하면 적과 만나지 않고도 빠져나갈 수 있겠어.'

그뿐이 아니다. 잘하면 적들의 뒤통수를 칠 수도 있다. 하지만 그것은 너무 위험한 생각이었다.

탕마단과 천제성의 피해가 워낙 큰 데다가, 탕마단과 천제성 무사들의 감정이 격해질 대로 격해진 상태다. 더구나 적에 대해서 정확하게 알지도 못하는 상황. 만일 비슷한 전력이라면 필패다.

아쉽지만 지금은 물러서서 전열을 가다듬어야 할 때였다.

진용이 잠시 생각을 정리하고 있는데 백리성이 물었다.

"그렇다면 놈들이 그 통로를 모른단 말이군. 그런가?"

자연스럽게 튀어나온 반말에 조금 기분이 나쁜 표정으로 북리종이 답했다.

"조금 전까지는 그랬을 게 분명하오."

순간 백리성의 눈에서 소름 끼치는 살기가 뿜어졌다.

"잘하면 놈들의 뒤를 칠 수 있겠군."

역시 백리성도 그 생각을 한 것 같다.

그 말의 파장은 작지 않았다. 여기저기서 웅성거리는 소리가 들렸다. 대부분이 그 말에 동의하는 표정이었다.

남궁창훈의 생각도 그와 같은지 진용을 바라보는 그의 눈에선 열기가 피어오르고 있었다.

"고 공자, 어떻게 생각하나. 충분히 가능한 일이 아닌가?"

진용은 단호하게 고개를 저었다.

"절대 불가능한 일입니다!"

"뭐야?! 불가능?"

백리성이 노한 눈으로 진용을 직시했다.

진용은 한 발짝도 물러서지 않고 백리성을 노려보았다.

"다 죽이고 싶습니까? 그래야 속이 시원하시겠습니까? 부상자들이 반이 넘는데 뭘 어떻게 하시겠다는 겁니까? 뒤를 치는 것도 힘이 갖춰졌을 때나 가능한 일입니다. 하물며 적에 대해 잘 알지도 못하잖습니까! 흥! 정 그렇게 하고 싶다면 말리지 않겠습니다. 단! 다른 사람에게 강요하지는 마십시오!"

진용이 신랄하게 백리성을 몰아붙일 때다. 백리성의 뒤에 서 있던 중년인 중 한 사람이 노성을 내지르며 나섰다.

"보자 보자 하니까 못하는 소리가 없구나! 감히 성주님께 그따위로 말을 하다니!"

진용의 고개가 홱 돌아갔다. 언뜻 찢어진 옷자락 사이로 글자가 한 자 보였다. 기(氣).

그 글을 보는 순간, 잠자고 있던 진용의 분노가 깨어났다.

"천령오령위? 기령위인가? 내 손에 죽은 자를 대신해 채워졌나 보군! 그대가 나설 자리가 아니다. 죽고 싶지 않거든 뭘 알고 나서라!"

갑작스런 진용의 변화에 백리성조차 움찔했다.

그때 기령위가 번개처럼 진용을 향해 몸을 날렸다.

"이놈!"

기껏 일 장이 조금 넘는 거리.

설령 십천존이라 해도 막을 수 없으리라! 그런 자신감에 가득 찬 공격이었다.

찰나간에 기령위의 일장이 진용의 가슴을 쳐갔다.

진용은 눈빛 한 점 흔들림없이 가슴을 파고드는 기령위의 팔목을 움켜쥐었다.

우드득!

"크억!"

뭐가 뭔지도 모르는 사이 기령위가 처절한 신음을 토하며 앞으로 꺾어졌다.

"똑같군! 그 주인이라는 자나 밑에 있는 자나 맛을 봐야만 아는 것은 똑같아!"

펑!

앞으로 꺾어진 기령위의 몸이 발길질에 훌훌 날아갔다.

진용은 날아가는 기령위는 바라보지도 않고 노한 얼굴로 당장 달려들 듯한 표정을 짓고 있는 백리성을 향해 말했다.

"명옥의 옥주인 공야무릉. 십천존에 속한 고수인 야율립과 등우광. 거기에 적유와 괴인들. 혼세십팔마 중 몇 사람. 그 외에도 수많은 고수들이 웅크리고 있을 겁니다. 소요우사 이무령조차 그들과 한편이었으니 누가 압니까? 또 다른 십천존이 있을지. 어디 한번 해보시지요! 우리는 그냥 갈 테니까요!"

진용은 할 말만 내뱉고 몸을 돌렸다.

그러자 진용의 말에 놀란 남궁창훈이 물었다.

"공야무릉이 삼비처의 하나인 명옥의 옥주라고? 그게 사실인가?"

백리성도 그 말에 놀랐는지 움직이지 않고 진용을 노려보기만 했다.

"맹주께서도 제 말을 믿지 못하시는 겁니까?"

"내 어찌 고 공자의 말을 믿지 않겠나? 다만 너무 의외의 말이라서 그러네."

공야무릉이 정말 명옥의 옥주라면 명옥 전체가 천혈교에 속했다는 말이나 같았다. 또 다른 변수였다.

진용이 짧게 말했다.

"유 어르신께서 하신 말씀이시니 틀림없을 겁니다."

"으음……."

남궁창훈의 입에서 침음성이 흘러나왔다.

십절검존 유태청이 한 말이라 했다. 그렇다면 사실일 것이다.

"생각지도 못했던 일이군. 아무래도 길보다 흉이 많아. 일단은 물러가서 전력을 재정비하는 게 나을 것 같군."

백리성이 움찔 어깨를 떨고 소리쳤다.

"남궁 맹주! 그렇게 당하고도 그냥 물러서겠다는 말이오? 그러고도 당신이 정천무맹의 맹주란 말이오?"

남궁창훈은 품속에서 맹주령을 꺼내 들었다.

"그러고 보니 한 가지를 깜박했군. 받으시지요."

그러더니 옆에 있는 무당의 장로 영진 도장에게 내밀었다. 난데없는 상황에 영진 도장이 놀란 눈을 크게 떴다.

"맹주……?"

"이 남궁 모는 맹주가 될 능력이 없는 사람입니다. 해서 맹주의 위를 포기할 생각입니다. 당분간 도장과 원로들께서 탕마단을 이끌어주십시오. 그럼."

남궁창훈은 억지로 맡기듯이 영진 도장에게 맹주령을 건네고는 진용을 향해 돌아섰다.

"이제 속이 시원하군. 가슴에 쌓였던 응어리가 빠진 것 같아. 가세, 고 공자."

북리종 등이 발견한 입구는 그리 크지 않았다. 한꺼번에 두 명이 겨우 빠져나갈 수 있을 정도에 불과했다.

그러다 보니 삼백여 명에 이르는 사람들이 그곳을 통해 모두 빠져나가는 데는 상당한 시간이 걸렸다.

다행히 뿌연 안개 때문인지 사람들이 거의 다 빠져나오도록 적들의 모습은 보이지 않았다.

마지막으로 부상당한 소림의 제자가 밖으로 나왔을 때 갑자기 북소리가 울려 퍼졌다.

둥! 둥! 둥!

산허리를 돌아 계곡 아래쪽, 천혈교의 총단이 있는 곳에서 들려오는 소리였다.

무슨 일이지?

세 갈래로 나뉜 채 엄폐물에 몸을 숨기고 있던 사람들이 긴장한 얼굴로 소리나는 곳을 바라보았다.

그때 실피나가 날아왔다.

―주인아, 사람들이 굉장히 많이 모여 있어.

당연히 천혈교의 사람들일 것이다. 아마 자신들이 동굴의 본류를 통해 나올 거라 짐작하고 기다리는지도 모를 일이었다.

진용이 굳은 얼굴로 남궁창훈을 돌아다보았다.

"빨리 빠져나가야 합니다. 저들이 모였다는 것은 동굴의 입구를 열고 총공격을 하겠다는 것일 겁니다."

"흥! 그래 봐야 헛짓이 아닌가?"

백리성이 코웃음 치며 말했다.

"그러니 문제지요. 우리가 없는 것을 알면 곧 추적을 할 테니까요."

"까짓것 올 테면 오라지!"

아직도 자신의 주장이 옳다는 것을 철석같이 믿고 있는 백리성이었다. 싸우자면 마다하지 않겠다는 말이다.

진용이 말했다.

"우리는 갈 테니 그럼 성주께서 그들을 막아주시지요. 정 싸우시고 싶다면 어떻게 말리겠습니까?"

백리성이 눈을 부라리며 진용을 직시했다.

진용도 물러서지 않고 백리성을 마주 쏘아봤다.

그때다.

"고 공자! 거기에 있었군. 천만다행이네. 안으로 들어가지도 못하고 발만 굴렀는데 말이야!"

어디선가 전음이 들려왔다. 멀리서 울리는 소리, 천리전음이다.

순간 진용의 눈이 휘둥그레졌다. 소서노인의 목소리였다.

잠시 머뭇거리자 전음이 다시 들려왔다.

"우리는 건너편 산에 있네. 놈들이 이상한 행동을 하고 있네. 심상치 않아. 유 노사께서 빨리 물러서라 하시네. 오늘만 날이 아니니 다음 기회를 노리라 하시는구만."

자신을 봤다면 자신도 볼 수 있을 것이다.

진용은 재빨리 건너편 산을 둘러보았다. 언뜻 바위틈 사이에서 몇 사람이 모습을 드러냈다.

그들이었다. 소서노인과 돈화파파, 그리고 그들 뒤에는 비류명과 서문조양과 두충이 유태청과 함께 서 있었다.

진용이 대경한 목소리로 전음을 보냈다.

"유 어르신이 왜 여기까지 오신 겁니까?"

"원하셔서 어쩔 수가 없었네. 그리고 그리 걱정하지 않아도 되네. 유 노사는 겉보기보다 강하신 분이니까."

하긴 탓한다고 해도 이제는 어쩔 수가 없었다.

"빨리 물러가세요. 저희도 떠날 테니까요."

"알겠네. 그럼 동백현 북쪽의 오성으로 오게."

전음을 주고받은 시간은 그리 길지 않았다. 하지만 다른 사람의 의문을 사기에는 충분한 시간이었다.

남궁창훈이 의아한 표정으로 물었다.

"무슨 일인가, 고 공자?"

하는 수 없이 진용은 사실대로 말했다.

"유 어르신께서 건너편 산에 계십니다. 놈들의 행동이 수상하시다며 빨리 물러서라 하십니다."

"뭐야? 십절검존께서 오셨다고?"

남궁창훈이 놀라 소리치자 사람들의 눈이 일제히 건너편 산을 향했다.

그 바람에 누구도 북소리가 바뀌고 있음을 미처 알아채지
못했다.

제일 먼저 이상함을 느낀 것은 실피나였다.

—주인아…… 그 무서운 인간이 나왔어…….

이어서 그동안 잠자코 있던 세르탄이 질린 목소리로 말했
다.

'시르, 이상해. 진마(眞魔)의 기운이 느껴져. 이럴 수는 없
는데…….'

'진마?'

'마계의 기운 말이야. 어떻게 이곳에서 마계의 기운이 느
껴지는 것이지? 아까부터 이상하더라니…….'

'왜 그걸 이제야 말하는 거야!'

'그럴 리가 없다고 생각했거든. 절대 불가능한 일이니까.'

'세르탄이 내 머릿속에 들어가 있는 것은 가능한 일이고?'

'그건…….'

어쨌든 머뭇거릴 시간이 없었다.

실피나가 무서워할 정도의 고수가 나타났다. 누군지는 중
요하지 않았다. 지금 이곳에서 십천존을 일 대 일로 상대할
수 있는 사람은 자신뿐이다. 만일 공야무릉과 야율립과 등우
광이 한꺼번에 달려들면 누가 감히 그들을 상대할 수 있단 말
인가.

진용이 남궁창훈을 향해 소리쳤다.

"가시죠!"

그러고는 뒤도 돌아보지 않고 걸음을 옮겼다.

정광과 율천기와 포은상이 당연하다는 듯 뒤를 따르고, 독고무종과 백유현 등이 움직이기 시작했다.

그러자 남궁창훈도 머뭇거리고 있는 탕마단의 사람들을 한 번 쳐다보고 몸을 돌렸다. 그 뒤를 백여 명이 따랐다.

백리성이 이를 악물고 소리쳤다.

"흥! 도망갈 놈은 도망가라! 나는 놈들이 얼마나 강한지 한 번 보겠다!"

그때 천혈교의 총단이 있는 곳에서 함성이 터져 나오더니 동백산이 뒤흔들렸다.

"신혈의 세상을 위해!"

"혈신께서 나오셨다!"

"혈신 재림!"

"와와와!!!"

빠르게 나아가던 진용이 우뚝 멈춰 섰다.

"혈신이라고?!"

남궁창훈도 놀라서 고개를 홱 돌렸다.

진용은 더할 수 없이 커진 눈으로 함성이 울려 퍼지는 곳을 쳐다보았다.

"혈신……? 여기서 왜 혈신이라는 이름이 나오는 거지?"

"대체 어떻게 된 일이지? 천혈교에서 왜 혈신이라는 이름이 나오는 건가?"

뒤따라오던 남궁창훈이 굳은 표정으로 물었다.

진용은 대답할 정신이 없었다. 곧이어 그 의문에 대한 답이 들려온 것이다.

"신혈의 세상이 열렸도다! 천혈교의 교도들도 모두 신혈을 받들어 혈신을 모실지어다!"

"신혈교 만세!"

"혈신이여! 영원한 세상의 주인이여!"

이어지는 광란의 함성.

순간 한 가지 가정이 진용의 머릿속을 뇌전처럼 두드렸다.

이무령, 적유와 괴인들…….

공야무릉이 건재하고 야율립과 등우광이 있는 곳에 혈신이 등장했다. 한데 모두가 신혈을 외치고 있다. 답은 하나다.

─천혈교가 신혈교로 바뀌었다!

만일 그것이 사실이라면 그것은 진정 두려운 일이었다.

그토록 자신들을 애먹이고 일천이 넘는 고수들을 죽음으로 이끈 천혈교의 주인이 하루가 지나기도 전에 바뀐 것이다.

그들이 다음에 할 일은 보지 않아도, 듣지 않아도 뻔했다.

그때 북소리가 급격하게 바뀌었다.

두둥! 두두둥! 두두두둥!

빠르고 급한 북소리. 심장을 절로 뛰게 만드는 북소리다.

공격을 알리는 신호처럼 들린다.

진용이 홱 고개를 돌리고는 질린 안색으로 소리쳤다.

"시간이 없습니다! 빨리 빠져나가야 합니다! 천혈교의 주인이 바뀌었습니다!"

"뭐라고? 대체 그게 무슨 소린가?"

"가면서 말씀드리지요! 놈들이 움직이기 시작한 것 같습니다!"

말도 안 되는 소리라는 것쯤은 자신도 안다. 그러나 상황이 사실임을 말하고 있다.

시간이 없다. 저들이 움직이기 시작했다.

최대한 빨리 산을 빠져나가야 한다.

진용은 천혈교의 총단과 반대되는 쪽으로 방향을 잡고 달렸다.

그렇게 달린 지 열을 세기도 전이었다.

엄청난 기운이 산 전체를 뒤덮으며 휩쓸어왔다.

태풍이 밀려오는 것 같은 느낌. 마운이 밀려오고 마풍이 불어올 때와 비슷한 느낌이다.

어느 순간, 격전의 충돌음이 산을 뒤흔들고, 곧이어 비명이 울려 퍼지기 시작했다.

남아 있던 천제성과 탕마단 무사들의 비명이었다.

분명 그럴 거라 생각했다. 적들은 광기에 물든 자들. 결코 저런 비명을 지르지 않을 테니까.

진용은 이를 악물고 몸을 날리다가 갑자기 멈춰 서더니 홱 돌아섰다.

"젠장! 끝까지 말썽이군!"

자신을 따라왔다면 희생을 최소화시켰을 것이다. 그런데 고집을 피우고 남아 있더니 끝내 비명을 지르며 죽어간다.

문제는 자신이 뒤에서 들리는 비명을 듣고도 나 몰라라 달려갈 정도의 냉혈한이 되지 못한다는 것이다.

"여러분은 빠져나가세요. 제가 가보겠습니다."

진용이 멈추자 다른 사람들도 걸음을 멈춘 상태였다.

남궁창훈이 굳은 표정으로 말했다.

"설마 그 말을 듣고도 우리가 그냥 갈 거라 생각한 것은 아니겠지, 고 공자?"

"훗, 그냥 가기도 서운했는데 잘됐군."

율천기가 피식 웃었다. 그러자 포은상이 이어 말했다.

"친구가 가면 나도 가야지."

독고무종이 도병을 잡더니 무심한 눈으로 계곡 안쪽을 바라보았다.

"그놈들, 얼마나 강한지 한 번 봐야겠군."

"가자고."

정광은 아예 당연하다는 듯 쇠 신발을 벗어 들었다.

몇 사람이 나서자 다른 사람들도 비장한 표정으로 자신들의 무기를 뽑아 들었다.

진용이 그들을 향해 소리쳤다.

"당신들은 가던 길을 계속 가요! 안에는 몇 사람만 들어가 도록 할 테니까요!"

"우리도 싸우겠소!"

누군가가 소리쳤다.

진용이 그를 향해 매몰차게 말했다.

"여러분을 돌볼 시간이 없습니다. 아시겠습니까? 도움이 되든지 아니면 방해가 되든지 둘 중 하납니다! 스스로 생각해 서 방해가 되지 않을 분만 따라오세요! 백 대협, 대협이 남아 서 남은 사람을 이끌어주시기 바랍니다! 일단 오성(吳城)으로 돌아가서 기다려 주세요."

자신이 제대로 봤다면 백유현이 현명하게 저들을 이끌 것 이다.

진용은 말을 마치고는 뒤도 안 돌아보고 신형을 날렸다. 그 뒤를 이십여 명이 따라갔다.

나머지는 입술을 깨물고 뒤돌아섰다.

그들을 향해 백유현이 말했다.

"고 공자의 말이 서운할지는 몰라도 결코 잘못된 말은 아 니오. 혹시라도 서운한 마음이 있거든, 저 지옥에서 누구 덕 분에 살아 나왔는지 다시 생각해 보시기 바라겠소."

진용이 달려간 곳에는 또 하나의 아비규환이 펼쳐져 있었 다.

반의 반 각도 되지 않는 짧은 시간이었다. 한데 남았던 이 백여 명 중 살아 있는 자는 백 명도 채 되지 않았다.

그나마 뒤쪽은 절벽이기에 앞쪽만 상대하는데도 그랬다.

심지어 백리성조차 광혼단의 괴인 넷에 둘러싸인 채 고전을 면치 못하고 있었다.

분노한 백리성의 무공이 아무리 강하다 해도 광혼단의 괴물 넷을 동시에 상대하기에는 무리가 있었다.

하물며 다른 사람들은 제대로 저항도 못해보고 죽어갈 뿐이었다.

시뻘건 혈의를 걸친 천혈교, 아니, 이제는 신혈교의 교도들이 개미 떼처럼 둘러서서 그들이 죽어가는 것을 구경하고 있었다.

진용은 나무 꼭대기에 신형을 세우고 그들을 내려다보았다.

진용을 따라왔던 사람들이 질린 안색으로 걸음을 멈췄다.

정광조차 창백하게 굳은 안색으로 진용 바로 아래서 나무를 붙잡고 눈을 부릅떴다.

진용은 정광의 옆에 서 있는 실피나에게 전음을 보냈다.

"실피나, 최대한 능력을 끌어올려서 저들의 포위망을 흐트러뜨려!"

—무서운 인간이 오고 있는데?

"그 사람은 내가 맡을 테니까, 실피나는 포위망만 흐트러지면 바로 피해."

─알…았어.

그렇게 싸우는 걸 좋아하는 실피나가 망설인다. 대체 얼마나 강한 사람이기에 그러는 걸까.

다급한 상황인데도 진용은 은근히 호기심이 일었다.

휘이잉!

그때 갑자기 바람이 일었다.

실피나가 움직이기 시작한 것이다.

실피나가 능력을 최대한 끌어올리자 진용의 기운이 급격히 빠져나갔다.

'젠장! 대체 뭘 펼치려고 그러는 거야?'

'윈드스톰 같은데?'

세르탄의 말대로였다.

실피나는 최대한의 능력을 끌어올려 폭풍을 일으켰다.

─바람아! 가라! 윈드스톰!

콰과과과!!

갑자기 생성된 폭풍의 위력은 주위의 나무들을 뿌리째 뽑아 날려 버릴 정도였다.

언제 겁먹었냐는 듯 실피나가 신이 나 외쳤다.

─오호호호! 다 날려 버려!

탕마단과 천제성의 무사들을 둘러싸고 있던 혈의인들은 갑작스런 상황에 당황하며 날아오는 나무들을 피하기에 급급했다.

순식간이었다. 포위망에 구멍이 뻥 뚫렸다.

"실피나! 이제 한쪽으로 물러서!"

진용은 재빨리 실피나에게 명령을 내리고는 신형을 날렸다.

진용의 두 손에서 뇌전이 줄기줄기 뻗쳤다.

쩌저저적!

마른하늘이 갈라지며 시퍼런 뇌전이 떨어져 내렸다.

"끄으으……."

"케엑!"

단 두 번의 공격에 십여 명의 혈의인이 비명도 제대로 지르지 못하고 튕겨졌다.

정광이 그 뒤를 따르며 쇠 신발을 던졌다.

"뭐 하는 거요! 구경하러 왔소!"

너무나 황당한 상황에 멍하니 있던 사람들이 그제야 움직였다.

그들이 움직이자 혈의인들이 다시 달려들기 시작했다.

율천기의 검에서 다섯 자에 달하는 검강이 뻗치고, 포은상의 곤이 묵빛 곤강을 뿜어냈다.

게다가 독고무종의 완만하게 휘어진 칼날에선 은은하면서도 영롱한 도강이 흘렀다.

푸른 눈빛을 일렁이며 그가 칼을 휘두를 때마다 악귀처럼 날뛰던 혈의인들이 힘없이 쓰러진다.

생각지도 못했던 가공할 무위!

그걸 본 율천기와 포은상도 뒤질세라 전력을 끌어올렸다.

일순간 세 줄기 폭풍에 붉은 바다가 뒤집어졌다.

그 뒤를 남궁창훈과 석장진이 나머지 고수들을 이끌고 정리했다.

찰나간에 구멍이 넓어지더니 길이 뚫렸다.

진용은 전장의 정중앙에 뛰어들자마자 뇌전을 난사해 이십여 명의 혈의인을 더 거꾸러뜨렸다.

그러고는 백리성을 공격하는 광혼단원들 중 하나의 가슴에 구멍을 뚫고 소리쳤다.

"계속 있을 겁니까? 시간이 없어요! 놈들의 수뇌들이 오기 전에 빠져나가야 합니다!"

백리성이 불길이 이는 눈으로 진용을 바라보았다. 이미 얼마 전의 자신만만하던 표정은 참혹하게 일그러져 있었다.

혈편복이 이끄는 광혼단의 괴물 넷을 상대하며 마음조차 상처를 입은 것이다.

"가…지."

그는 이 사이로 한마디를 내뱉고는 앞을 가로막는 광혼단원들을 향해 달려들었다. 한 명이라도 더 죽여야 답답한 속이 풀리겠다는 듯.

그 뒤를 살아남은 자들이 따랐다.

부상자들이 절망에 빠진 표정으로 그들을 바라본다. 하지만 누구도 그들을 구할 정신이 없었다.

바로 그때였다!

"신.혈.의. 세.상.을. 열.리.라!"

천지를 떨어 울리는 일갈이 동백산을 뒤흔들었다.

거대한 힘이 실린 일갈이었다.

단 한 번의 일갈에 내부의 기운이 뒤흔들릴 정도다.

진용은 입술을 깨물며 으스러져라 주먹을 움켜쥐었다.

'엄청난 기운! 그다, 그가 왔다! 혈신이!'

하얗게 질린 안색으로 비틀거리는 사람들. 그나마 십여 명만이 안간힘으로 버티고 서서 허공을 바라볼 뿐이다.

이게 어찌 인간의 힘이란 말인가!

진용은 일그러진 얼굴로 일갈이 들려온 곳을 직시했다.

피보다 붉은 선홍빛 혈포를 걸친 금면수라탈의 괴인이 보였다. 야율립과 적유가 그자의 양쪽에 서서 날아오고 있었다.

'저자가 천혈교주! 아니, 신혈교주, 혈신?!'

바라보는 사이 그가 손을 들어 하늘을 가리켰다.

동시에 거짓말 같은 일이 벌어졌다.

그의 손끝이 향하는 곳에서 붉은 기운이 하늘을 덮으며 밀려오는 것이다.

세르탄이 경악에 차 외쳤다.

'말도 안 돼! 저건… 악마의 피 구름! 마계의 절대 능력이

어떻게……!'

진용은 세르탄의 말에 대꾸할 정신도 없었다.

몰려오는 붉은 구름에서 전해지는 가공할 압력이 피부로 느껴지기 시작한 것이다.

—아악! 주인아!

거기다 실피나마저 비명을 지르며 진용에게 날아온다.

"뭐 해? 들어가, 실피나!"

그러더니 진용의 명령이 떨어지자마자 도망치듯이 사라졌다.

진용은 짐작만 했던 혈신의 능력에 난생처음 두려움을 느꼈다.

그런 자신에게 화가 날 정도였다.

'젠장! 내가 이렇게 약해 빠졌었나!'

진용은 세맥 깊숙이 잠자고 있던 모든 능력을 끌어올렸다.

그중에는 건곤흡정진혼결로 끌어들였던 마령의 기운마저 속해 있었다.

세르탄이 아까워 내놓지 않으려는 것을 윽박질러 뽑아냈다.

'죽은 뒤엔 아무 소용 없잖아!'

'그냥 도망가, 시르!'

'이미 늦었어!'

붉은 기운은 이미 머리 위에 도달해 전신을 짓누르고 있었다.

진용은 황급히 제나의 지팡이를 빼 들었다. 그러고는 사자가 포효하듯 기합성을 내지르고, 끌어올린 기운을 두 손에 응집한 채 머리 위로 쳐들었다.

"타아아앗!"

번쩌저저적!!

제나의 지팡이에서 뇌전이 그물처럼 퍼지더니 허공을 찢어발겼다.

붉은 기운이 갈기갈기 찢어지며 사방으로 퍼져 나간다.

찰나의 틈이었다. 진용이 소리쳤다.

"모두 빠져나가!"

얼굴에 핏기가 사라진 채, 가공할 압력에 아연한 표정을 짓고 있던 사람들이 정신없이 신형을 날렸다.

"우리가 돕겠네!"

율천기와 포은상, 독고무종이 진용의 곁으로 다가오더니 자신들의 모든 공력을 끌어냈다.

고오오오!!

하늘에선 거대한 기운이 짓누르고, 땅에선 웅혼하기 그지없는 기둥이 떠받쳤다.

두 기운이 부딪치며 옆으로 퍼져 나가자 주위에 있던 사람들은 너나 할 것 없이 정신없이 물러섰다.

미처 물러서지 못한 자는 피 모래처럼 부서지며 사라졌다.

지독한 공포가 동백산의 계곡 하나를 통째로 집어삼켰다.

진용을 비롯한 네 사람은 움직일 수조차 없었다.

너무도 엄청난 기운이었다.

인세에 이런 기운이 있다는 것 자체가 믿어지지 않았다.

혈신!

이게 혈신의 힘인가!

"갈!!"

그때 어디선가 천지를 떨어 울리는 외침이 터져 나왔다.

붉은 기운이 일시지간 흐트러졌다.

진용 등은 그 여세를 틈타 전력으로 붉은 기운을 몰아쳤다.

붉은 기운이 주춤하더니 조금씩 밀려간다.

"빠져나가요! 그래야 저도 빠져나갈 수 있으니까요!"

진용이 외치자 그렇지 않아도 기회만 보고 있던 세 사람이 재빨리 몸을 빼냈다.

세 사람이 찰나간에 십 장을 물러서자 진용도 튕기듯이 뒤로 몸을 날렸다.

순간, 무엇을 봤는지 진용이 놀라 비명을 지르듯이 외쳤다.

"어르신!!"

혈신에게 마주쳐 가고 있는 유태청이 보인 것이다.

이미 떠난 줄 알았는데 대체 어떻게 된 거란 말인가!

다시 무공을 쓸 경우 삼 년의 생마저 사라질 거라 했다.

한데도 아랑곳하지 않고 혈신에게 마주쳐 가는 유태청의

표정은 너무도 편안해 보인다.

유태청의 뜻을 짐작한 진용의 마음은 찢어질 것만 같았다.

"안 돼요! 무공을 쓰시면 안 돼요!"

"가거라, 사람들을 이끌고 이곳을 빠져나가거라. 아영이와 인화를 부탁하마."

유태청의 목소리가 머릿속을 파고든다. 심어(心語)였다.

진용은 미칠 것 같은 마음으로 소리쳤다.

"안 됩니다, 어르신!"

"삶과 죽음은 안과 밖의 차이일 뿐. 너무 애석해 말아라."

목소리가 스러진다.

허공에 떠 있던 혈신이 흔들리는 것이 보인다.

순간 유태청의 몸에서 밝은 빛이 뿜어진다.

그 자신조차 무엇인지 몰랐던 무상력(無常力). 바로 그 힘이다!

혈신이 유태청을 향해 두 손을 쫙 펼치더니 광오하게 소리친다.

"좋구나! 하나 거기까지다! 가라! 죽음의 문이 그대 앞에 열렸도다!"

붉은빛이 완연한 핏빛으로 짙어졌다.

핏빛 하늘, 혈천이 펼쳐졌다.

유태청의 몸에서 일던 밝은 빛도 더욱 환해졌다.

맑은 빛이 스미어 가자 핏빛 하늘이 흐려졌다.

그리고 한순간!

유태청의 몸이 허공에서 서서히 사라져 간다.

보면서도 믿을 수가 없었다.

먼지처럼 흩어져 가는가 싶더니, 결국 텅 빈 하늘이 되어버렸다.

"으음……."

혈신도 답답한 신음을 토해내며 뒤로 밀려났다.

허상을 본 것인가?

아니다. 그가 죽었다!

십절검존 유태청이 죽었다!

"안 돼! 으아아!!"

진용은 미친 듯이 양손을 휘두르며 혈신을 향해 날아갔다.

전력으로 끌어올린 건곤천단공에 신왕의 무공이 펼쳐졌다.

건곤뇌전폭! 건곤파천벽!

가라! 모든 것을 부숴 버려라!

그때 야율립과 적유가 동시에 진용을 맞이해 갔다.

단숨에 진용을 죽여 버리겠다는 듯!

쩌저저적!

시퍼런 뇌전이 번쩍이며 허공이 갈가리 찢겨졌다.

콰과과광!

대기가 견디지 못하고 터져 나갔다.

진용과 야율립과 적유가 동시에 뒤로 튕겨졌다.

경악에 찬 야율립과 적유의 얼굴이 참혹하게 일그러졌다.

설마 자신들 두 사람의 공격을 막아낼 사람이 있으리라곤 생각지 못했다는 표정이다. 더구나 밀린 것은 자신들이 아닌가.

말로만 들었던 진용의 무위에 두 사람은 더 이상 덤비지 않고 수하들을 다그쳤다.

"저놈들을 죽여 혈신께 바쳐라!"

"죽여라! 피의 제전을 열리라!"

튕겨진 진용 쪽을 향해 혈의인들이 구름처럼 몰려들었다. 그걸 본 소서노인이 진용을 향해 악을 쓰듯 소리쳤다.

"고 공자! 유 어르신의 희생을 헛되이 할 생각이신가!"

진용이라 해서 그 마음을 모르는 바는 아니다.

그러나 너무 슬펐다.

자신의 잘못으로 유태청이 죽은 것만 같았다.

돌아오지 않고 그냥 갔으면 이리되지 않았을 것이거늘!

백리성! 네 고집 때문에 끝내 어르신이 돌아가셨다!

휙 고개를 돌렸지만, 이미 백리성의 모습은 보이지 않았다.

진용은 눈물을 삼키며 몸을 돌렸다.

이곳에서 몇 사람 더 죽이는 것이 문제가 아니었다.

저 혈신이 있는 이상 싸움은 끝난 것이 아니다.

그리고 지금의 자신으로선 혈신을 죽일 힘이 없다.

안타깝고 비통하지만 지금은 물러서야 할 때다. 혈신이 다시 오기 전에.

젠장! 제기랄!

'아버지는 찾아보지도 못하고 할아버지 같던 유 어르신만 돌아가셨어! 대체 이게 무슨 멍청한 짓이야!'

찰나의 순간이었다. 진용의 눈이 암흑처럼 깊어졌다.

'이대로 갈 수는 없어!'

그러나 일단은 사람들을 산 아래로 내려 보내는 게 우선이었다.

"모두 빠져나가세요!!"

진용이 소리 지르며 허공으로 솟구쳤다. 그러자 상황을 지켜보던 사람들도 일제히 뒤로 신형을 날렸다.

얼마를 내려갔을까. 진용은 산사태처럼 밀려 내려가는 사람들의 뒷모습을 보며 걸음을 멈췄다.

혈의인들의 추적이 더 이상 느껴지지 않는 것이다.

더 이상 추적할 의미를 느끼지 못한 걸까? 언제든 상대할 수 있다는 자신감인가?

어쨌든 추적이 멈췄다면 더 머뭇거릴 필요가 없었다.

진용은 백 장 높이의 바위 꼭대기로 몸을 날렸다.

몇 번의 도약 만에 바위산 꼭대기에 올라가자 상황이 일목요연하게 보였다.

일행들과 탕마단과 천제성의 잔여 세력들은 이미 산밑으로 거의 다 내려간 상태였다.

생각대로 신혈교의 추적대는 보이지 않았다.

새소리도 들리지 않는다. 바람 소리조차 들리지 않는다.

을씨년스러운 고요가 동백산에 내려앉았다. 수많은 죽음과 자신은 아무런 상관이 없다는 듯.

진용의 무심한 눈이 바람조차 잠든 동백산 정상으로 향했다. 하늘이 진용을 위로하려 비를 뿌리려는지, 계곡 안에는 뿌연 안개가 짙어지고 정상에는 구름이 내려앉고 있었다.

"구름과 안개라……. 유 어르신의 혼령이 나를 도와주시려는 건가?"

아직도 죽기 전에 보았던 유태청의 환한 얼굴이 하늘에 떠 있는 것만 같다.

그 모습이 그대로 가슴속에 박혀 버렸다.

"유 어르신. 진짜 할아버지처럼 모시고 싶었는데……."

진용의 고개가 하늘로 쳐들렸다.

굵은 눈물이 귓바퀴를 타고 흘러내렸다.

"편히 쉬세요."

목소리의 여운이 채 바람에 실려 사라지기도 전이었다.

진용의 모습이 바위 꼭대기에서 사라졌다.

점점 짙은 안개로 뒤덮이고 있는 동백산을 향해.

　　　　＊　　　　＊　　　　＊

　"뭐야? 고 공자가 안 보이잖아?"

　정광이 사람들을 들쑤시고 다녔다.

　아무리 찾아도 보이지 않았다.

　한참 만에야 무슨 생각이 들었는지 고개를 돌려 운무에 가려진 동백산을 쳐다보았다.

　"젠장할! 다시 들어간 건가?"

　상황을 눈치 챈 포은상이 정광에게 다가왔다.

　"어찌 된 건가?"

　정광은 고갯짓으로 동백산을 가리켰다. 포은상의 눈매가 가늘어졌다.

　"설마, 혼자서……?"

　"아버지를 찾겠다고 했잖수. 아마 그 때문에 다시 들어간 것 같소."

　다가온 율천기가 버럭 소리를 질렀다.

　"이런! 그럼 우리도 들어가 봐야 하지 않겠나?"

　정광이 허무한 웃음을 머금은 채 고개를 저었다.

　"아까 한 말 못 들었소? 도움이 되지 않을 거면 아예 따라오지도 말라던 말 말이오. 우리 중 누가 고 공자에게 도움이 될 수 있겠소? 방해나 안 되면 다행이지."

　"하지만 그렇다고 그냥 있을 수는 없잖나? 혼자서 그들을 어떻게 감당하려고……."

동백산을 쳐다보며 정광이 코웃음 쳤다.

"흥! 고 공자가 빠져나오려 마음만 먹으면 놈들이 아무리 막으려 해도 막지 못할 거유. 우리는 그저 기다리면서 힘이나 모아보는 수밖에. 방정 떨지 말고 일단 오성으로 갑시다."

눈살을 찌푸린 채 고개를 주억거리던 포은상과 율천기는 마지막 말을 듣더니 정광의 뒤통수를 노려봤다.

방정이 뭐가 어째? 하는 눈빛이다.

"그건 그렇고…… 에휴, 유태청 노도우께서 그렇게 가시다니……. 무량수불, 원시천존……."

하지만 이어지는 탄식과 도호에 차마 뭐라 하지는 못하고 하늘로 고개를 돌렸다.

파란 하늘이 뿌연 안개로 가려져 있었다. 그리고 그들의 눈도.

비록 겉으로 표현은 하지 않았지만, 그들의 가슴은 울고 있었다.

『마법 서생』 8권에 계속…

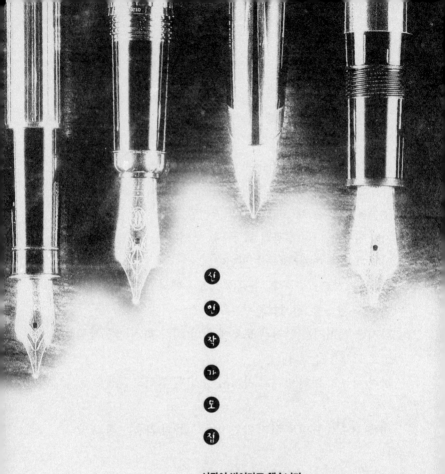